NVIS**ÍVEL**

TARRYN FISHER

INVISÍVEL

Tradução
Monique D'Orazio

COPYRIGHT © 2015 MARROW BY TARRYN FISHER
COPYRIGHT © FARO EDITORIAL, 2020

Todos os direitos reservados.
Nenhuma parte deste livro pode ser reproduzida sob quaisquer meios existentes sem autorização por escrito do editor.

Diretor editorial PEDRO ALMEIDA
Coordenação editorial CARLA SACRATO
Preparação BÁRBARA PARENTE
Revisão VALQUÍRIA DELLA POZZA
Capa e Diagramação OSMANE GARCIA FILHO
Imagens de capa TUGOL, PAVLO LYS E ANDREIUC88 | SHUTTERSTOCK

Dados Internacionais de Catalogação na Publicação (CIP)
Angélica Ilacqua CRB-8/7057

Fisher, Tarryn
    Invisível / Tarryn Fisher ; tradução de Monique D'Orazio. — São Paulo : Faro Editorial, 2019.
    256 p.

    ISBN 978-85-9581-100-3
    Título original: Marrow

    1. Ficção norte-americana I. Título II. D'Orazio, Monique

19-2615   CDD-813.6
Índice para catálogo sistemático:
1. Ficção norte-americana 813.6

1ª edição brasileira: 2020
Direitos de edição em língua portuguesa, para o Brasil, adquiridos por FARO EDITORIAL

Avenida Andrômeda, 885 – Sala 310
Alphaville – Barueri – SP – Brasil
CEP: 06473-000 – Tel.: +55 11 4208-0868
www.faroeditorial.com.br

Para minha mãe,
que me protege do mal.

A pérola começa sua vida como um cisco — algo indesejado como um fragmento de concha ou um grão de areia que acidentalmente se aloja no corpo de uma ostra. Para se proteger do cisco, a ostra toma uma ação defensiva, secretando uma substância reluzente e dura em torno do agente irritante. Essa substância se chama *nácar*. Enquanto o cisco permanecer dentro de seu corpo, a ostra continuará a revesti-lo de nácar, uma bela camada sobre a outra. Sempre achei notável que a ostra revestisse seu inimigo não apenas com algo bonito, mas com uma parte de si mesma. Porém, enquanto os diamantes são acolhidos com um entusiasmo caloroso, considerados de maior e mais profundo valor, a pérola é um pouco negligenciada. Seu humilde começo é de um parasita crescendo em algo vivo, drenando a beleza de sua hospedeira. É inteligente — o revés do cisco. Uma espécie de história "do lixo ao luxo".

1

13 ANOS

HÁ UMA CASA EM BONE COM UMA JANELA QUEBRADA coberta por uma folha de jornal. O revestimento externo da casa está caindo aos pedaços, sustentando um teto que parece carregar os fardos do mundo.

Eu vivo nesta casa com minha mãe. Debaixo de chuva, debaixo de opressão, no quarto com a janela quebrada. Eu a chamo de a casa que devora. Porque, se deixar, esta casa vai devorar você, como devorou minha mãe. Como tenta me devorar.

— Margô, me traga a toalha.

Meu nome seguido por uma ordem.

Eu atendo. Mal daria para chamar de toalha de rosto. É apenas um trapo velho, desgastado por uso demais e manchado pelas coisas sujas que esfregou. Ela a pega da minha mão sem olhar para mim. Seus dedos são elegantes, as unhas pintadas de preto e lascadas ao longo das bordas. Ela passa a toalha de rosto entre as pernas e se limpa grosseiramente. Eu recuo e desvio o olhar, concedendo o mínimo de privacidade. Essa é toda a privacidade que se recebe nesta casa: o desvio dos olhos. Sempre há pessoas — principalmente homens — espreitando do outro lado das portas e nos corredores. Eles olham e, se der uma chance, eles tentam pegar você. *Se* você der uma chance. Eu não dou.

Minha mãe sai da banheira e joga a toalha na minha mão. A casa cheira a mofo e podridão, mas, depois que ela fica na banheira, cheira a sais de banho.

— Margô, me passe meu robe.

Meu nome seguido por uma ordem.

Ela odeia tomar banho sozinha. Ela me disse que a mãe tentou afogá-la na banheira quando era criança. Isso ainda a assusta. Às vezes, à noite, eu a ouço choramingar: *Não, mamãe, não*. Não conheci a mãe dela. Após o incidente do afogamento, minha mãe foi colocada em um orfanato. *Um pesadelo*, como ela chama. No momento em que saiu do sistema de assistência social, minha avó havia morrido de ataque cardíaco e deixado a casa para sua única filha — a casa que devora.

Ela olha para si no espelho enquanto desdobro seu robe vermelho. É meu trabalho lavá-lo duas vezes por semana. Faço isso com cuidado, pois é o seu bem mais precioso. Minha mãe é tão linda quanto uma tempestade. Ela é selvagem e destrutiva, e no meio de sua fúria sentimos o dom de destruição que ela recebeu de Deus. Nós duas admiramos seu reflexo por mais alguns minutos enquanto ela passa as pontas dos dedos no rosto, procurando defeitos. Esse é seu ritual no meio da tarde antes de as coisas começarem a acontecer. Ela pega os tubinhos de creme que eu lhe trago da farmácia e os alinha sobre a pia lascada. Um de cada vez, espalha-os com batidinhas em volta dos olhos e da boca.

— Margô — diz ela. Espero pela ordem, prendendo a respiração. Desta vez, ela está olhando para o meu reflexo, um pouco atrás do dela. — Você não é uma menina bonita. Poderia pelo menos emagrecer. O que você não tem no rosto, pode ter no corpo.

Para eu poder vendê-lo como você faz?

— Eu vou tentar, mamãe.

Submissão. Esse é o meu trabalho.

— Margô, você pode ir agora — diz ela. — Fique no seu quarto.

Meu nome seguido por uma dupla ordem. *Que simpática!*

Saio do banheiro andando de costas. É o que aprendi a fazer para evitar ser atingida na cabeça por alguma coisa. Minha mãe é perigosa quando não toma seus remédios. E a gente nunca sabe quando ela está sem. Às vezes, entro de fininho no quarto dela para contar os comprimidos, assim eu fico sabendo quantos dias de segurança me restam.

— Margô — ela chama quando estou quase na minha porta.

— Sim, mamãe? — digo. Minha voz é quase um sussurro.

— Você pode pular o jantar esta noite.

Ela propõe isso como se fosse algo bom, mas o que está realmente dizendo é: "Não vou permitir que você coma esta noite".

Tudo bem. Eu tenho meu próprio estoque, e, na verdade, não há nada para o jantar.

Vou para o meu quarto, ela tranca a porta atrás de mim, e põe a chave no bolso. A fechadura da minha porta é a única que funciona em casa, além da que está na porta da frente. Minha mãe mandou instalar há alguns anos. Pensei que era para me manter segura, até que percebi que minha mãe estava escondendo o dinheiro dela debaixo de uma tábua solta no meu quarto. O dinheiro dela está todo debaixo dos meus pés. Ela não o gasta com roupas, carros nem com comida. Ela acumula. Desvio o dinheiro do topo para comprar comida. Ela provavelmente sabe, já que continuo viva, além de gorda.

Sento-me no chão do meu quarto e puxo uma caixa sob a cama. Escolho com sabedoria, caso ela esteja ouvindo na porta: uma banana e duas fatias de pão. Sem barulho, sem ruídos crocantes de mastigação, sem embalagens. A banana está preta e pegajosa, e o pão é velho, mas ainda tem gosto bom. Retiro pedaços do pão e esmago entre os dedos antes de colocá-lo na boca. Gosto de fingir que estou tomando a Sagrada Comunhão. Minha amiga, Destiny, fez a primeira comunhão. Ela disse que o padre colocava um pedaço de pão na língua das pessoas e, ali, o pão se transformava no corpo do Senhor Jesus. Era preciso esperar o corpo derreter antes de engolir, porque não se podia morder o corpo de Jesus, e depois tinha que beber o sangue. Eu não sei nada sobre Jesus ou por que as pessoas têm de comer o corpo dele ou beber o sangue para ser católico, mas prefiro fingir que estou comendo o corpo de Deus a pensar que é pão velho e amanhecido.

Quando termino o jantar, ouço batidas abafadas e as tábuas do assoalho gemendo sob o peso de pés. Pés de quem? Do homem alto? Do homem com o cabelo grisalho e encaracolado no peito? Ou talvez seja o homem que tosse com tanta força que faz a cama da minha mãe estremecer e fazer barulho.

— Difteria — digo para minha casca mole de banana. Li sobre difteria em um dos meus livros. Um livro da biblioteca que eu fico renovando porque não quero devolver. Tiro-o da minha mochila enquanto como um pão de mel, e olho para as fotos enquanto lambo os dedos pegajosos. Quando ouço a cabeceira da cama da minha mãe rangendo contra a parede, como outro. Vou ser gorda enquanto eu viver na casa que devora. Enquanto a casa me comer.

2

14 ANOS

NÃO SEI DE ONDE VÊM OS HOMENS. COMO ELES SABEM O caminho de carro até a *rua Wessex*, 49, e como estacionar o carro na sombra da casa que devora. Não sei como eles sabem andar os três degraus da porta da frente e parar sob a lâmpada que nunca para de piscar. Ou como eles sabem pegar a maçaneta de metal enferrujado nas mãos e entrar. Eles eram, talvez, homens que minha mãe conhecia em sua vida anterior. A vida em que ela usava saias plissadas e meia-calça, e pegava o ônibus para o trabalho todos os dias.

Ela frequentou a igreja por um breve período naquela época, erguendo as mãos durante os cânticos como se estivesse pegando as bênçãos de Deus. Sorrindo com lágrimas nos olhos enquanto o pastor dizia à congregação que Deus não nos abandonaria em nossa hora mais sombria.

E quando chegou a hora mais sombria, e ela perdeu o emprego, eu voltei da escola e a encontrei falando em línguas na pia da cozinha, enterrada até os cotovelos em água e sabão, os olhos bem fechados durante a prece. Quando me viu na porta da cozinha, com a mochila pendurada no ombro, ela sorriu através das lágrimas e me chamou para eu me aproximar dela.

— Estamos sob um ataque espiritual — ela disse, segurando minhas mãos. — Precisamos orar contra Satanás e seus demônios.

Agarrei suas mãos frias, fechando os olhos com força como se a qualidade da minha oração dependesse de quanta força eu usasse, e orei com ela, nossas vozes enchendo a casa que devora com um apelo urgente. Minha voz não desejava nada... Eu preferia o catolicismo de Destiny, no qual eles comiam partes do corpo como zumbis movidos pela fé, a esse comportamento barulhento e exigente que minha mãe adotara. *Dai-me, Deus! Dai-me! Eu sou sua filha, então o Senhor tem que me dar!*

Ela não acredita mais em Deus; ela o deixou em algum lugar entre a perda do emprego e o primeiro homem que convidou para a cama. Sempre achei que sua fé fosse frágil como um papel: útil até você molhá-lo. Eu a ouvi falando sobre religião com um dos homens que vêm — aquele que ri de forma tão ruidosa que minha mãe, que odeia barulhos altos, está constantemente mandando-o fazer silêncio.

— Se existe um Deus — ela disse —, acredito que ele se sente mais insultado pela religião do que pelo ateísmo.

Eu também não acredito em Deus; nunca acreditei, nem mesmo quando fechei os olhos e orei com ela na cozinha, o sabão de suas mãos escorrendo pelos meus cotovelos. Minha mãe não sabe que compartilhamos essa semelhança. Ela saberia se perguntasse, mas ela nunca pergunta. Acredito em uma solidão tão intensa e profunda que tem uma presença física. Acredito em escolhas: nas difíceis que as pessoas que estão no comando raramente parecem acertar. Acredito que todo mundo precisa de alguma coisa: o toque de uma mulher, companheirismo, dinheiro, perdão. E, para adquirir essas coisas, uma pessoa acumulará tanto pecado quanto for necessário. Costumo olhar para os meus colegas de classe e me perguntar o que eles vão querer quando crescer e do que vão desistir para tê-lo.

Vêm dois homens por noite. É tudo uma dança perfeitamente planejada, nunca com um momento de sobreposição. Não sei se eles se conhecem ou se cada um acredita ser o único companheiro da minha mãe. Ela os encontra na porta, sua voz cadenciada e amigável, seu robe de seda vermelho ondulando ao redor do corpo como água de sangue. É uma versão falsa dela, não a mulher de rosto inexpressivo que fica olhando por horas para as tábuas riscadas do assoalho, virando frascos de comprimidos na garganta. Ela pergunta como eles estão, então os leva até as escadas. Eles falam com ela com familiaridade, velhos amigos, que a chamam de Wendy e riem das coisas que ela diz. Combino o carro com a voz de cada um: o Volvo azul com um amassado no para-choque dianteiro, um Corvette amarelo com uma bola de discoteca pendurada no retrovisor e o visitante mais frequente, um velho Mustang — também não do tipo detonado, mas restaurado, com pintura vermelha brilhante e placas personalizadas onde está escrito: lwmn. Nunca vejo o rosto do cara do Mustang — ele está sempre olhando para o chão. Uma vez eu tive um vislumbre da parte de trás de sua cabeça quando ele estava saindo do quarto da minha mãe. Era careca, tinha os ombros largos e curvados para a frente, e deixou fumaça de charuto e um cheiro de madeira pelos corredores. Em uma ocasião, ele esqueceu o relógio na cômoda da minha mãe. Uma coisa pesada com o símbolo de uma coroa atrás do visor de vidro. Entrei de fininho no quarto dela para olhar quando ela estava dormindo. Imaginei como alguém poderia suportar algo tão pesado pendurado no pulso. Na noite seguinte, quando fui procurar o relógio, tinha desaparecido.

Contei isso para Destiny.

— O homem do Mustang provavelmente veio buscar enquanto você estava na escola — ela diz. — Você sabe o que aquilo era, não sabe? — Ela pergunta com a mão apoiada no quadril, e a cabeça inclinada para o lado fazendo a cara típica de "você não sabe merda nenhuma".

Quando não respondo, ela continua:

— Era um Rolex — diz ela. — Provavelmente legítimo. Meu tio usa um pirata. Você poderia ter roubado para comprar uma bicicleta ou alguma coisa assim.

— Eu não quero uma bicicleta — respondo. — O que eu quero é a minha mãe.

Destiny revira os olhos e depois os quadris quando se afasta e caminha até a cômoda.

— Eu tenho que ir — digo, ao me levantar. Eu me sinto ansiosa... desonesta por contar a Destiny sobre o homem e o relógio.

— Pensei que nós íamos assistir a um filme.

Eu me sento de novo. Nunca consigo dizer "não" para um filme. E sempre tem pipoca na casa dela. Destiny me diz que a pipoca no cinema é um milhão de vezes melhor do que o negócio que ela faz no micro-ondas.

— E os dedos da gente ficam todos gordurosos por causa da manteiga... — diz ela.

Não há cinema em Bone. Você tem que pegar o ônibus e atravessar duas cidades. O pai da Destiny a leva com os irmãos o tempo todo. Eu nem tenho televisão na casa que devora. Então ver filmes sentada no sofá listrado de vermelho e branco da Destiny é o suficiente para mim. Começamos a assistir a *Uma linda mulher*, mas na metade eu falo para a Destiny que estou com dor de estômago. O personagem de Julia Roberts é muito parecido com a minha mãe — o sorriso cheio de dentes, a vulnerabilidade.

Vou para casa andando na chuva, desejando ter levado um pouco de pipoca. Quando chego à porta da frente, minha camiseta branca está encharcada. Puxo-a sobre a cabeça assim que entro, sem notar o carro parado na entrada. Ando em direção à cozinha e paro de repente. Um homem está na escada olhando para mim. Levo um susto. *Burra, burra, burra.* Seguro a camiseta na frente do peito, mas ela está torcida, e eu não posso endireitá-la para me cobrir. Ouço a voz da minha mãe.

— Robert...? — ela chama.

Noto um vislumbre do robe vermelho enquanto corro para a cozinha. Encontro o cesto de roupa que eu mantenho ao lado da máquina de lavar e pego uma blusa limpa. Enquanto estou lutando para passá-la por cima da cabeça, minha mãe entra.

— O que diabos você estava pensando?

Isso é mais do que ela me disse em seis meses.

— Eu não vi o carro. Eu estava molhada... — Abaixo a cabeça e engulo meu constrangimento.

— Você me envergonhou — diz ela, entre os dentes. — Andando pela minha casa se mostrando assim. — Ela fala do meu corpo como se fosse uma coisa nojenta. Algo a ser escondido e nunca mostrado.

Não digo nada. Meu peito arfa. Eu me odeio. Ela some tão rápido quanto apareceu — em uma onda de seda vermelha e condenação. Posso sentir o perfume de baunilha dela quando começo a chorar.

Eu a quero de volta. Quero saber o que mudou para eu ter algum lugar onde depositar minha culpa. Se houvesse uma causa, eu poderia parar de me culpar. Percorro minhas memórias, repetidas vezes, procurando pela raiz — o momento, ou mês, ou dia em que ela desapareceu.

Do meu colchão, fico olhando para o teto. Manchas marrons profundas de infiltração marcam o que antes era tinta creme. Nessas marcas analiso nossos anos na casa que devora. A recessão gradual da felicidade. Nossa vida pode ser corroída tão lentamente que a gente nem percebe.

A risada da minha mãe sumiu primeiro, depois os sorrisos, que eram tão largos que mostravam mais gengiva do que dentes. A última coisa a desaparecer foram seus olhos brilhantemente expressivos. Eles pararam de enxergar e então passavam batido nas coisas. Fitavam paredes, armários e pisos. Eles olhavam para tudo, menos para mim. No início, eu havia tentado de tudo para que ela olhasse para mim: jogar uma tigela de cereal e leite no chão, bem na frente dela, de modo que seus pés ficassem salpicados de leite, ou rabiscar meus braços e pernas com marcador até eu ficar tão azul quanto um Smurf. Com firme determinação, eu menti na cara dela, quebrei suas bugigangas, xinguei alto e cantei músicas que ela odiava a plenos pulmões. Nada adiantou. Ela está morrendo devagar, e eu não tenho certeza se ela sabe disso.

3

15 ANOS

DOBRE AS MÃOS SOBRE O COLO. SORRIA. NÃO SORRIA. Não olhe ninguém nos olhos. Finja que você não se importa. Fique olhando para os pés. Não sorria... nunca sorria.

Sou inquieta e desajeitada. Eu nunca sei o que fazer e quando fazer. Um menino sorriu para mim uma vez; ele era bonitinho. Ele já tinha passado quando sorri de volta. Um pouquinho tarde demais. Não consegui fazer meu rosto se mover no tempo certo. A escola é um alívio longe de casa; a casa é um alívio longe da escola. Não pertenço a lugar nenhum, então viajo de um lugar para outro esperando que ninguém me note — mas, se notarem, espero que não sejam cruéis demais. Eu penso no passado. Dias há muito passados.

Tudo diferente, tudo tão estranhamente igual. As pessoas se tornam diferentes, eu percebo. É a paisagem que nunca muda: as placas da estrada maculadas com pichações, os pores do sol misturados de rosa e laranja que beijam o topo das árvores, até mesmo a fila de carros esperando para virar e entrar no estacionamento do Walmart. Isso é o que mais me irrita: o mesmo céu, a mesma casa, a mãe diferente.

Então eu me lembro da mãe antiga, reconstituindo o passado, recolorindo as lembranças. O peso das memórias ruins floresce e se expande sob as boas lembranças. Tento pensar apenas nas coisas boas da minha infância, não nas que me arrancam dela.

Penso em como minha mãe sempre tinha uma folha entre os dedos. É disso que mais me lembro. Ela puxava uma folha de um arbusto ou de uma árvore e a segurava entre os dedos, esfregando de modo compulsivo com pequenos círculos até que a folha ficasse desprovida dos veios e das membranas e os dedos dela estivessem manchados de verde. Eu gostava quando seus dedos estavam verdes; lembrava-me das pinturas a dedo que fazíamos na escola. Isso a fazia parecer estranha e divertida, diferente das outras mães que eram sempre rígidas e tinham a cara amarga. Quando estávamos fora, eu observava o jeito como ela examinava as plantas, imitando seus movimentos, querendo estar perto dela, querendo ser ela. E foi difícil porque minha mãe carregava sua elegância em volta dos ombros, uma classe quase impossível de imitar.

Isso foi quando eu era pequena e as coisas eram quase certas. Antes de ela perder o emprego, antes de começar a fumar, antes dos homens. Hoje em dia, os dedos da minha mãe são manchados de nicotina. O cheiro exala de sua pele quando ela atravessa um cômodo — fumaça velha e podridão de tabaco. Seus ombros são curvados a partir do pescoço como um velho roupão de vestir em casa. Quando parou de sair de casa, alguns anos atrás, ela começou a me mandar sair para comprar cigarros, aqueles com o cacique na caixa, porque eles eram mais saudáveis. Em algum momento entre ela ter cheiro de ar livre e cheiro de cinzeiro, eu parei de querer ser como ela. E, durante esse mesmo tempo, enquanto ela estava se livrando do manto da maternidade e se tornando uma estranha, ela parou de falar meu nome.

No começo eu não percebi. Não até que uma professora disse meu nome na escola, me pedindo para ir à lousa resolver uma equação. Foi aí que percebi que eu não ouvia meu nome havia algum tempo. Minha mãe ainda dava ordens, mas em algum momento retirou meu nome do início delas. *Margô*. Levei um minuto para reconhecer que era eu que a sra. Lerson estava chamando. Os outros alunos riram quando fui andando entre as fileiras de carteiras para chegar até diante do quadro-negro. *Margô*, pensei. *Esta sou eu*. E então, enquanto eu voltava para casa depois de descer do ônibus, tentei me lembrar da última vez em que a tinha ouvido dizê-lo, e não consegui.

Minha mãe, uma fã de Perry Mason, escolheu meu nome em homenagem a Margô Albert, uma atriz que ela viu no programa dele, *The Case of the Sad Sicilian*. No seu último papel, antes de morrer de câncer no cérebro, Margô interpretou uma assassina chamada Serafina. Minha mãe, comovida com seus olhos tristes, jurou chamar a primeira filha de Margô. Parece uma piada cruel ser batizada em homenagem a uma mulher que era escolhida para interpretar papéis trágicos, e mais ainda ter um nome que significa algo tão bonito e delicado quando você mesma é tudo menos isso.

Na casa que devora, permaneço sem nome. Cabelo loiro quase branco, olhos esquecíveis, roupas feias e esfarrapadas.

— Ei, Margô!

Giro ao redor. O ônibus escolar está se aproximando da placa de PARE, fechando as portas. Destiny vem correndo pela calçada em minha direção, atirando a mochila por cima do ombro. Olho o modelo de sua calça jeans, e a maneira como a blusa mostra com elegância um dos seus ombros. Ela está até usando o tipo de sapato que as outras garotas usam: sapatilhas brilhantes. Ela parou de falar comigo por volta da sétima série, depois que o pessoal da escola começou a me chamar de "filha da prostituta". Não sei se foi por ordem de seus pais ou autopreservação, mas ela simplesmente me deixou.

— Você esqueceu isso no ônibus — diz ela, entregando-me o romance que eu estava lendo. Eu o pego sem olhá-la nos olhos.

— Obrigada.

Sua casa fica na direção oposta, mas ela hesita antes de sair como se quisesse dizer alguma coisa. No fim, porém, ela apenas dá de ombros e vai embora. Eu não a observo se afastar. Eu sei que se fizer isso vou chorar.

A casa que devora ainda está quieta quando chego. Cochila durante o dia enquanto estou na escola: uma casa noturna. Vou direto para o meu quarto, porque é isso que ela gosta que eu faça. É no fim da tarde que minha mãe sai do seu quarto para começar o ritual da noite: o banho, os cremes e a maquiagem. Nos últimos anos, ela não me quis por perto, nem mesmo para o banho. E eu não me importo. Eu odiava vê-la enrugar na banheira lascada e cor-de-rosa, pedaços de tinta descascando e flutuando na água ao redor dela. Pego meu estojo, escolho uma barra de chocolate e uma lata de refrigerante quente, e começo meu dever de casa enquanto a casa que devora acorda e range em volta de mim.

Quando o primeiro de seus visitantes vem, eu arrumo meus cadernos e lápis e me arrasto até a parede que separa o meu quarto do dela. É assim que eu a conheço. Ela não ficou completamente silenciosa. Eu a ouço falando com eles. Sinto-me desesperada pelo som de sua voz; passo noites pressionando meu ouvido entre nossas paredes. Eles dizem coisas a ela — coisas sobre a vida deles, a esposa e o emprego. Eles pontuam as frases com palavras como ano fiscal, mensalidades da faculdade e violações de liberdade condicional. Ela só fala quando precisam que ela fale. Ela aperfeiçoou a arte da pausa e da resposta. Uma palavra aqui, uma palavra ali. Sua voz nunca passa de um ronronar agradável. Eles acham sexy, sua vontade de ouvir e sua relutância em falar. Uma mulher bonita que faz e faz e não discorda. Estou aprendendo muito sobre os homens, do jeito que eles querem e o que querem. Eles andam de um lado para o outro no quarto, seus passos pesados surdos na madeira lascada e estragada da casa que devora. Uma vez ouço-a dar conselhos: *Venda a casa, dê um passo atrás. Você não precisa de todo esse espaço agora que as crianças se foram.*

Onde está meu conselho?, eu me pergunto. *Onde estão minhas palavras? De quem eu sou filha?*

4

18 ANOS

WESSEX, UMA RUA COBERTA DE CRACK, PROSTITUTAS que usam crack, traficantes, bêbados, garotas que mal foram desmamadas dando de mamar aos seus bebês desnutridos. É lamentável essa coisa que chamamos de vida. Eu sei disso, mas não tenho certeza se eles sabem. A pessoa se acostuma ao sofrimento, especialmente em um lugar como Bone Harbor. Você dá seus primeiros passos, todos aplaudem, e então deixa de ser notável. Quase cercado por água, costumava ser um porto antes de se deslocar mais ao sul para ficar mais perto de Seattle. Mas isso foi antes de a minha avó nascer. As pessoas daqui chamam a área de Bone. Um tipo de piada que se desenvolveu depois que todo o comércio secou, ficou no osso. Eu até que gosto desse nome. Não adianta chamar de amarelo, de azul. E é isso que somos, fomos desgastados até os ossos.

Seis dias por semana, eu pego o ônibus para o trabalho. Para chegar ao ônibus, tenho que subir a *rua Wessex* e descer pela *Carnation*. A *Carnation* é apenas ligeiramente melhor que a *Wessex*. As janelas não são quebradas e algumas pessoas cortam a grama. As pessoas que moram na *rua Carnation* nos chamam de lixo. Suponho que, em um mundo como este, janelas inteiras e grama cortada fazem toda a diferença.

Deus não está nas casas que estão lado a lado, abaixo da *Wessex*. Eu me pergunto se Deus se levantou deste lugar e nos colocou atrás de um véu para sofrermos sozinhos. É uma rua de pesadelo. As pessoas do mundo exterior não sabem que existimos. Elas não querem saber, mas nossas casas estão quase desmoronando sob o peso do pecado que elas contêm. Antes da casa que devora, vem a casa do crack. Antes da casa do crack, vem a casa da Mãe Mary. Mãe Mary pode ver o futuro, mas não qualquer futuro. Ela só pode dizer como você vai morrer, e ela vai te cobrar 40 dólares para fazer isso. O que nos leva à casa das pessoas más. Eu só chamo assim porque é onde os ex-presidiários ficam escondidos depois de serem libertados da prisão. Eu não sei o que fazem lá, mas uma vez por semana tem uma ambulância do lado de fora e alguém é arrastado em uma maca.

Há apenas uma casa que eu gosto na *rua Wessex*. É a primeira casa do quarteirão e pertence a Delaney Grant. Delaney cultiva maconha na garagem. Ela nem mesmo vende. Ela fuma tudo sozinha. Todo mundo a chama de gananciosa. Às vezes, quando há escassez de maconha na casa do crack, você pode ver pessoas batendo na porta da Delaney, mas ela as afugenta com uma espingarda que chama de Horace.

A razão de eu gostar da casa da Delaney é porque o filho dela, Judah, mora lá. Parte do tempo. Quando ele não está com Delaney, está com o pai. Nós nunca realmente conversamos, mas ele fica muito no quintal, e sempre acena quando eu passo. Quando você o olha, esquece que ele está em uma cadeira de rodas. Ele é bonito e seria alto se ficasse em pé. Pelo menos 1 metro e 80. Nunca foi para a escola com o resto de nós. Um ônibus vinha buscá-lo todas as manhãs. Nele cabia a cadeira de rodas e então ele percorria a cidade toda. Delaney destruía a própria vida, mas, quando se tratava de Judah, ela se certificava de que o mundo o visse. A gente tinha que gostar dela por isso. Em especial quando se tinha uma mãe como a minha.

O ônibus está atrasado. Bato o pé com impaciência e levanto a cabeça para espiar a rua. Se o 712 chegar aqui nos próximos cinco minutos, ainda posso chegar ao brechó Traporama a tempo para o meu turno de trabalho.

— Estamos com sorte — eu sussurro quando o vejo sacolejar ao virar a esquina. Três de nós entram no 712: eu, Cuoco, um dos viciados em heroína do bairro, e a pequena Nevaeh Anthony, que pega o ônibus para a casa da avó dela todas as tardes enquanto a mãe trabalha.

— Oi, Margô — diz ela.

— Oi, garotinha. Você vai para a casa da vovó?

Ela confirma balançando a cabeça.

— Que bom. Ande rápido depois que você sair do ônibus. Você sabe como é depois do anoitecer.

Nevaeh acena com a cabeça. Ela sabe. Todos nós sabemos. Estilhaçadas entre as coisas normais como escola, compras de supermercado e trabalho, estão as coisas que pertencem a Bone. Um medo que vagueia como uma névoa pelas ruas. Vivemos com ele acorrentado aos nossos tornozelos. É tão tangível que raramente há gente de fora, e, quando vem alguém, seja para visitar um membro da família, seja apenas passando pelo local, sai correndo daqui, em geral interrompendo a visita antes de acabar.

— Deixe-me arrumar o seu cabelo — eu digo, e Nevaeh se aproxima de mim no banco. — Você tem que ficar bonita para a vovó — digo a ela.

Ela concorda com a cabeça. Meus dedos trabalham com habilidade, a chuva batendo contra as janelas. Termino suas tranças quando o ônibus para e arrumo enquanto ela termina de me falar sobre seu ótimo boletim, contando os 10 dólares que sua avó lhe deu como recompensa. Eu a vejo pegar uma caneta marcadora e desenhar um coração em cada nota. Nós descemos juntas, puxando nossos capuzes sobre o cabelo. Ela acena para mim quando nos dirigimos para direções opostas, seus dedos abertos como estrelas do mar. Observo-a por um minuto saltitando pela rua, sua mochila da Hello Kitty pendurada no ombro, cores brilhantes lançadas contra um dia sombrio. Olho para a antiga casa de Destiny quando passo. Está verde agora, com caixas de flores brancas nas janelas. Sua família se mudou para o Oregon há alguns anos. Assim que foi embora, ela me escreveu uma carta, e depois nunca mais ouvi falar dela. Eu escrevi vinte antes que elas começassem a voltar com DEVOLVER AO REMETENTE estampado no envelope. Ah, bem… Escrever cartas é um luxo, de qualquer maneira.

O Traporama cheira a merda. Literalmente. A estação de esgoto fica do outro lado do rio. Sandy, a gerente, mandou colocarem desodorizadores de ambiente por toda a loja, presos nos cantos e nas prateleiras, mas tudo o que fazem é deixar o Trapo com cheiro de merda coberto de flor de macieira.

Como estou trinta minutos atrasada, Sandy me faz organizar o estoque na sala dos fundos. Olho os sacos de lixo pretos alinhados contra a parede, tão cheios que metade deles se abriu, pernas de calças e mangas de camisa derramando-se como intestinos. Há apenas sete para organizar hoje. Sandy nos faz guardar os sacos que não estão danificados. "Dinheiro não dá em árvore nenhuma", diz ela. "Isso aqui é um brechó. A gente reutiliza tudo." O que me faz ficar tentando desamarrar os nós, xingando baixinho com o suor escorrendo pelas minhas costas e entre os seios. Desamarro o primeiro saco plástico e abro. O cheiro de mofo tornou-se familiar para mim; é o cheiro de coisa não lavada, das casas das pessoas, de naftalina e, de vez em quando — se pegarmos um saco de uma família indiana —, de cúrcuma e cominho. Separo os itens que há ali dentro: roupas em uma pilha, brinquedos em outra, utensílios domésticos na terceira. É engraçado como o lixo de uma pessoa pode ser tão valioso para outra. Os funcionários têm 50% de desconto em qualquer coisa na arara de liquidação. São as coisas que as pessoas não querem vezes dois. Eu termino um saco plástico e começo a dobrá-lo quando sinto algo que não tinha visto no fundo. Tiro uma grande sacola de lona — daquele tipo que gente rica leva às lojas para evitar usar sacos plásticos. "Mercado & Merdas" havia sido estampado na frente. Eu rio. O último dono desenhou estrelas em torno das palavras com marcador permanente roxo.

— Mercado e Merdas — eu digo em voz alta. Sandy entra carregando uma pilha de cabides.

— Você pode ficar com isso — diz ela. — É o seu bônus de verão.

Reviro os olhos, mas estou secretamente satisfeita. Não é sempre que a gente recebe algo de graça nesta vida. Dobro a minha nova sacola em um quadrado e a enfio no bolso de trás da minha calça para que uma das outras garotas não pegue.

O namorado de Sandy, Luis, bate nela. Ela tenta esconder os hematomas, mas há muitos, e ela usa maquiagem, que é uns três tons mais clara que a sua pele. Nos dias em que ele não bate nela, ela nos traz donuts velhos do lugar onde ele trabalha. Eu vi a caixa vazia no lixo quando cheguei ao trabalho. É um bom dia para ela.

Quando Sandy sente que fui castigada o suficiente, ela me manda para a frente de loja para operar o caixa. É quase um dia chato até que uma mulher tenta roubar um par de sapatos. Sandy a pega antes que ela possa sair com eles embaixo da jaqueta. A mulher mal consegue ficar em pé, de tão bêbada. Sandy agarra-a pelo antebraço e a empurra para uma cadeira no escritório. Ela me diz para chamar a polícia.

— Talvez a gente não devesse — eu digo. — Olhe para ela, Sandy.

A mulher está balançando para a frente e para trás, apertando o peito e murmurando algo que soa como Zeek.

Sandy não olha para ela. Ela olha para mim.

— Eu pensei que você queria este trabalho.

Eu quero. Eu realmente quero. Se eu não tivesse esse emprego, teria que ficar em casa. E se ficasse em casa...

Eu chamo a polícia.

Os policiais chegam quarenta minutos depois, com manchas de gordura nas calças, parecendo mais entediados do que tudo. Eles colocam a mulher na parte de trás do carro e partem. Eu levo os sapatos de volta para o lugar deles na seção infantil da loja. São um par surrado de Jordan's. A etiqueta diz 6 dólares. Ela não tinha nem 6 dólares. Eu me pergunto se ela gastou os 6 dólares enchendo a cara. Os sapatos provavelmente eram para o filho dela. Aqui as coisas são assim. Seus pensamentos são direcionados a você em primeiro lugar e, se restarem alguns, podem ficar para os seus filhos. Mas, pela minha experiência, as únicas coisas que as crianças ganham neste bairro são os pais bêbados e o estômago parcialmente cheio. *Você está viva, você vai sobreviver.* Isso é o que minha mãe costumava me dizer.

Antes de o meu turno terminar, pago pelos sapatos e os enfio na minha nova sacola Mercado & Merdas. Ando os dois quarteirões até o ponto de ônibus com a cabeça baixa. Está chovendo — chuva quente —, não do tipo frio que faz os ossos da gente doer. Eu gostaria de ter dinheiro para um café, mas gastei o que tinha nos sapatos, e preciso do resto para pegar o ônibus. Em vez disso, decido andar pelos cinco quarteirões. Paro em um *food truck* e lhes entrego o valor da minha passagem de ônibus. Em troca, recebo um copo de papel com café e uma dose de creme e três açúcares. É delicioso.

A delegacia em Bone Harbor Hill está sempre cheia. Entro no saguão e uma criança pequena de cara suja cai nas minhas pernas. Um bebê chora, uma mulher xinga, um homem que mal fala o idioma está discutindo com um funcionário.

— Um errrrrror! Um errrror! — ele grita.

Olho em volta, tentando decidir se vale a pena, quando vejo um dos policiais que foi ao Traporama para prender a mulher. Ele tem uma bolsa de ginástica pendurada em um dos ombros e a aparência de um homem que acabou de terminar seu turno.

— Dá licença — eu digo. Ele reluta em parar. — Dá licença — eu digo mais alto. Ele está usando óculos escuros apesar do dia já avançado. Eu olho para o meu próprio reflexo e digo: — A mulher que vocês pegaram mais cedo no Traporama, ela ainda está aqui?

Ele enfia os polegares nos passadores do cinto como se ele fosse algum tipo de chefe, e olha para mim como se estivesse tentando localizar meu rosto em alguma memória. Ele não vai conseguir.

— Sim, por quê?

Empurro os sapatos na direção dele.

— Ela deixou isso aqui lá — eu digo.

E então eu me viro e saio sem olhar para trás. Meus próprios calçados, os que estão nos meus pés, são os únicos que eu tenho. Tênis rasgados que comprei da bacia de promoções do Walmart. A gente pode passar sem muitas coisas nesta vida, mas sapatos são uma necessidade. Se você está roubando sapatos, é uma necessidade desesperada. E eu não vou me opor a pessoas se esforçando para sobreviver.

5

ESTOU ANDANDO ATÉ A VENDINHA PARA COMPRAR cigarros saudáveis, observando a maneira como a gordura dos meus joelhos incha a cada passo, quando o vejo. Ele está lendo um livro, com a cabeça apoiada na palma da mão. Há um copo de água ao lado dele, intocado e cheio até a borda, suando. O fato de que ele parece tão à vontade consigo mesmo é o que redireciona abruptamente meus pés da calçada rachada para o caminho que leva ao portão dele. Eu sorrio. Eu não sorrio. Eu torço as mãos. Eu as dobro atrás das costas. Ninguém sabe de fato se foi um acidente de carro, ou um tumor, ou algo como esclerose múltipla que fez de Judah Grant um aleijado. A gente o conhecia quando ele andava com as próprias pernas, então, um dia de repente ele não podia mais andar. Enquanto o vejo, tenho um pensamento que me assusta em sua clareza. *Ele usa cadeira de rodas. Sua cadeira de rodas nunca o usa.* Nunca tive esse pensamento antes. Como regra geral, tento não olhar para Judah. Ficar olhando para alguém em uma cadeira de rodas não parece educado — mesmo que ele seja lindo.

Há uma cerca em torno do seu quintal. Ali já foi bonito; ainda é possível ver os restos de tinta azul-clara em alguns lugares onde a ferrugem não a carcomeu. Eu me lembro de ser pequena e pensar que a cerca tinha cara de Páscoa. O portão range alto quando o abro com a ponta dos dedos. Judah levanta a cabeça, mas não de uma só vez. Ele é muito casual ao deixar o livro de lado e me observar subir a rampa que Delaney construiu para a cadeira de rodas.

— O que você está fazendo? — eu pergunto. Olho para o livro que ele está lendo. É uma biografia.

Ele segura o baseado fino entre os dedos. O cheiro é forte demais. Como maconha fumando maconha.

— Posso fumar um pouco? — pergunto.

Seus olhos me percorrem de relance.

— Eu nunca vi você fumar — diz ele, e não faz nenhum movimento para me passar o baseado. Sua voz é clara e profunda.

— Você nunca me *vê* — eu digo.

— É claro que vejo. — Ele coloca o baseado entre os lábios, traga um pouco e exala antes de dizer: — Você passa por aqui todos os dias para ir trabalhar.

Encolho o queixo, surpresa.

— Como você sabe que estou indo trabalhar?

— Não sei — ele responde. — Talvez porque você parece infeliz.

Ele está certo, é claro.

— Tá — eu digo. — Então você me vê andando para o trabalho uma vez por dia e de repente me conhece?

Ele sorri um pouco e encolhe os ombros, estendendo o baseado na minha direção como se não se importasse se eu fosse usar ou não.

— Não, obrigada — eu digo. — Eu não fumo.

Sua risada é lenta e vai crescendo. Ela se acumula no peito e explode. Ele ri como se estivesse rindo a vida inteira e soubesse como.

— Gostei da sua sacola — diz ele, apontando com o dedo mindinho. Os restos de seu sorriso ainda permanecem nos cantos da boca. — Mercado & Merdas. Isso é literalmente o que você coloca aí?

— Literalmente? — eu pergunto. — Você quer saber se eu literalmente coloco minhas compras de supermercado e minhas merdas nesta sacola?

Seus dentes deslizam sobre o lábio inferior enquanto ele me estuda. Posso dizer que é um hábito, a notar pelo estreitamento dos olhos, o balançar de um lado para o outro de sua cabeça.

Por fim, ele diz:

— Eu estava testando você. Não gosto de pessoas que usam a palavra "literalmente" de forma errada. Agora podemos ser amigos.

— Literalmente?

Ele coloca o baseado em um pequeno cinzeiro a seus pés e estende a mão.

— Eu sou Judah — diz ele. — E você é a Margô.

— Como você sabe o meu nome? — Seu aperto de mão dura mais tempo do que é considerado normal. Se eu não fosse tão feia, acharia que ele estava a fim de mim.

— Esta é a *rua Wessex;* nós somos todos parasitas na mesma veia em Washington. — Ele passa os braços para trás e apoia a cabeça nas mãos enquanto espera pela minha reação. *Olhe para ele, sentado em sua cadeira de rodas todo descolado.*

— Eu não sou um parasita — digo com calma. — Não recebo ajuda da seguridade social. Tenho emprego. — Eu me sinto mal imediatamente. Isso pode até não ser o que ele quis dizer. *Você nem sempre precisa ficar tão na defensiva,* digo a mim mesma.

— Não pareça tão culpada — diz ele. — Eu não estava acusando você de criticar o governo. Eu tenho um emprego.

— Não estou me sentindo culpada. Você não sabe o que estou pensando — digo, na defensiva. *Ops.*

Judah pega o baseado.

— Está sim. Você tem o tipo de cara que fala. — Ele faz um gesto com os dedos que imita uma boca falando nessa última parte. Não sorrio. Embora eu quisesse.

Comprimo todo o meu rosto, porque não sei o que ele está querendo dizer. Então eu entendo.

— Ah — respondo.

Eu olho para ele. Que tipo de trabalho ele poderia ter? Talvez algo na escola.

— Eu sei o que você está pensando — diz ele. — Que tipo de trabalho eu poderia ter?

— Credo! Para de ler a minha mente… e o meu rosto!

Nós dois rimos.

— Então, o que você faz?

Ele dá uma tragada no baseado.

— Você está brincando? — ele diz. — Estou em cima de uma cadeira de rodas. Eu não tenho emprego.

— Ai, meu Deus. — Balanço a cabeça para ele e olho para o céu. Está prestes a chover. — Você não pode simplesmente me deixar sem jeito assim. — Preciso pegar os cigarros dela antes que caia o mundo. — Tenho que ir — eu digo. Volto pelo caminho, minha sacola Mercado & Merdas balançando no meu braço.

— Tchau, Margô. Venha me ver de novo, tá? — ele grita de longe.

Quando chego em casa, uma hora depois, já está escuro. Posso ouvir vozes no quarto da minha mãe. Eu me pergunto se tenho tempo suficiente para usar o banheiro antes que ele saia. Seja lá quem *ele* for. Tenho que estar de volta ao Trapo no dia seguinte bem cedo, e preciso de um banho. Eu gostaria que tivéssemos chuveiro como as pessoas normais, mas a casa que devora foi construída antes de as pessoas se lavarem de pé. Pego uma toalha do meu quarto e encho a banheira. Estou no meio do banho quando batem à porta.

— Margô — chama a voz aguda da minha mãe. — O que você está fazendo aí?

Eu sei que não devo responder. O que ela quer é que eu desocupe o banheiro. Me enxaguo depressa, com cuidado para não derramar água no chão. Ela odeia isso. Os vinte segundos seguintes eu passo vestindo desesperada a roupa. Não sou rápida o suficiente. Eu sei disso. Fui estúpida em pensar que teria tempo bastante, e agora haverá consequências.

Quando abro a porta, ela está lá em seu robe vermelho de seda com um cigarro pendurado entre os dedos. Um rastro de fumaça sobe em direção ao teto cinzento. Ela me fulmina com o olhar, fazendo promessas silenciosas para mais tarde. Há um homem parado atrás dela, parecendo tão satisfeito quanto um bebê recém-alimentado. Ele olha para mim quando me encolho para passar ao lado da minha mãe e corro descalça para o meu quarto. Eu nem sequer consegui lavar o cabelo. Você não pode ser feia nesta vida e ter cabelos sujos. Por algum motivo, penso em Judah Grant — o oposto de feio e a razão pela qual eu queria lavar o cabelo.

Judah Grant não está sentado em seu quintal quando passo andando a caminho do ponto de ônibus na manhã seguinte. Delaney está cavando no jardim com um grande chapéu de palha na cabeça. Ela parece uma daquelas mulheres que a gente vê na capa de revista de jardinagem. Ela acena para mim quando passo. Às vezes, ela me dá dinheiro e me diz para trazer coisas do Trapo para ela. "Preciso de uma bermuda nova", ela costuma dizer, "tamanho 36". O corpo inteiro da Delaney é do tamanho da minha coxa. Eu pego para ela peças da seção de adolescentes no Trapo.

— Ei, Margô! — ela chama. Eu paro. — O Judah precisa de umas camisas. Das chiques. Algo que um homem deveria usar para trabalhar.

O mentiroso! Estou tentada a perguntar onde ele trabalha, mas ela está ocupada tirando dinheiro do sutiã, e eu me distraio.

Ela me dá uma de 10 e outra de 20. Ambas estão úmidas. Eu as seguro entre o polegar e o indicador.

— Que tamanho ele usa? — eu pergunto, como uma pateta. Queria saber por que a Delaney não pode ir ao Trapo e escolher as camisas dele. Eu me pergunto por que Judah é um puta de um mentiroso desse jeito.

— Pegue para ele algumas boas com colarinho — diz ela. Quero perguntar onde ele está trabalhando, mas nós nunca conversamos além de eu comprar roupas para ela.

— Está bem — eu digo. — Algo bom.

Vou pegar umas coisas muito feias para ele, só por ter mentido para mim. Além disso, uma pessoa com a cara dele não precisa estar bem-vestida, pernas funcionando ou não. A pessoa tem que deixar algum espaço no mundo para o resto de nós.

Compro quatro camisas para o Judah: rosa estampada, roxa com coraçõezinhos minúsculos brancos e uma camisa branca com listras vermelhas para que ele pareça uma daquelas balas em forma de bengala. Afinal, o Natal é todo fundamentado em mentiras, no fim das contas. A quarta camisa é melhor porque eu encontrei um pouquinho de compaixão no meu coração. É simplesmente azul. Delaney age como se eu fosse a próxima *top model* da América quando eu as entrego para ela.

— São perfeitas — diz ela. — Você deveria trabalhar com moda.

Mal posso esperar para vê-lo com a camisa de bengala de Natal, mas duvido que ele vá chegar a vesti-la. Para o azar dele, o Trapo tem uma política de SEM TROCAS muito rigorosa. Mas ele pode doar de volta, se quiser. Vou me certificar de que a Delaney volte a comprá-la para o aniversário dele.

Quando chego em casa, a porta do quarto da minha mãe está fechada. Ela deixou um bilhete colado na minha porta. *Pegue meu remédio*

Certo. Por que não? Eu sou a garota de recados não remunerada da minha mãe. Eu amasso o bilhete e o jogo na porta dela. É uma infelicidade que ela escolhesse esse momento para sair de seu quarto. O bilhete bate no peito esquerdo e salta para o chão. Ela o observa cair ao seu pé e, em seguida, leva o olhar de volta para o meu rosto. Minha mãe não precisa dizer nada para me punir. Ela não é adepta da violência verbal. Ela se vira e fecha a porta. A mensagem é clara. Eu sinto nojo dela. Ela nem me queria por perto, mas, como ela não sai mais de casa, eu compro as merdas para ela. Saio de novo e caminho até a casa do crack para arrumar o remédio da Wendy. Pelo menos ela não me mandou para a casa das pessoas más.

— E aí, Margô!

— E aí? — respondo.

Judah está conduzindo a cadeira para a frente e para trás na entrada da garagem. Ele está usando uma camiseta branca fina e todos os seus músculos estão aparecendo.

— Eca, nojento. Você tem músculos.

— Sim, eu sou uma tora — diz ele.

— Por que você está fazendo isso? — pergunto. Ele está se movendo para a esquerda, depois para a direita, girando para um lado, girando para o outro, o mais rápido que ele consegue.

— Treinando.

— Legal, eu não faço isso.

Como se não fosse evidente nas dobras de gordura ao redor dos seus joelhos, eu penso.

Continuo andando, mas ele me segue na calçada. Eu posso ouvir as rodas rangendo atrás de mim. Eu sorrio.

— Você não fuma nem treina. O que você faz?

Não sei o que faço; sou uma espécie de perdedora.

— Eu falo com você uma vez... agora você acha que somos amigos?

— Você tem um jeito de malvada — diz ele. — Eu tinha medo de você. Aí, quando você tomou a iniciativa...

Ele é um babaca. Não consegue nem falar essas coisas mantendo a cara séria.

Começo a andar de novo, e ele não tem problema em me acompanhar.

— Eu leio — eu digo. Olho para ele com o canto do olho para ver se ele está me julgando.

— Eu também — diz ele. Lembro-me do livro que ele estava segurando no dia em que fui até o portão da casa dele. — Principalmente biografias.

— Credo — eu digo. E então: — Já presencio o suficiente da vida real em Bone. Quero ir para algum lugar bom quando leio, não para o lixo da vida de outra pessoa.

— Não vale a pena ler sobre vidas legais — ele argumenta. — Eu leio sobre as dificuldades. As dores de crescimento de outras pessoas.

— Eu gosto de finais felizes — eu digo. — A vida real nunca tem um final feliz.

— Deus, você é deprimente. Não sei por que somos amigos.

— Nós não somos — eu digo de longe. — Agora espere por mim aqui, e, se você ouvir tiros, chame a polícia. Ela não vão vir, mas ligue mesmo assim.

— Eu tenho armas — diz ele, flexionando os braços. — Eu posso te proteger.

Eu rio. Eu não sabia que tinha risada dentro de mim.

Paro de rir quando Mo abre a porta. Sou atingida na cara pelo cheiro de maconha e bife cozinhando. Ele empurra o filho de oito meses no meu colo.

— Segure ele — resmunga.

Pego Mo Jr. e sento-me no degrau da frente com ele. Eu tenho que empurrar para o lado um monte de pontas de cigarro. Mo Jr. cheira à fralda de uma semana. Ele olha para mim como se eu fosse a criatura mais chata do mundo, antes de olhar para os arbustos à esquerda da casa.

— Mo — eu digo. — Pequeno Mo. — Ele não desvia o olhar dos arbustos. Eu começo a assobiar. Sou razoavelmente bem-sucedida no quesito assobio; Judah levanta os olhos de onde ele está fazendo cavalinhos de pau na calçada. O Pequeno Mo vira o rosto para mim.

— Finalmente — eu digo. — Parte meu coração quando você não presta atenção em mim.

Assobio para ele uma música que ouvi no rádio, quando estava no trabalho. Ele sorri um pouco. Quando o Grande Mo volta para a porta, ele se abaixa para pegar o bebê e coloca alguns saquinhos no meu colo. Levanto-me e tiro a poeira das calças. Mo se inclina contra o batente da porta.

— Sua mãe está bem?

— Está — respondo. — Igual sempre.

— Ela era minha babá quando eu era bem pequenininho.

Mantenho o rosto vazio, mas estou mais que surpresa. Ela nunca me contou. Não que ela me diga alguma porcaria.

Deixo os 20 dólares enrolados nos degraus.

— Tchau, Pequeno Mo — eu digo, mas a porta já está fechada. Coloco os saquinhos dentro da minha sacola Mercado & Merdas.

Quando chego à rua, Judah olha para minha sacola.

— Aquilo era para você?

— Não, minha mãe é viciada em remédio.

Ele parece aliviado.

— Mesmo se fosse, você não teria o direito de julgar, seu noia.

— A Maria Juana é diferente — diz ele.

— Não. Tudo vicia. O emocional, o físico. Você usa porque precisa. Não importa se o seu corpo precisa da substância ou não. A sua mente precisa.

— Gostei de você — diz ele.

Estou surpresa.

Ele me leva até em casa. Isto é, ele me leva até em casa me acompanhando com a cadeira de rodas. O que é melhor, porque acompanhar a pé qualquer um pode acompanhar. Eu não o deixo entrar na minha casa. Todo mundo sabe o que a minha mãe faz; mas, mesmo assim, não quero que ninguém veja em primeira mão.

— Você é viciada em quê? — ele me pergunta antes que eu possa dizer boa-noite.

— Não é óbvio? — retruco.

Ele acena com a cabeça, como se tivesse entendido.

— Sarcasmo — diz ele.

Passo minha sacola de Mercado & Merdas de um braço para o outro.

— Comida — eu digo. — Especificamente pães de mel. Mas, se for um processado, aceito qualquer coisa.

Não adiantaria nada guardar segredos em um lugar onde todos expressam seus pecados aos quatro ventos. O meu é a gula.

— Eu sou gorda — digo a ele. E então eu acrescento: — Porque eu janto pão de mel.

— Você não é gorda — diz ele. Eu não fico para ouvir o que ele diz em seguida. Caminho até a porta da frente.

6

ALGUNS DIAS DEPOIS DE TER CONFESSADO A JUDAH Grant sobre o meu vício em pão de mel, ouvi uma batida na porta da frente.

Toc toc toc toc.

Estou tentando colar a sola do meu tênis quando ouço a batida. Levo um susto tão grande que deixo cair o tênis e o tubo de supercola. Fico paralisada, sem saber o que fazer, vendo o material vazar no piso. Ninguém vem a esta hora do dia, nem mesmo as testemunhas de Jeová. Olho para a escada que vai ao quarto da minha mãe com o coração ainda acelerado. Ela não vai acordar por mais algumas horas. Minha mãe tem agorafobia grave, para não mencionar a paranoia e o vício em remédios. Se ela estivesse acordada, estaria jogando pequenos comprimidos brancos dentro da boca e suando em bicas. Houve noites em que ela deixou a porta aberta para os homens, só para não ter que ouvi-los bater.

Toc toc toc. Mais alto desta vez.

Vou descalça, na ponta dos pés, até a porta e espio pelo olho mágico. Um aglomerado de seres humanos ocupa a frente da casa que devora. São todos de diferentes tamanhos e etnias, todos em um bloco compacto debaixo da cobertura frágil, para fugirem da chuva. Passo a corrente de segurança antes de abrir a porta, então olho através da lacuna para o grupo confuso.

— Sim?

Um homem, mais para a frente do grupo, dá um passo adiante e enfia um pedaço de papel no meu rosto. Ele parece um urso-cinzento, com uma barba grisalha e uma cabeleira castanha. Olho do rosto dele para o papel. Há o rosto de uma menininha no centro; ela usa tranças, e há uma janela onde deveriam estar seus dois dentes frontais. VOCÊ ME VIU? está escrito em negrito, com letras pretas na parte inferior. Um calafrio rasteja pela minha espinha.

— Somos parte de um grupo de busca a Nevaeh Anthony — ele me diz. — Você viu esta menina?

Bato a porta com força e tiro o trinco de correntinha. Quando a abro de novo, todo mundo, inclusive eu, parece surpreso. *Se a vi? Se a vi?* Eu a vejo todos os dias. Eu a vi o quê...? Dois dias atrás? Três? Pego o papel dele.

— Q-quando? — pergunto a ele. Pressiono a palma contra a testa. Eu me sinto estranha. Transpirando, zonza.

— A mãe diz que não a vê desde quinta-feira. Entrou em um ônibus para ver a vovó e nunca mais voltou?

Quinta-feira... quinta-feira foi o dia em que trancei o cabelo dela.

— Eu a vi na quinta-feira — eu digo. Saio de casa e fecho a porta atrás de mim. — Eu vou com vocês.

Ele acena para mim com a cabeça, muito devagar.

— Você tem que ir até a delegacia. Conte a eles o que você viu — diz ele. — Quando eles terminarem de falar com você, nós vamos esquadrinhar toda esta área. Da *Wessex* até a *Cerdic*. Depois venha nos encontrar, ouviu?

Eu confirmo. Estou descendo a *Wessex* descalça, gordura balançando ao redor do corpo como gelatina, quando ouço Judah chamar meu nome.

Eu paro, respirando com dificuldade.

— Você a viu? — ele grita de longe. Sua testa está franzida, e ele está se levantando da cadeira com a ajuda dos braços para poder me ver.

— Na quinta-feira! — eu grito de volta. Ele faz um sinal afirmativo. — Onde estão seus sapatos?

— Saiu a sola. — Dou de ombros.

— Vá! Vá! — Ele diz. Eu corro: depressa e descalça.

Espero o detetive Wyche na mesa dele enquanto ele toma uma xícara de café. Quando entrei, a primeira coisa que ele fez foi perguntar onde estavam meus sapatos.

— Preciso falar com os detetives encarregados do caso Nevaeh Anthony — eu disse, ignorando a pergunta. Ele parece surpreso por um minuto, então me leva para sua mesa, anunciando que precisa de uma xícara de café. Ele tem bonequinhos cabeçudos dos últimos dez presidentes alinhados em torno de seu computador. Eu examino meus pés sujos e me pergunto como os sapatos de uma pessoa podem dar mancada em um dia como este. Estou sangrando em dois lugares onde a calçada me cortou. *Até a calçada de Bone está quebrada*, eu acho.

O detetive Wyche volta com o parceiro — um homem muito mais gordo e mais velho, com manchas de suor nas axilas. Ele grunhe alto quando se senta ao meu lado. Cheira a desodorante Old Spice e desesperança. Eles me interrogam por duas horas enquanto balanço os joelhos para cima e para baixo,

34

e desejo que eu também pudesse tomar uma xícara de café. Não peço, porque fui ensinada a acreditar que é errado pedir coisas. Você sofre em silêncio, para que ninguém tenha o direito de te chamar de frouxa. O detetive Old Spice assume a liderança. Ele quer saber quando eu vi Nevaeh pela última vez.

— No ônibus dezessete; ela estava indo para a casa da avó, eu estava a caminho do trabalho. Eu não sei exatamente onde a avó dela mora.

— O que ela estava vestindo?

— Legging vermelha e uma camiseta com um emoticon sorridente com o texto: *Não envie mensagens de texto para o seu ex.* Quando digo isso, o detetive Wyche arqueia as sobrancelhas. *Ah, cale a boca*, eu quero dizer. *Ninguém tem dinheiro para roupas.*

— Ela disse algo incomum?

— Não, ela estava feliz. Normal.

— Tinha hematomas nos braços e nas pernas?

— Não que eu pudesse ver.

— Ela alguma vez mencionou alguma coisa sobre maus-tratos?

— Não. Ela falava muito sobre a avó. Adorava ficar com ela.

Se eu conheço a mãe de Nevaeh, Lyndee Anthony? Apenas de passagem. Nós nunca nos falamos? E assim por diante. Quando finalmente penso que acabou, eles me fazem todas as mesmas perguntas de uma maneira diferente.

Vou andando para casa na chuva, os pés latejando, e agarro minha capa de chuva. Está ficando escuro. Eu me pergunto por quanto tempo a equipe de busca vai procurá-la com esse tempo. É tarde demais para encontrá-los agora.

Estou descendo a *Wessex* com uma pilha de cartazes que peguei com os detetives quando Judah se colocou no meu caminho. Olho para ele inexpressiva antes de ele me entregar um par de galochas.

— São da minha mãe — diz ele. — Ela não usa.

Pego as galochas. São verdes com cerejas vermelhas. Calço-as nos pés descalços, sem dizer uma palavra.

— Me dê alguns. — Ele estende a mão e eu deslizo uma pilha grossa de panfletos entre seus dedos. Decidimos distribuí-los no Walmart. Nenhum de nós fala. Não tenho certeza se Judah conhece Nevaeh; ele nunca teve razão para esbarrar com ela por aí, mas seu rosto está abatido e pálido. É assim em Bone. Você tem medo por si mesmo, principalmente, mas às vezes também teme por outra pessoa. Quanto a mim, sei o que é ser criança e ficar sozinha. Quando nossos panfletos acabam, vamos para casa.

— Tivemos que esfregá-los na cara das pessoas — eu digo. — É como se ninguém quisesse olhar.

— Você tem que entender algo sobre Bone — diz Judah. — Todas as coisas ruins que acontecem aqui lembram as pessoas do que elas estão tentando esquecer. Quando se é rico e vê coisas como essas na TV, você abraça seus filhos e se sente grato por não ser você. Quando se é de Bone, você abraça seus filhos e reza para não ser o próximo.

Fico em silêncio por um longo tempo, pensando nisso. Passei tanto tempo sentada sozinha em um quarto escuro com uma caixa de pães de mel que é legal falar.

— Por que ninguém faz alguma coisa? Por que nós não fazemos alguma coisa? Todos nós poderíamos sair daqui, cada um de nós, e procurar algo melhor.

— Não é assim tão fácil — diz Judah. — Bone está na nossa essência. É complacência e medo transmitidos de geração em geração.

Judah para em um *food truck* e analisa o cardápio. Espero por ele sob o toldo de metal curto do topo do ponto de ônibus, tentando me manter aquecida. Os caras atrás do caixa parecem conhecê-lo. Eles saem do *food truck* para levar o pacote com a comida até Judah, que coloca em seu colo ao se virar para mim.

— Jantar — diz ele.

Eu me sento desajeitadamente enquanto ele separa tacos e batatas fritas em guardanapos que coloca no colo. Há pequenas xícaras de salsa vermelha para acompanhar tudo, e um grande copo borbulhante de Coca-Cola. É a primeira vez que alguém me paga o jantar.

A chuva é uma névoa fina esta noite, mas não é muito fria. Se Nevaeh está ao ar livre — ferida ou algo assim —, ela não vai congelar. Odeio pensar nisso.

— Onde ela poderia estar? — pergunto, cautelosa, pegando uma batata. — Esta é uma cidade pequena. Quase nenhum estranho vem até aqui.

— Talvez ela tenha fugido — diz Judah. Sua boca está cheia de taco. Posso sentir o cheiro do coentro e da carne. — Você sabe como as criancinhas são por aqui. Eu tinha vontade de fugir uma vez por semana quando tinha a idade dela. Eu provavelmente teria fugido se tivesse pernas para fazer isso.

Eu balanço a cabeça.

— Não, ela não é assim.

— Eu sei — diz ele. — Estou apenas tentando me sentir melhor.

Eu mordisco a batata que estou segurando, esmagando entre os dois dentes da frente como um esquilo.

— Você a conhece?

Ele hesita.

— Conheço... — Ele lambe o creme azedo do canto da boca e continua comendo.

Tento pensar em todas as maneiras pelas quais ele poderia ter tido contato com Nevaeh e não consigo chegar a conclusão nenhuma. Nevaeh não morava na *Wessex*; ela morava na *rua Thames*, duas para baixo, virando a esquina. Ela ia para a escola, pegava o ônibus para a casa da avó, brincava na rua, mas nunca chegava mais longe do que o fim do quarteirão. Como um rapaz aleijado em idade universitária conhece uma menina da segunda série?

— Por que você não está comendo? — pergunta ele.

Porque eu não quero que você pense que eu sou gorda.

— Não estou com muita fome, eu acho. — *Estou faminta.*

Ele afasta o taco e olha para mim. Pedaços de alface caem no seu colo e no chão.

— Se você não come, eu não vou comer. E aí você vai ser responsável por matar um aleijado de fome.

Eu desembrulho meu taco, sorrindo um pouco.

— Onde você trabalha? — pergunto.

Nós terminamos de comer, embalagens descartadas, as mãos limpas nas nossas calças. Eu desço do meio-fio e, em seguida, volto para ajudá-lo em um trecho ruim da rua — rachada e ondulada. Eu sei que ele estuda em Seattle, porque três vezes por semana a escola envia uma van branca para buscá-lo. Embora eu não saiba o que ele estuda.

— No meu trabalho — ele responde.

— Ok, espertinho, o que você está estudando?

— Magistério para educação infantil.

Fico surpresa com sua resposta rápida, quando ele estava se esquivando da outra pergunta havia tanto tempo. Se bem que algo sobre ele ser professor se encaixa. Cai como uma luva, apropriado.

— Foi assim que você a conheceu? *Conhece...* — eu me corrijo.

— Foi — diz ele. E isso é tudo o que ele diz. E, mesmo que tenha me comprado o jantar, tenho o desejo de estender a mão e dar um tapa na nuca dele. Sou uma hipócrita, eu percebo. Também não gosto de perguntas intrusivas.

Eu sinto como se o conhecesse há muito, muito tempo.

7

DESVIO 10 DÓLARES DO ASSOALHO PARA COMPRAR UM novo par de sapatos no Trapo. Tenho sete cheques de salário, feitos no meu nome, e nenhuma conta bancária para depositá-los. Preciso de uma identificação com foto para abrir uma conta bancária, e até agora não consegui encontrar minha certidão de nascimento. Uma vez eu pedi para ela, e seus olhos ficaram turvos antes que fosse embora sem dizer uma palavra. Tenho um cartão de seguridade social, Margô Moon e um número de nove dígitos que diz ao mundo que sou uma americana válida. Como não tenho um documento com foto, Sandy teve que aceitar minha palavra quando me contratou.

Todos os meus sete cheques estão dentro da minha cópia desgastada de *Mulherzinhas*. Eu uso as galochas da Delaney para trabalhar nesse meio-tempo. Judah diz que a mãe dele nem vai notar que estão desaparecidas, mas não tenho o hábito de roubar galochas e depois desfilar com elas na frente da dona.

Sandy me olha de cima a baixo quando eu entro.

— Não está nem chovendo — ela diz. — E essas botas são felizes. Você não é feliz.

Eu dou de ombros. Sandy acabou de colocar aparelho nos dentes. É difícil levar um adulto de aparelho a sério.

Antes de a loja abrir, eu encontro um par de All Star vermelho com desgaste mínimo na seção de adolescentes descolados. Troco as galochas por eles e coloco meus 7 dólares no caixa. Nunca tive um par de All Star antes. Apenas tênis do Walmart. Eu me sinto como se valesse 1 milhão de dólares, ou sete, dependendo da maneira como você analisa. Quando Sandy vê meus tênis novos, ela me faz um sinal de positivo. Faço um *moonwalk* pelo piso do Trapo. Não sei por que sou tão boa no *moonwalking*. Sandy me diz que eu sou uma garota branca com um dom, enquanto ela come um muffin genérico da loja de conveniência do posto de gasolina e balança a cabeça ao ritmo de "Billie Jean". Fico até tarde no trabalho ajudando Sandy a organizar uma entrega que chegou tarde e quase perco o último ônibus da noite. O motorista franze a testa para mim quando eu bato nas portas no momento em que ele já está se afastando, mas me deixa entrar e eu mostro a ele meu maior sorriso. Assim que desço no meu ponto, estou tão exausta que mal posso manter os olhos abertos. Carrego as galochas para a casa de Judah e as coloco apoiadas na porta da frente. A maior parte do bairro já está dormindo — até a casa do crack. Estou saindo de fininho quando ele chama por mim. Não consigo vê-lo. Ele deve estar sentado no escuro na janela que dá para a rua.

Ando rapidamente em direção à sua voz e me agacho, tentando vê-lo através da tela.

— E aí? — eu digo.

— E aí? — Sua voz está diferente.

— Eu trouxe de volta as galochas da sua mãe — digo com cautela. Então: — Por que você está sentado no escuro?

Há uma longa pausa. Posso ouvir sua respiração entrando e saindo de seus pulmões.

— Eu estava esperando você passar por aqui.

Olho por cima do meu ombro, para a noite morta, para a rua morta. Nem os sapos estão coaxando esta noite. Tomo uma decisão.

— Posso entrar? — sussurro.

Sua cabeça se move para cima e para baixo, mas apenas um pouquinho. Vou até a porta e abro devagar. Nenhum rangido escapa das dobradiças, e por isso fico aliviada. A última coisa que quero é que Delaney saia do quarto para encontrar a filha da prostituta andando sorrateiramente na sua sala de estar. A casa está escura, exceto por uma vela queimando no canto mais distante da sala. Cheira a canela.

A cadeira de Judah está encostada bem na janela. Eu me pergunto com que frequência ele fica ali observando o mundo de sua cadeira. Seus ombros estão curvados para dentro, a cabeça inclinada na linha do pescoço. *A cadeira o está usando esta noite*, eu acho. Vou até ele, ajoelho-me e coloco as mãos nos joelhos dele. Nunca o toquei antes. Nunca ousei. Seus joelhos são frágeis e finos. Não como o resto dele. Judah nasceu para ser grande, alto e poderoso, e a vida lhe roubou isso. Qual será o peso desse fardo? Sua cabeça se levanta um pouco, só para podermos trocar olhares. Ele parece… cansado.

— Judah — eu sussurro. — Por que você estava esperando por mim?

Ele pisca lentamente, como se estivesse em algum tipo de transe, depois olha pela janela.

— Eu sempre esperei. — Há tal e completo desânimo em sua voz que eu recuo.

Ele levanta o braço e aponta para o outro lado da rua.

— Lá, onde as amoras crescem no verão...

Olho para onde ele está apontando. Há um emaranhado de arbustos do outro lado da rua. Ninguém os poda, então eles crescem livres ao redor do terreno vazio.

— Eu vi você lá pela primeira vez, colhendo amoras com a sua mãe. Quer dizer, você viveu aqui a vida toda, e eu também, mas essa foi a primeira vez que eu olhei. Você era bem pequenininha, com janelinhas nos dentes, joelhos um pouco ralados. Seu cabelo estava tão bagunçado e era tão loiro que parecia branco ao sol.

Eu procuro por essa memória. Colhendo amoras com a minha mãe. Sim. Ela costumava fazer tortas. Nós pegávamos tigelas e as enchíamos, manchávamos nossos lábios com o suco roxo enquanto comíamos e colhíamos. Ela me contava histórias sobre como costumava fazer a mesma coisa com sua mãe. Antes que minha avó tentasse afogá-la, é isso.

— Sua pele fica bem bronzeada no verão — continua ele. — No inverno, você é como a neve, mas quando chega o verão você parece uma índia com cabelos dourados. — Olho para os meus braços. Está muito escuro para ver a cor da minha pele, mas sei que ele está dizendo a verdade. Eu não sei aonde ele quer chegar com isso. Ele não parece ele mesmo.

— Sabe o que eu pensei quando te vi? Ela vai lutar. Você entrava naqueles espinhos para pegar as melhores frutas para sua mãe; não importava se saísse toda arranhada. Você tinha visto o que queria e fazia o que era necessário para alcançar.

— Judah...? — Balanço a cabeça, mas ele me pede silêncio. Coloca dois dedos sobre meus lábios e pressiona suavemente. É o mais perto que eu já cheguei de um beijo.

— Eu já estava na minha cadeira nessa época. Eu não podia fazer isso. Nem mesmo se quisesse. É engraçado — diz ele — que eu precisasse da cadeira de rodas para ver você... para ver muitas coisas, na realidade.

A vela está dançando, tremeluzindo levemente ao redor da sala. Estudo seu rosto, querendo lhe apressar as palavras e saboreá-las ao mesmo tempo.

— Eu sou meia pessoa — ele diz baixinho. — Eu sempre vou ter limites e nunca vou ter pernas. Às vezes, isso me faz querer... desistir.

Engulo o seu "desistir" porque eu também queria "desistir" em muitas ocasiões. Em especial quando estou paralisada pelo pensamento de que pode não haver mais nada nesta vida além de Bone. Um vazio profundo me toma, e tenho que dizer a mim mesma que sou muito jovem para ter certeza. *Tente mais alguns anos antes de desistir, Margô.* Neste momento, o pensamento de Judah desistindo me deixa em pânico.

— E daí? — eu digo.

Ele olha para mim. Espera. Também espero. Não quero misturar minhas palavras — dizer algo superficial. Eu nunca vou ser boa o suficiente para Judah Grant, então quero que minhas palavras sejam aquilo pelo qual ele tenha sede. Encontrar uma necessidade faz com que você se sinta mais enraizado. Como eu sei disso? *Porque eu compro os cigarros da minha mãe? Trago absorventes e salgadinhos da farmácia?*

— Eu tenho pernas, Judah, e não sei como usá-las. Sua vida anda, e você vai sair de Bone e ser alguma coisa. O resto de nós, com nossas pernas funcionando, vai viver e morrer em Bone.

— Margô... — a voz dele falha. Seu queixo afunda no peito, e não tenho certeza se ele está chorando até que eu o ouço fungar. Ele me agarra, antes que eu possa pegá-lo, e me abraça apertado.

— Margô — ele diz no meu cabelo. — Eu vou te salvar, se você me salvar.

Faço que sim, as palavras presas na minha garganta, embargadas de emoção. Esse é o melhor acordo que a vida já me ofereceu.

8

— VOCÊ NÃO SENTE QUE PRECISAMOS FAZER ALGUMA coisa? — comento com Judah alguns dias depois. — Como realmente se prontificar e *fazer* alguma coisa. — Ele está polvilhando folhas verdes em uma folha de papel branco fino. Eu observo, paralisada, a agilidade de seus dedos enquanto ele lambe, depois enrola.

— Tipo o quê? — pergunta ele. — Começar a nossa própria investigação?

— Talvez! — exclamo. Ele termina um baseado e começa a enrolar outro.

— Deixe-me tentar — eu digo, empurrando as mãos dele para o lado.

Ele se afasta da mesa com uma expressão divertida no rosto. Meus joelhos pressionam contra as rodas de sua cadeira. Meus joelhos gordos e inchados. Espero que ele não olhe para baixo e perceba. O vento aumenta, e posso sentir o cheiro da pele dele: suor e colônia.

— Não é tão fácil quanto parece — eu digo. Não gosto de como o cheiro de Judah faz meu corpo reagir.

— Não, não é.

Ele está me observando com atenção. Isso me deixa insegura. Meu cabelo está desgrenhado e minha pele está queimada pela exposição ao sol. Meus dedos se atrapalham, e eu deixo pedacinhos verdes caírem sobre a mesa.

— Calma aí, Magrinha. — Judah pega um pouco da erva e coloca de volta no papel. Olho para ele brevemente para ver se está irritado, mas nem está mais olhando para mim. Ele está observando as árvores do outro lado da rua.

Acordei cedo esta manhã e encontrei um dos grupos de busca vasculhando a mata no lado leste do rio Boubaton. Eles nos deram donuts, café e coletes amarelos de néon para usarmos sobre as roupas como uma precaução de segurança. Alguns dos policiais trouxeram cachorros — grandes pastores-alemães usando coletes com a palavra POLÍCIA em letras amarelas brilhantes nas laterais. Caminhamos em linha reta pela floresta, procurando algo que pudesse estar fora do lugar: um pedaço de roupa rasgada, sangue, cabelo. Eu ficava mais sem fôlego a cada passo que dava, imaginando se era eu quem encontraria Nevaeh.

Crianças desapareciam todos os dias, mas só 1% desses casos chegava ao noticiário nacional. Pessoas machucavam crianças. Quando é uma criança que você conhece, uma que anda de ônibus com você e caminha pelas mesmas ruas de merda que você percorreu a vida inteira, é uma coisa horrível. O mal podia nos pegar um por um, começando pelos mais fracos.

— Meu baseado ficou uma porcaria — eu digo, segurando o fracasso entre as pontas dos dedos. Está frouxo. Um pouco da erva cai de uma extremidade e é levada da mesa quando a brisa começa a aumentar. Ele o arranca dos meus dedos e começa de novo.

— Você está ajudando — diz ele. — Você está procurando na maldita floresta. O que mais você poderia fazer agora?

— Encontrá-la — respondo. — Ela está em algum lugar, não está?

É o olhar dele que me deixa preocupada. Ele tenta encobrir com aquilo que eu necessito ver: esperança ou algo tão patético quanto. Isso é o que eu sou, acho: uma humana pateticamente esperançosa que quer acreditar que uma garotinha ainda está viva. E, mesmo se ela estivesse, em que condições estaria depois de todo esse tempo? Balanço a cabeça, e minha voz treme um pouco quando digo:

— Você não tem que me olhar desse jeito. Como se eu fosse uma idiota ou algo assim.

— Essa é a última coisa que eu acho de você, Margô. A última. Ela está desaparecida há dois meses...

Foram realmente dois meses? Eu penso na última vez que a vi. Era junho; o sol começara a brilhar com firmeza. A escola havia acabado de entrar em férias, e todas as crianças de Bone traziam um entusiasmo louco no semblante. Nevaeh tinha me dito que a avó lhe dera 2 dólares por cada "A" que ela ganhou no boletim escolar.

Dez dólares! Ela falara com orgulho. *Eu vou guardar e comprar algo muito legal.*

Ela nunca chegou a gastar o dinheiro, eu tenho quase certeza. É provável que ainda estivesse naquela carteirinha da Hello Kitty em sua mochila, enfiada atrás de pacotes de balas de goma e da ursinha de pelúcia roxa que ela mantinha escondida no fundo. Ela a chamava de Bambi.

Não posso simplesmente deixá-la em casa, ela disse, sua vozinha soando doce e vulnerável. *Ela vai aonde eu vou.*

Eu me afasto, de repente, sentindo a dor da tristeza, e deixo Judah fumar o cigarro dele. Deixo-o usar a erva para curvar as arestas da vida. Eu preferiria senti-las — sentir a dor — porque isso era mais real. Que hipócrita eu sou. Passo a vida inteira lendo livros que aludem à felicidade, quando me recuso a vivenciá-la.

A tristeza é um sentimento em que você pode confiar. É mais forte do que todos os outros. Ela faz com que a felicidade pareça instável e indigna de confiança. Ela permeia tudo, dura mais e substitui os bons sentimentos com uma facilidade tão eloquente que você nem sente a mudança, até que, de repente, você está enrolado em suas correntes. Como nos esforçamos para conquistar a felicidade! E quando afinal temos o sentimento indescritível ao nosso alcance, nós o seguramos brevemente, como a água que flui entre nossos dedos. Eu não quero segurar água. Eu quero segurar algo pesado e sólido. Algo que eu possa entender. Eu entendo a tristeza, e por isso confio nela. Estamos destinados a sentir tristeza, mesmo que apenas para nos proteger da breve conversa-fiada de felicidade. A escuridão é tudo que eu vou conhecer; talvez a chave seja fazer poesia disso.

Eu me encontro na floresta, tocando a casca nodosa das árvores e esfregando uma folha entre os dedos. Penso em Lyndee Anthony, a mãe de Nevaeh. Eu a vi algumas vezes de pé na varanda da casa dela, olhando para a rua, os olhos se movendo para lá e para cá, imitando o movimento de seu cérebro. Ela é uma mulher magra, o cabelo escuro cortado rente à cabeça. Parece quase infantil, embora seus traços sejam sensuais e cheios. Às vezes, quando eu as via juntas na cidade, pensava que Nevaeh parecia mais adulta do que a mãe. Nevaeh, com seus olhos cheios de alma. Os movimentos firmes do seu corpo. Os olhos de Lyndee estavam vazios e entediados. Eles me lembraram os olhos de um cachorrinho.

Desde que Nevaeh desapareceu, o rosto de Lyndee está na primeira página do *Bone Harbor*, abatido e triste. Comecei a colecionar os artigos, os vários tons da tristeza de Lyndee se espalharam nas capas com manchetes como: *"Mãe implora por informações sobre a filha desaparecida"*; *"Mãe dá à polícia novas pistas sobre a ausência da menina"*. O pai de Nevaeh nunca apareceu durante as primeiras semanas da busca. Havia rumores de que, quando Lyndee ligou para contar o que havia acontecido com a filha, ele pediu um teste de paternidade. Quando as emissoras locais de notícia pegaram a história, ele mudou de tom e começou a dar uma série de entrevistas com lágrimas nos olhos, alegando que Lyndee nunca o deixava ver a filha, e isso mudaria assim que a encontrassem. Eu nunca, nem por um segundo, acreditei naqueles olhos marejados pedindo atenção. E quando o caso morreu, alguns meses depois, assim morreu a encenação dele.

Saio do bosque e me aproximo dos fundos da casa que devora. As ervas daninhas fazem cócegas nas minhas panturrilhas enquanto vou andando pelo mato alto no quintal. O varal no qual minha mãe pendurou nossas roupas molhadas se soltou do poste. Pego a ponta solta e examino. Ergo os olhos e vejo as cortinas do quarto da minha mãe afastadas, seu rosto olhando para mim. Cruzamos o olhar por um momento antes de eu desviar primeiro. Quando olho para a minha mão, percebo que a esfreguei tanto que me feriu.

9

AGOSTO EM BONE É O BAFO QUENTE DO VERÃO MISTURADO com o cheiro doce de canela das rosas selvagens. A claustrofobia pega a gente e nos faz sentir como se não conseguisse respirar, e então fazemos algo maluco como Velda Baumgard na *rua Thames*, que esfolou o cachorro da família e o deu de comer aos parentes porque estava cansada dos latidos.

Atravesso a rua e ando sob a cobertura das árvores, que têm tons vívidos de verde-limão e verde-escuro. Ervas daninhas se espremem através de rachaduras na rua e nas calçadas, flores desabrocham onde não deveriam — um aglomerado de narcisos ao lado do Banco de Bone Harbor, begônias dependurando-se no viaduto sobre a *rua Doze* e um laurel quase tocando o teto dos carros. Há até um pequeno campo de lilases ao lado do Walmart, onde é possível ver pessoas paradas admirando a natureza selvagem da visão. No verão, tudo é exuberante e cheio de vida — até mesmo as pessoas. Elas param de reclamar sobre como Harpersfield, uma cidade a 16 quilômetros de distância, tem um pequeno centro comercial com ruas de paralelepípedos, onde se pode tomar cafés gourmets e assistir a um filme na *rua Oito*.

Elas esquecem e grelham cachorros-quentes e hambúrgueres de carne cinzenta nos quintais, convidando os amigos para beber cerveja morna e fofocar. No verão, esquecem que seu emprego paga um salário mínimo, e que os carros precisam de freios novos, e que a chuva logo virá lavar seus sorrisos. No verão, as pessoas de Bone cantarolam, riem e deixam o sol derreter suas preocupações. Mas Nevaeh arruinou o verão deste ano. As pessoas estão procurando na floresta em vez de fazer churrasco. Olhando ao redor, cansadas, em vez de virar o rosto na direção do sol. Todos nós sentimos.

Na maioria dos dias, esqueço o ônibus e caminho os 8 quilômetros até o trabalho. Não é tão ruim. Eu como uma barra de granola enquanto ando, um ritual que passei a aproveitar — meus passos duros enquanto a aveia e as passas rolam na minha boca. Parece muito natural andar por Bone no verão comendo granola. No fim da tarde, quando saio do Trapo, compro um café no *food truck* e volto andando para a casa que devora. Dentro de algumas semanas, minha pele normalmente pálida adquiriu aquele bronzeado profundo que Judah mencionou uma vez, e minhas calças estão frouxas em volta dos meus quadris como pele solta. Minha esperança é renovada pela breve pausa de três meses na chuva, mas também há uma umidade, uma culpa podre. Uma menina está desaparecida; sua mãe está sofrendo; sua avó, tão perturbada que não sai mais de sua casinha na avenida Cambridge. Quero ir até ela, oferecer meus serviços de alguma forma — qualquer coisa para aliviar seu sofrimento. Porém, no final, sou apenas uma estranha, e o máximo que faço é sussurrar uma oração quando passo pela casa dela. Minhas palavras desvanecem com a mesma velocidade com que deixam meus lábios. Não há conforto para os destruídos.

Nevaeh era a versão mais jovem de mim; a diferença é que tinha uma avó que a amava. Essa diferença poderia ter centrado tudo na vida dela. Quando eu tinha a idade de Nevaeh, passava horas fantasiando sobre um pai que nunca soube que eu existia, mas que me desejaria assim que soubesse da minha existência. Ele me levaria da casa que devora, de Bone, e exigiria me conhecer. Ele passaria horas acumulando informações sobre a minha pessoa com a atenção dedicada de um homem apaixonado. Eu imagino que ser desejada é o maior dos sentimentos. Um sentimento que solidifica sua permanência nesta vida, justifica-a.

Quando Judah Grant oferece amizade da sua varanda, falando sobre livros e ouvindo música, eu aceito. Eu me sinto zonza no começo, confusa sobre o porquê. Mas depois caio na rotina e me esqueço de pensar demais. Quando não trabalho no Trapo, nós ganhamos um dia de vida. Trocamos livros com orelhas e os lemos ao sol, enquanto Delaney leva sanduichinhos de bagel e minicenouras na sua porcelana lascada.

— Ela adora isso — diz Judah para mim um dia. — Ela sempre quis que eu trouxesse meus amigos em casa, mas meus amigos de verdade estão doentes demais para vir, e as pessoas aqui são muito doentes para serem convidadas.

— Doente de quê? — pergunto, pensando que eles podem ter pegado uma virose que está sendo transmitida por aí.

— Da vida, Margôrita. Entre em qualquer escola ou programa de acompanhamento após a reabilitação aqui e você vai encontrar um monte de adolescentes de cara pegajosa vestindo roupas que ou são pequenas demais para eles, ou tão desgastadas pelo uso que os joelhos e os cotovelos estão caindo pelos buracos. Mas, se você for à casa dos pais deles, vai encontrá-los bem abastecidos com os mecanismos de lidar com as coisas: maconha, álcool, drogas...

— Então, o que você quer dizer? — pergunto, pensando sobre o meu próprio guarda-roupa esfarrapado, os buracos nos cotovelos do meu suéter favorito. O armário de remédios da minha mãe abastecido com Seroquel, Opana e garrafas gigantes de Ambien, que ela estocou.

— A questão não são as roupas — diz ele. — É o princípio. As desculpas e o egoísmo. As pessoas querem uma vida diferente, mas são derrubadas pela mesma vida que seus pais tiveram; a mesma cidade, a mesma pobreza, as mesmas lutas. Eles têm seus próprios filhos e se lembram da promessa que fizeram a si mesmos de dar o fora de Dodge. Mas eles não saem de Dodge, porque não é assim tão fácil. Então descontam em si mesmos, em seus filhos, em seus vizinhos. É uma desculpa, claro. Há muitas oportunidades, bolsas de estudos, ajudas. Tudo o que você precisa fazer é ser corajoso e pular. Ajuda se você for inteligente, falar bem e estiver bem-vestido. Porque ninguém vai contratar alguém que use muitas duplas negativas, ou fale com os dentes podres, ou esteja usando um vestido que comprou no Walmart. Não se você quer o trabalho que pode mudar sua vida.

— Você fuma maconha — acuso.

— Sim. Minha mãe cultiva. — Ele encolhe os ombros. — Ela nunca tirou de mim para se satisfazer. Ela queria maconha, então ela plantou em vez de enganar o filho.

Não acredito nele de imediato. As pessoas de Bone foram pisoteadas; os mais jovens, ainda não a Margôs do mundo, têm uma determinação de aço nos olhos para viver uma existência melhor do que a que seus pais viviam. Eles estão tentando ser melhores.

— Ouça a conversa deles — diz ele. — Eles querem algo mais, mas não têm coragem de tentar. Além disso, vou ter que parar logo; eu entrei no programa de ensino na Universidade de Washington.

Dou um gritinho estridente e jogo os braços em volta do seu pescoço.

No meu caminho para casa, penso no que Judah disse. O problema de vestir os filhos é uma epidemia em Bone. A maioria das famílias está recebendo assistência do governo. Minha mãe recusou o pequeno cartão azul com o nome dela e me fez obter sustento com minhas próprias mãos. Fingi TDAH durante a maior parte do ensino fundamental e médio, para que eu pudesse vender o Adderall que me prescreviam para os alunos da classe alta. Eu precisava de dinheiro para o almoço. Quando encontrei o esconderijo da minha mãe na casa que devora, fui milagrosamente curada.

Lembro-me da mulher que tentou roubar os sapatos de 6 dólares, tão bêbada que mal conseguia formar uma frase coerente, mas estava decidida a colocar os sapatos nos pés de Zeek, mesmo que tivesse que roubá-los. E essa foi a escolha dela, não a da Zeek. Judah estava certo.

Uma semana depois, ouço duas mulheres conversando no Trapo. Uma se queixa de seu chefe se recusar a dar o aumento que ela merecia. Sua companheira estala a língua, contrariada, assegurando-lhe que ela está na empresa por tempo suficiente para merecer um aumento.

A conversa de repente se transforma quando a primeira mulher diz para a amiga: *Ele disse que se eu me mudasse para a filial em Seattle eu teria aumento. Mas não posso deixar a mamãe, e todos os meus amigos estão aqui...*

Não, não, a amiga dela garante. *Ir embora seria idiota. Como você pode se dar ao luxo de morar em Seattle? Aquelas pessoas têm dinheiro, para começar.*

Quero gritar e dizer a ela para assumir o risco. Vá!

Sinto uma sensação de ódio pelo que somos forçados a nos tornar aqui em Bone e por sermos fracos demais para escapar. *Eu vou sair*, digo para mim mesma. *Assim que eu puder.*

Assim como Judah, que é alto demais para este lugar, mesmo em sua cadeira de rodas.

10

JUDAH E EU SUPERAMOS O RESTO DE BONE E NOS LIGAMOS um ao outro. Nada é melhor do que a descoberta de outro humano vivo e que respira, que luta da mesma forma que você, que ama o mesmo que você, e que o entende com tanta clareza que parece erótico. Uma amizade entre a garota gorda e feia e o garoto bonito e aleijado. É uma amizade pela qual nós dois tínhamos esperado e de que ambos precisávamos.

Unimos nossos pontos fortes e fazemos planos para deixar Bone. Temos piadas internas, citações de filmes e comidas de que nenhum de nós gosta. E não é a melhor coisa não gostar de algo juntos? Nossos dias são de revelações, cheios de conversas sobre estúdios e idas ao mercado Pike Place nos fins de semana para comprar frutas que realmente tenham gosto de frutas, e caminhar ao longo do rio Sound e ver as balsas. Judah esteve em Seattle muitas vezes, sua escola fica a apenas uma curta distância de carro. Eu o questiono sobre as vistas e os sons, as pessoas com suas tatuagens e cabelos multicoloridos. As pessoas em Seattle aceitam as outras e são liberais. Elas não te julgam, ele me diz. Um homem aleijado é apenas outro ser humano com ideias valiosas. Eu me pergunto se uma garota feia será valorizada. Se eu posso fazer algo de mim mesma sem usar minha aparência ou corpo para conseguir.

— É estúpido falar sobre essas coisas — digo a ele.

Ele balança a cabeça.

— Não, nunca é estúpido sonhar. Sonhos são planos; eles movem seu coração, e, quando seu coração se move, o cérebro vai atrás.

Não sei se acredito nele, mas finjo que sim, pelo bem do meu cérebro.

— Que tipo de filmes você gosta? — ele me pergunta um dia. Nós passamos a maior parte do dia trocando teorias sobre Nevaeh, até que nossa conversa por fim diminui e se torna um silêncio espesso.

Eu não sabia. Com Destiny, eu assistia a filmes como *Diário de uma paixão*, *Muito bem acompanhada* e *Para sempre Cinderela*. Quando nos entediamos com as comédias românticas modernas, mergulhamos nos anos 1980, assistindo a coisas como *Harry e Sally: feitos um para o outro* e *Feitiço da lua*, a princípio rindo dos cabelos esvoaçantes e das roupas cor de néon e depois nos drogando com a dose inebriante de amor que Hollywood propagava. Meu filme favorito do meu tempo passado no sofá vermelho e preto listrado de Destiny sempre foi *Splash: uma sereia em minha vida*, embora Destiny zombasse de mim por isso.

— De todos os filmes fofos que existem por aí, você gosta daquele sobre uma maldita sereia — ela disse. — O mais irreal de todos eles...

O que eu não disse para Destiny foi que eu achava que o amor em geral não era realista. O pretensioso encontro casual, o rápido apaixonar-se e depois a capacidade dos homens de sempre dizer as palavras certas para reconquistar o coração da heroína. *Splash* pode ser bizarro, mas o amor também é. É bom de assistir e tolice acreditar. Talvez eu não goste tanto de comédias românticas quanto eu pensava.

— Não sei — digo a Judah. — Eu sempre assisti ao tipo de filmes que faz a gente acreditar no amor mesmo quando não se tem motivos para isso. É bobo e infantil. Acho que só quero alguém para me convencer.

— Você tem TV a cabo? — pergunta ele.

— Cabo? Eu nem tenho televisão — respondo.

Por um momento, sou um alienígena do espaço para Judah Grant. Toco meu rosto para ter certeza de que nada mudou ou ficou deformado nos últimos minutos, enquanto ele olha para mim de queixo caído.

— O que foi?! — disparo. — Por que você está olhando assim para mim? Sua boca está aberta e os olhos, desfocados.

— Estou pensando em todos os filmes que quero que você assista. Estou fazendo uma lista... *shh*.

Fico sentada em silêncio enquanto Judah rabisca coisas no verso de um recibo. Ele não me julga ou me chama de aberração. Ele só está preocupado em me mostrar o que eu não sei, sem chamar atenção para o fato de que eu não sei. Quando ele termina, olha para mim com expectativa.

— Vamos — diz ele.

— Para onde?

— Para onde você acha? — ele pergunta. — À locadora! E você provavelmente deveria ir para casa buscar um pijama; vai ser uma festa de pijama e maratona a noite toda.

Judah vai empurrando a cadeira para fora da casa e chega à calçada com prazer. Sigo em silêncio, me perguntando se ele estava falando sério sobre a festa do pijama. Só estive na casa dele algumas vezes e nunca passei da cozinha — exceto na noite em que ele chamou meu nome da janela.

Estamos seguindo pela calçada quando, de duas casas abaixo, Mãe Mary me chama.

Mãe Mary, a profeta da sua morte, tão enrugada que parece mais mumificada do que real. Pego o caminho até a casa dela, com cuidado para não deixar o medo transparecer no meu rosto, com cuidado para não pisar nas rachaduras da calçada. Ouvi dizer que ela roubava um ano da sua vida para cada rachadura na calçada em que você pisava.

Fico na base dos três degraus que levam à porta da frente da casa dela. Judah está atrás de mim, esperando na beira do gramado pantanoso onde começa a propriedade de Mãe Mary.

Ela está no degrau mais alto, sua silhueta pequena elevando-se diante de mim. É minha imaginação ou os olhos dela são azuis? Olhos azuis em meio à pele escura e acobreada. Nunca estive perto o suficiente para ver seus olhos. Ela estende a mão e acena para eu subir a escada. Sigo suas unhas roxas até uma cadeira de balanço, onde ela me senta. Um convite da Mãe Mary só pode significar uma coisa. Judah está girando a cadeira em círculos na calçada. Ele quer ir para a locadora.

Eu rio alto observando-o. Mãe Mary se abaixa na cadeira de balanço ao meu lado e observa meu rosto.

— Você olha para lá com tanto amor, não olha? — diz ela. Sua voz é forte e macia, não era o que eu esperava.

— Não — respondo. — Não é assim… Ele é meu amigo. — Fico alarmada por meus sentimentos por Judah serem tão óbvios.

Mãe Mary se balança para a frente e para trás enquanto olha para Judah.

Eu me pergunto como ela sabe o meu nome.

— Ele — ela continua. — Te dá esperança?

— Dá.

— Então, fique com ele — ela diz isso de uma maneira tão definitiva, que olho no rosto dela para ver se está brincando. Depois disso, o silêncio se estende por tanto tempo que começo a me contorcer no assento.

Abro a boca para oferecer uma desculpa e sair, quando Mãe Mary me interrompe:

— Sua mãe — diz ela.

— Sim... — tento apressá-la.

Judah faz um cavalinho de pau e gira em torno das rodas traseiras.

— Ela está entre mundos, não pode decidir onde ela quer estar. Vocês são muito parecidas... você e ela.

Quero dizer a ela que minha mãe decidiu há muito tempo onde queria estar — trancada em segurança na casa que devora, trancada ainda mais em si mesma. E então me ocorre o que ela está querendo dizer sobre minha mãe fria e de olhos duros. Ela poderia estar alimentando pensamentos sobre sua própria morte? Para fugir do quê? Da caixa-forte em que se colocou?

Olho para a mulher idosa, frágil demais para ser assustadora. Por que sempre temi a Mãe Mary?

— Você não sabe? — digo baixinho. — Apenas os bons morrem jovens.

— Você pode mudar isso — diz ela.

Levanto-me e começo a descer as escadas, com as pernas mais pesadas do que há alguns minutos, antes de ela me chamar.

— Margô...

Ela está de pé, com ambos os braços estendidos na minha direção, como se ela quisesse me envolver neles.

Dou dois passos curtos de volta pelas escadas, onde Mãe Mary me envolve em um abraço. A força dela me surpreende, a ferocidade com que ela me segura. Ela tem cheiro de canela e química para tratamento capilar — um cheiro ao qual me acostumei na casa da Destiny, onde a mãe dela trabalhava como cabeleireira no pequeno terceiro quarto.

— Você não deve deixar o ódio te destruir. Você vai perder sua alma — ela diz.

Não olho para ela enquanto caminho de volta até o garoto que ela diz que me dá esperança. Quero dizer que ela não precisa se preocupar com a minha alma. Esse garoto vai salvá-la.

11

SANDY SAI DO ESCRITÓRIO E NOS CONTA QUE ENCONtraram o corpo da menina — aquela que desapareceu. Está em todos os noticiários. Eles a encontraram em um campo perto do antigo porto, carbonizada, preta.

Penso em Nevaeh, a beleza alegre e inocente dela toda queimada até ficar preta, e corro até o banheiro para vomitar. Peço uma pausa para Sandy e ela diz que não; estamos muito cheios hoje. Tenho que voltar para o caixa.

Em transe, passo as compras das pessoas e me pergunto se foi uma delas que matou Nevaeh. Minhas mãos estão tremendo, e um dos clientes se inclina de forma conspiratória e pergunta se eu preciso de drogas. Quero rir. Como é que drogas vão resolver o mal?

Quando meu turno termina, estou com raiva. Fico em pé no ônibus, sacolejando nos calcanhares até chegar ao meu ponto. Então corro para a casa de Judah. Quando bato na porta, Delaney atende segurando Horace e fedendo a maconha. Ela parece surpresa por me ver. Judah está bem atrás dela na cozinha, e quando ouve minha voz grita de longe para ela me deixar entrar.

— Você ouviu? — pergunto.

Ele confirma. Estou sem fôlego depois da corrida. Delaney apoia Horace contra a parede e me faz sentar à mesa da cozinha. Ela me traz um copo de algo doce e vermelho. Seguro o copo entre as mãos, mas não consigo beber. Ainda me sinto com vontade de vomitar.

— Eu odeio tudo.

Judah passa o dedo pelo contorno de seus lábios. Parece que ele está pensando profundamente em algo.

— Está em todos os noticiários — diz Delaney.

Olho para Judah.

— O que você está pensando?

— E se for alguém daqui, deste bairro, que fez isso com ela? Um de nós.

— Poderia ter sido alguém de passagem por Bone. Não significa que quem fez isso é daqui.

Ele concorda balançando a cabeça, mas não acredita totalmente na resposta. Eu me levanto.

— Tenho que ir — digo.

— Para onde? — pergunta Judah.

— Você tem certeza de que está bem? — preocupa-se Delaney.

— Não sei. Preciso pensar.

Ando por Bone debaixo da garoa constante. Subindo e descendo as ruas, contando as embalagens de doces espalhadas e amassadas pelo chão, até que estou com tanto frio que todo o meu corpo está tremendo. Passo pela casa de Nevaeh. Quero que ela venha descendo as escadas como sempre fazia quando me via, seus cadarços voando prontos para lhe causar um joelho ralado. Quero roubá-la dali antes que alguém possa roubar sua vida, e mostrar-lhe algo diferente de Bone. Quero mostrar para mim mesma algo diferente de Bone. Nem sei se isso é possível. Judah diz que o lugar de onde viemos fica dentro de nós, na nossa essência. Podem nos colocar em qualquer outro lugar do mundo, mas carregamos nossa origem conosco aonde quer que vamos. Se ele estiver certo, nunca vou conseguir escapar dessa porra.

Meu novo All Star está encharcado quando chego ao fim de Bone. A rodovia que atravessa a nossa cidade é a 83. É tão comum como qualquer outra, serpenteando até chegar aqui e depois dando uma guinada como se não pudesse decidir se quer ficar com a gente ou não. Se continuar andando, vou terminar em Cascades. Passo a mão pelo rosto para enxugar a chuva dos meus olhos. Eu deveria fazer isso. Continuar andando. Morrer tentando. Qualquer coisa para sair daqui.

Argh! Chuto uma poça. *Chute, pode chutar tudo o que quiser. Você está se borrando de medo de partir.*

Eu volto, derrotada. A vergonha puxa minha cabeça à força para baixo. Observo meus pés covardes atravessarem as poças d'água, a água escorrendo pelo meu pescoço, até ver um borrão de vermelho em uma poça d'água. Vermelho-vivo. Dobro os joelhos para pegá-lo, minha mão mergulhando na pequena poça sem pensar. Puxo um par de óculos de sol com armações vermelhas em formato de coração. Sem hesitação coloco no rosto.

Como a derrotista emocional que sou, paro na vendinha quando volto para a cidade. Olho a prateleira das minhas escolhas habituais: pães de mel, Tortas de Creme de Aveia, Brownies, Twinkies e Donuts polvilhados de açúcar. Estão todos em promoção, mas não posso comer essa merda hoje. Ou talvez nunca mais. Não quero me matar *dessa* maneira. Ando até as geladeiras no fundo da loja e escolho um suco de laranja. Pego uma caixa gigante de passas e uma caixa de fósforos que tem um ursinho de pelúcia, o que me lembra de Nevaeh. Apalpo os bolsos em busca do meu dinheiro.

— Para que é isso... você não fuma?

Joe. Nós o chamamos de Knick Knack.

— Vou cometer incêndio criminoso — digo, empurrando a caixa de fósforos na direção dele. — Também vou precisar de um galão de gasolina.

Knick Knack Joe se abaixa atrás do caixa e pega uma lata de gasolina vazia que ele põe no balcão. É vermelha com um bico, e alguém escreveu: *Sou Gasosa* na lateral com uma caneta marcadora.

— Você também vai precisar disso — diz ele, sorrindo. — Vai pôr fogo em quem?

Eu reviro os olhos.

— Em todo mundo — digo. Deixo uma nota de dez amassada no balcão e começo a sair.

— Você esqueceu a lata! — ele chama de longe.

— O quê? — digo, voltando-me para olhar para ele.

Ele a empurra em minha direção.

— É um presente — explica ele. — Para o seu projeto.

Não sei por quê, mas aceito.

Não sigo o caminho normal para casa, pela calçada, passando pelas casas. Em vez disso, ando pela grama ao lado da estrada, usando meus óculos, carregando minha lata de gasolina.

— E aí, Gasosa? — Uma picape enferrujada, marrom diminui a velocidade ao meu lado. Dois homens estão sentados na sombra dentro da cabine do veículo. Um braço coberto por flanela vermelha está pendurado para fora da janela, um único dedo batendo na lateral da porta ao ritmo da música tocando no rádio. Posso ver o contorno do boné no motorista. — Quer uma carona?

Levanto meu dedo médio, deixando bem claro para eles o quanto eu quero uma carona.

— Não faça assim, querida. Uma garota como você tem que aceitar o que aparece.

O riso deles é como unhas riscando no quadro-negro, as teclas de um piano sendo golpeadas por uma criança. Sou a piada. A garota gorda e desajeitada que precisa de dois estranhos para lhe dar uma carona e uns amassos na cabine fedorenta de uma caminhonete. Fodam-se eles. Jogo minha garrafa de suco de laranja no carro deles. Foda-se o mundo inteiro por me fazer sentir como uma perdedora quando minha vida mal começou. Um deles joga uma lata pela janela — cerveja. Atinge o chão perto dos meus pés e espirra nas minhas pernas. Há um surto de gargalhada enquanto se afastam, levantando o cascalho alguns metros à minha frente, antes de virarem na estrada. A traseira da caminhonete gira em falso por vários segundos, depois os pneus se agarram ao asfalto e os impulsionam para a frente. Posso ver duas cabeças pela janela traseira. Dois idiotas bêbados poluindo o planeta. Gostaria de ter o poder de capotar a caminhonete deles antes que eles capotem a de alguém. A vida é toda sobre permitir que as pessoas escolham ser o que querem. Porém, a maioria das pessoas prefere não ter valor. Ah, eu não.

Nunca vi o mar, nunca ouvi as ondas lamberem a areia naquele silêncio tranquilo que a gente lê em livros. Nunca fui ao zoológico, nem senti cheiro de mijo de elefante ou ouvi os gritos dos macacos. Nunca comi *frozen yogurt* em um daqueles lugares onde você puxa a alavanca e enche o próprio copinho com o que quiser. Nunca jantei em um restaurante com guardanapos que a gente coloca sobre o colo e talheres que não sejam de plástico. Nunca pintei as unhas como as outras meninas da escola, em cores néon brilhantes e vermelhos deslumbrantes. Nunca estive a mais de 16 quilômetros da minha casa. Dezesseis quilômetros. É como se vivesse no passado para sempre, não onde os ônibus têm motores que roncam e os trens andam nos trilhos. Nunca tive um bolo de aniversário, embora tenha desejado muito um bolo. Nunca tive um sutiã que fosse novo e tivesse que cortar as etiquetas com a tesoura da gaveta da cozinha. Nunca fui amada de uma forma que me fizesse sentir que deveria ter nascido, mesmo que apenas para me sentir amada. Nunca, nunca, nunca. E é culpa minha. As coisas que nunca fazemos porque as pessoas nos fazem ter medo delas, ou nos fazem acreditar que não as merecemos. Quero realizar todos os meus nuncas — sozinha ou com alguém que importe. Não ligo. Só quero viver. Nevaeh também nunca teve nenhuma dessas coisas — e agora ela nunca terá.

Não posso ficar do jeito que estou. Não me lembro de como é ser livre. Estar aberta e sem medo. Preciso de algo para me despedaçar. Apenas o suficiente para ter novas peças com que trabalhar — transformá-las em outra coisa. Não quero dar a ninguém o direito de me tratar como uma perdedora. Não quero ser gorda, não quero viver em Bone, não quero ficar sem conhecimento. Não vou ser a garota de quem as pessoas riem. Não mais. Ainda bem que memorizei a placa deles. Só para garantir.

12

UMA SEMANA DEPOIS, UMA CAMINHONETE MARROM enferrujada está no estacionamento do Walmart. Eu deveria estar comprando mais granola e xampu para minha mãe, mas tudo o que consigo fazer é ficar na calçada olhando. A placa coincide com a da minha memória. Olho para a janela; está imunda — lixo e lama por toda parte, uma cópia encharcada de uma revista de mulher pelada repousa no assoalho, um pedaço de chiclete azul colado sobre os seios expostos da modelo.

A porta está destrancada. Subo no banco do motorista e coloco as mãos no volante. Cheira a estrume e a cerveja velha. Respiro pela boca e tento imaginar o que se passa na cabeça de um imbecil. Provavelmente tudo o que está sujando o chão da caminhonete: sexo, comida e cerveja. Inclino-me para apanhar a revista, folheando as fotos, me encolhendo ao ver as pernas abertas e peitos duros e redondos. Lábios brilhantes, entreabertos para lembrar aos homens de todos os lugares onde o corpo de uma mulher pode acomodá-los. Arranco uma página, depois outra. Continuo rasgando até que a revista é uma pilha de peitos e bundas e cabelos macios, então espalho as folhas pela cabine da caminhonete. Há um martelo em uma caixa de ferramentas no assento ao meu lado. *Um homem que conserta!* Pego-o, sinto o peso na mão, depois golpeio o para-brisa.

Crack!

Os fragmentos de vidro caem para fora. Gosto da imagem, então bato de novo para ter certeza de que ele não será capaz de enxergar quando for dirigir. Como uma reflexão tardia, olho em volta para ver se alguém está me observando. Há uma mãe a alguns carros de distância, lutando com seus gêmeos que estão gritando no carro, mas ela está muito distraída para me notar. Reviro a caixa de ferramentas até encontrar um canivete. Desço da caminhonete, me agacho e aperto o botãozinho para soltar a lâmina. Uma velha perua está atrás de mim e, além dela, o campo dos lilases. Se o motorista da caminhonete sair do Walmart agora, não vou conseguir vê-lo chegando. Eu deveria sentir alguma coisa, medo ou ansiedade, mas não sinto. Não sinto nada. Do lado da caminhonete, eu risco as palavras: EU DIRIJO BÊBADO E TENHO UM PAU PEQUENO. Quando termino, jogo o canivete na traseira da caminhonete. Limpando as mãos nas calças, eu me dirijo ao Walmart para fazer minhas compras. Até o para-brisa rachar, eu não tinha percebido que estava guardando tamanho rancor. No momento em que o martelo atingiu o vidro, foi como se tudo saísse de dentro de mim de uma só vez. Raiva, muita raiva. Decido que deve haver mais ressentimentos escondidos em mim. Eu me pergunto como seria me vingar das pessoas.

Minha mãe me deixou um bilhete para comprar cigarros. Sento-me à mesa da cozinha e tamborilo com o dedo indicador enquanto olho pela janela e observo um pássaro até ele levantar voo no céu. *Cigarros*, diz o bilhete. Nenhuma carinha sorridente para suavizar a ordem escondida naquelas letras claras e cheias de voltas; nenhum coraçãozinho. Apenas *Cigarros*.

Ela está flutuando pela cozinha em seu robe vermelho — bem na frente do meu rosto —, mas me deixou um bilhete em vez de me falar com a boca. Faz muito tempo que parei de perguntar *por quê?* "Por que", ao que parece, é a perda de tempo mais autoindulgente. Não há razão real para minha mãe estar na cozinha. Estamos sem os biscoitos de que ela gosta e parei de comprar café para irritá-la. Parece que estou em coma, observando o piso como se fosse *Fargo*. Vi esse filme uma vez na casa da Destiny. Era para assistirmos a *Harry e Sally: Feitos um para o outro*, mas alguém já tinha alugado na locadora. Então, em vez disso vimos *Fargo*. Toda aquela neve e aqueles sotaques estranhos. Era apenas um tipo de gueto diferente desse em que vivo: cheio de seres humanos desesperados e preocupados. Nunca conheci ninguém de Minnesota e não quero conhecer. É nisso que estou pensando enquanto minha mãe flutua pela cozinha exigindo cigarros. Penso em Jean Lundegaard. Correndo pela casa coberta por uma cortina de chuveiro até cair da escada. Ela era burra e usava suéteres feios, mas não merecia isso.

Ela quer seus cigarros, e eu só quero ficar sentada aqui pensando em *Fargo*. Gostaria de ter um filme melhor em que pensar. Toda aquela neve...

Se ela perguntasse, eu contaria sobre Nevaeh. Como estou sofrendo por uma garotinha que eu via pelo bairro. As crianças não deveriam ter que sofrer. Ficar sozinhas. Não se sentir amadas.

Levanto-me e saio da cozinha. Saio pela porta da frente. Vou buscar os cigarros.

Quando passo pela casa de Judah, ele está sentado em sua cadeira, batendo nos insetos que pousam nos seus braços.

— Oi, Margô! — ele chama. — Aonde você vai?

— Dizer adeus para a Nevaeh. — *E também comprar cigarros.*

— Me leve com você.

Não o questiono. Apenas ando pelo caminho até a casa dele e empurro a cadeira em direção à rua. Ele está usando uma das camisas que comprei para ele no Trapo: aquela de coraçõezinhos. Fica bem nele, o que me deixa azeda. Não consigo nem derrubá-lo quando tento. Ele fica quieto enquanto as rodas de sua cadeira rangem na calçada. Uma de suas mãos está virada para cima sob o queixo enquanto ele olha para o lado. Seus cílios são pretos e grossos. Me lembram cerdas de vassoura, e então sinto vergonha por estar comparando os cílios de um homem com cerdas de vassoura. Ele deve ter puxado ao pai já que a Delaney é tão loira quanto eu.

— Você trouxe sua sacola Mercado & Merdas? — ele me pergunta de repente.

— Trouxe. — Viro o corpo para que ele possa vê-la pendurada ao lado da minha cintura.

— Que bom — diz ele. — Há um memorial para Nevaeh, na casa da mãe dela.

Fico em silêncio por um momento. Me pergunto se ele quer ir. Passo pela loja de conveniência onde costumo comprar os cigarros da minha mãe e me viro na direção da avenida principal.

— Vamos comprar algumas flores para ela — diz Judah.

Há um Walmart a poucos quarteirões. Digo que é para onde estou indo. Ele aponta um caminho secundário que não é tão acidentado quanto esse em que estamos, e eu viro a cadeira de rodas para ele. Enquanto andamos, as pessoas chamam.

— Oi, Judah.

— Beleza, Judah?

— E aí, cara? Você parece bem.

— Quer sair com a gente esta noite? Vamos jogar pôquer, e Billy vai trazer as tralhas dele.

Judah recusa vários convites para "sair" e diz que vai ao memorial de Nevaeh.

— Quem? — eles perguntam.

— A garotinha que encontraram no porto. Cara, onde diabos está sua cabeça?

Seus olhos escurecem nesse momento. *Sim, cara, que merda, né?*, eles dizem. *Nossa, uma porcaria mesmo. Essas merdas acontecendo com uma garotinha.*

Judah diz a eles para irem ao memorial. Ele argumenta que ela era uma de nós e que temos que nos lembrar dela.

Todo mundo o conhece. Eles me olham de um jeito estranho, como se eu é que estivesse de cadeira de rodas. É porque eles não enxergam a cadeira dele. Judah é Judah. Qual será que tem que ser o tamanho da humanidade de uma pessoa para que enxerguem além de sua cadeira de rodas desajeitada? Eu me pergunto quanto preciso ser grande para que ninguém veja minha gordura, ou minha mãe, ou minha cara feia? Então eles vão gritar:

— Oi, Margô.

— Beleza, Margô?

— Tá bonita, Margô.

Lanço um olhar torto para a nuca de Judah.

Vamos direto para o corredor de brinquedos no Walmart. Escolho um unicórnio de pelúcia, porque gostaria de acreditar que Nevaeh está em algum lugar melhor, mágico. Judah quer comprar flores. Ele me pede para pegar um buquê de cravos da cor do arco-íris que ele não consegue alcançar. Eu os entrego para ele e, por um momento, nossas mãos estão envoltas no mesmo ramo de flores. Ele aperta meus dedos como se soubesse que estou sofrendo.

— Você pode me passar as rosas também? — ele pergunta.

Ele segura as flores e o unicórnio enquanto empurro a cadeira para a fila do caixa. Depois que pagamos, ele me entrega as rosas.

— Estas são para você — diz ele.

Uma mulher passa com os braços carregados de sacolas azuis e brancas e nos olha de um jeito estranho.

Devo estar com cara de estupefata, porque ele as aperta nas minhas mãos e diz:

— Sinto muito pela Nevaeh.

Agarro as rosas, meus olhos se enchem de lágrimas. Ninguém nunca me comprou flores. Tento agir normal quando o empurro porta afora e de volta para a rua. Não solto as rosas, nem mesmo quando ele se oferece para segurá-las para mim. Não deixo minhas lágrimas transbordarem, ou meu coração transbordar. Esta noite é da Nevaeh e não vou ser egoísta.

Desde que o jornal local descobriu a história de Nevaeh, há uma aglomeração maior do que eu esperava. Há uma grande multidão reunida do lado de fora da casa azul atarracada que ela dividia com a mãe e com outras oito pessoas. Vejo sua avó em pé em meio ao pântano dos humanos, chorando com as mãos no rosto. As pessoas colocaram cartas e fotos na cerca de arame ao redor da casa. A foto de escola de Nevaeh está lá no meio do caos. Olho para ela longa e fortemente para nunca esquecer seu rosto. Há pilhas de ursinhos de pelúcia, buquês e brinquedos que seus colegas deixaram para ela — alguns com letras rabiscadas em caligrafia infantil. Empurro a cadeira de rodas de Judah para a frente da multidão para que ele possa lhe entregar as flores. Ele as deita com delicadeza, diante de um recado que diz: *Nós amamos você, Nevaeh. Agora você está segura nos braços de Deus.*

E então é minha vez. Eu me ajoelho em frente à cerca e inclino a cabeça para que ninguém possa ver minhas lágrimas. É apenas um unicórnio idiota do Walmart, mas quero que Nevaeh veja e saiba que eu a amo. Que eu a amei. Que ainda a amo.

— Isso não está certo — digo. Judah olha para mim com sinceridade.

— Não — diz ele. — Não está. Então, o que você vai fazer a respeito?

— Eu? — Balanço a cabeça. — O que eu posso fazer? Não sou ninguém. A polícia...

— Não — diz ele. — Você sabe como a polícia lida com as coisas. Nós não somos ninguém. Uma menininha morrendo nessa vizinhança não é nada de novo.

— O jeito como ela morreu é — digo. — E alguém tem que prestar atenção.

Ele aperta a mandíbula e desvia o olhar.

— Se eu não estivesse nesta maldita cadeira.

Isso me deixa furiosa. Sinto um formigamento na ponta dos dedos e quero sacudi-lo.

— Odeio estragar isso para você, Judah, mas todo mundo em Bone tem uma cadeira de rodas. De um jeito ou de outro, estamos todos fodidos.

Ele olha para mim, eu olho para ele. Gostaria de poder encarar alguém e parecer que as maçãs do meu rosto fossem esculpidas em mármore. Desvio o olhar primeiro.

A tensão entre nós é quebrada pela mãe de Nevaeh, que, naquele momento, sai da casa azul carregando uma vela. Não havia dinheiro suficiente para distribuir velas para todos, então as pessoas pegam os isqueiros e os seguram na direção da foto de Nevaeh. Judah me deixa segurar seu isqueiro. É um Zippo cor-de-rosa.

— Da minha mãe — diz ele.

— Não estou julgando.

63

Ele mastiga o interior da bochecha; já o vi fazer isso algumas vezes a essa altura. Meio que gosto disso.

Nós todos nos reunimos em volta da foto de escola de Nevaeh com nossos isqueiros e lágrimas. Alguém começa a cantar "Amazing Grace", mas ninguém sabe a letra da terceira estrofe, então continuamos cantando o refrão repetidamente. Conforme "Grace" vai seguindo seu curso, um dos pastores locais se aproxima da multidão. Ele abraça a mãe de Nevaeh e faz uma oração.

— Ela não está chorando — sussurro para Judah.

— Choque — diz ele.

Olho para a avó de Nevaeh. Há pessoas de ambos os lados, abraçando-a. Ela mal consegue respirar, de tanto que chora. Posso ver as lágrimas manchando suas bochechas e queixo, a bandana azul na cabeça empurrada de modo que o nó ficasse acima da orelha. Uma mulher de luto, sua dor clara e intensa como a vodca que uma vez provei na casa da Destiny. Alcanço a mão de Judah. A princípio ele parece surpreso, seu olhar passando pelo meu rosto e depois pelos nossos dedos entrelaçados. Não olho para ele. Fixo o olhar para a frente. Ele aperta minha mão e olha para a foto de Nevaeh.

Ele não me pede para empurrar sua cadeira até sua casa. Ele nunca pede. Às vezes, ele precisa de ajuda para ultrapassar os sulcos e os buracos na calçada, o que eu faço sem dizer nada. Nosso relacionamento é perfeito de forma que ninguém precise se sentir culpado. Eu o ajudo a subir a rampa até a porta da frente, e ele me pede para esperar do lado de fora. Fico na varanda olhando para o quintal de Delaney, suas belas flores e arbustos são um choque de beleza em uma rua feia. Quando Judah volta, está segurando uma garrafa de algo marrom.

— Não tenho idade para beber — digo a ele.

— Você também não tem idade para ter visto coisas tão feias.

Eu pego a garrafa dele, minha única lembrança de álcool é aquele gole de vodca que Destiny e eu tomamos na garrafa do pai dela quando não tinha ninguém em casa. Levo-a aos meus lábios. O rum é picante e doce. Prefiro-o à vodca. Há um pirata no rótulo. Me lembra o cacique na embalagem dos cigarros da minha mãe. Índios e piratas — desamparados da sociedade representando o vício americano. Prefiro a companhia deles à do resto. Passamos a garrafa um para o outro até eu me sentir zonza demais para me levantar, então ficamos sentados em silêncio olhando para as estrelas.

13

A CASA QUE DEVORA É INSUPORTAVELMENTE QUENTE. Carrego meu livro para fora e me sento no degrau. Mo está empurrando o Pequeno Mo para cima e para baixo na rua em um carrinho rosa e quente. Ele anda com o telefone apoiado entre o ombro e a orelha, e está pontuando cada frase com a palavra B. Isso é uma B, aquilo é uma B. O carrinho está com uma roda bamba, então, toda vez que ele passa por uma rachadura na calçada, o carrinho vira para a direita, e o Pequeno Mo é jogado para o lado com um olhar assustado no rosto. Observo-o percorrer o quarteirão, passar pela casa das pessoas más, passar pela casa da Mãe Mary, até chegar à casa de Delaney e Judah, onde ele dá meia-volta com o carrinho e pega o caminho para casa. Quando se aproxima da casa que devora pela terceira vez, eu pulo e bloqueio o caminho.

Sussurro: *Eu levo ele.* Mo sai sem uma palavra e me deixa com o bebê e o carrinho. Eu ouço o bombardeio de B enquanto ele caminha de volta para a casa do crack. Solto o cinto de segurança do bebê. Ele mal olha para mim. Eu sei que há algo de errado com ele, mas eles não sabem, e a gente não pode chegar e dizer na cara das pessoas que o bebê deles tem uma deficiência. A fralda está encharcada. Acho uma fralda limpa e algumas mamadeiras no fundo da cesta e carrego-o para dentro. Minha mãe está na cozinha, encostada no balcão, fumando um cigarro e olhando pela janela. *Olhe para você, querendo ver as merdas do lado de fora,* penso, quando fecho a porta com um chute.

— De quem é esse bebê?

Levo um susto com o som da voz dela, rouca dos cigarros saudáveis. Eu não a ouvia há algum tempo.

— É do Mo.

— Ele não deveria estar aqui.

Sinto um formigamento no peito. *O que é? Raiva?*

— Por que não? — pergunto, segurando-o perto do meu peito.

Ela olha para mim através de sua nuvem de fumaça.

— Ele não mora aqui.

— Mas eu moro — respondo. — E se você pode ter convidados, eu também posso.

Não sei de onde veio isso, mas a vida já fez Mo se sentir indesejado; eu não vou deixar que ela faça isso também. Eu o levo para o sofá na sala de estar, sem verificar a reação dela, e o deito. Minha mãe segue atrás de mim.

— O que você está fazendo?

Isso é o máximo que ela me falou em meses. Não olho para ela quando respondo:

— Trocando a fralda dele.

Se olhar para ela, vou perder minha determinação. Ela vai me obrigar a sair, e agora só quero livrar esse bebê das suas roupas molhadas de xixi. Ela se inclina sobre o encosto do sofá para olhar para ele. Posso sentir o cheiro do perfume de baunilha que ela usa; mistura-se com o cheiro rançoso de fumaça de cigarro.

— Esse bebê não é muito certo — diz ela depois de um minuto olhando para ele. — Aposto qualquer coisa que a cadela da namorada do Mo estava usando durante a gravidez.

Não sei como minha mãe sabe sobre a namorada do Mo, ou que ele tem uma namorada. Para alguém que nunca vê a luz do dia, ela parece estar bem informada.

— Não há nada de errado com ele — digo. Ele está batendo as perninhas contente, feliz por estar livre de sua fralda.

— Não, claro que não — diz ela. — E ele também não tem o pior caso de assaduras que eu já vi.

Ela está certa. A pele está inflamada. A pior parte é que ele nem está chorando. Minha mãe desaparece da sala, e acho que ela subiu para o quarto, mas ela volta, o robe vermelho ondulando ao redor de suas pernas. Ela me entrega um tubo de pomada para assaduras.

— Lave-o sobre a pia. Não use lenços umedecidos. Seque-o e deixe o bumbum de fora por um tempo.

Ela flutua de volta para sua caverna, e fico com a pomada na minha mão por um longo tempo antes de fazer o que ela diz. Ninguém vem buscar Mo. Eu o alimento com uma das mamadeiras que encontrei no carrinho e, quando começa a escurecer, eu o levo para casa, arrastando o carrinho manco atrás de mim. Quando o Mo adulto atende a porta, ele parece aborrecido.

— Oh, merda — diz ele quando vê o bebê nos meus braços. — Esqueci.

Ele estende os braços para o bebê, mas jogo o quadril para a esquerda a fim de que o bebê fique fora de seu alcance.

— Ele está com assadura. Das feias. — Entrego a ele a pomada. — Deixe-o sem fralda por um tempo para a pele curar.

Mo parece irritado por eu estar dizendo a ele o que fazer. Quero acrescentar: *E pare de fabricar crack no seu porão antes que ele acabe explodindo*. Mas esse é o tipo de merda que te deixaria em apuros por aqui.

— Onde está Vola? — pergunto, esperando que a mãe do Pequeno Mo esteja em algum lugar por perto para cuidar dele. Os olhos de Mo congelam à menção do nome dela.

— Aquela vaca sem-vergonha. E como é que eu vou saber?

Ah, então eles estão brigando de novo. Quero dizer que ele pode deixar Mo comigo até ela voltar, mas ele já bateu a porta na minha cara.

Eu começo a andar a caminho de casa, mas não quero estar lá. Ela vai encontrar uma maneira de me punir por trazer o bebê para dentro — ela e a casa. Judah está com o pai esta noite, onde quer que esteja. Algum lugar melhor do que aqui, eu acho. Subo a rua, depois desço novamente. Mãe Mary, sentada em uma cadeira de balanço na varanda de sua casa, acena para mim. Eu aceno de volta. A casa das pessoas más está pulsando com música, embora nenhum dos costumeiros habitantes de olhos vidrados esteja do lado de fora esta noite. Passando a casa que devora há um pequeno caminho que leva através das árvores e entra na floresta. O mato está crescido agora porque ninguém mais vai lá, mas, quando eu era pequena, e minha mãe saía de casa, a gente andava por aquele caminho todos os dias. Minha mãe dizia: "As folhas têm veias varicosas, Margô. Olha só...".

Eu me dirijo para lá agora, abrindo caminho através dos arbustos de amora, apenas parcialmente consciente dos espinhos que arranham meus braços nus. Eu costumava pensar que esses bosques eram meus, que pertenciam à casa que devora e quem quer que fosse dono dela. Agora sei que é parte da cidade. Zonas úmidas, árvores e pássaros protegidos.

A relva se desenvolvendo nas árvores. Troncos revestidos de musgo. Folhas dobradas nas bordas, queimadas pelo sol. Mais importante: há flores crescendo em todos os lugares. Por que não venho aqui com mais frequência?

Ando por um longo tempo. Estou seguindo para o oeste em direção à água. Se continuar andando, vou chegar até onde encontraram o corpo de

Nevaeh. Não quero fazer isso, então vou para o leste. Um pouco mais de um quilômetro e meio depois, entro direto em um barraco de madeira. É um barraco de armazenagem, grande o suficiente para um cortador de grama e algumas ferramentas. O que está fazendo aqui, não sei. A porta está desprendendo das dobradiças e a maior parte é coberta de musgo. Entro, limpando as teias de aranha e os ovos que os insetos deixaram para trás. Está vazio, a não ser por uma pá enferrujada e uma caixa de sacos de lixo comuns e fechados sobre um banquinho no centro. A caixa está tão desbotada que mal consigo distinguir os escritos. É um lugar onde você pode fazer coisas secretas. É uma maravilha que os adolescentes não o tenham encontrado. Eles estão sempre procurando um novo lugar para fumar maconha em paz. Fecho a porta e pego o caminho de volta para casa, tomando nota mentalmente do caminho mais rápido para chegar ao barraco. A gente nunca sabe quando vai precisar usar algo assim.

14

MINHA GORDURA SE FOI E NENHUMA DAS MINHAS ROUPAS serve. Não me importo, porque elas são horrorosas, mas a gente precisa de uns panos para se cobrir, uma vez que as pessoas vão olhar se você sair andando por aí gorda e pelada. Minha mãe guarda uma caixa das suas roupas largas no sótão. Não sei quando minha mãe foi gorda, mas começo a fuçar procurando algo para vestir. Ela vestia um monte de bermudas jeans de cintura alta, com as extremidades rasgadas, cortadas tão curtas que os bolsos espreitam a bunda. Há meia dúzia de camisas de flanela ali também, e um par de botas Doc Martens azul-royal. Ela disse que depois que me teve seus pés cresceram e aumentaram um número inteiro, e ela teve que jogar fora todos os sapatos velhos. Carrego meus espólios de volta para o meu quarto e os estendo sobre o colchão.

— O que você estava fazendo lá em cima? — Minha mãe está na minha porta, com os braços cruzados sobre o peito como se estivesse com frio.

— Lá em cima onde? — Balanço as roupas e as levanto para dar uma boa olhada. Fico abalada pelo fato de que ela está falando comigo, mas não deixo transparecer. Não odeio a presença dela, apenas a falta.

— Eu ouvi você — diz ela. — No sótão...

Eu a ignoro, espalhando, segurando as coisas na frente do meu peito para verificar o tamanho. Se ela olhasse de perto, seria capaz de ver o tremor nas minhas mãos.

— O que é isso? — Ela me dá a volta e olha para a pilha. O choque aparece no rosto dela, as linhas que contam sua idade ficam mais fundas quando ela franze a testa. — Coloque isso de volta — diz ela.

Eu me viro.

— Então me dê dinheiro para comprar roupas... — Estendo a mão como se esperasse que ela me desse uma nota de 50, mas ela está olhando para as botas como se fossem um fantasma.

— Você não deveria usar coisas assim — diz ela, apertando o robe em volta dos ombros. — Os homens vão ter a ideia errada. Mesmo que você não seja bonita, eles vão pensar...

— Do que você está falando?

Estou segurando uma camiseta para dar uma boa olhada dela. Do Nirvana. Ainda tem o nó amarrado na barra. Olho para o rosto dela e abro a camiseta. Minha mãe é do tipo que está sempre procurando um motivo para ficar com raiva. Ela estalava a língua, bufava e saía pisando duro pela casa que devora pelo menor motivo. Agora está com raiva porque tirei suas roupas velhas da aposentadoria. Como se ela pudesse usá-las. Ela é um palito humano, com os ossos todos aparentes, os contornos afiados, sempre enterrada debaixo daquele robe.

— Eu era... meu pai, ele...

Coloco a camiseta na cama.

— Ele o quê?

Ela balança a cabeça.

— Você não deveria usar roupas assim — ela reitera. Mas não quero deixar passar. Ela ia me dizer algo antes de mudar de ideia, e quero saber o que é.

— Ele fez alguma coisa com você? — pressiono. Tento não parecer intensa; não quero assustá-la e espantá-la, mas meus olhos a estão perfurando.

Ela morde o canto do lábio, a coisa mais normal que a vi fazer em anos. Isso desencadeia lembranças de muito tempo atrás — noites frias debaixo de um cobertor quando nos sentamos no chão em frente à lareira, era a vez dela de contar uma história; ela morde o canto do lábio e começa. Ajudando-me com o dever de casa do primeiro ano na mesa da cozinha, mordendo o canto do lábio enquanto pensava na resposta. Ela desperta disso, de seu antigo eu.

— Não é da sua conta — diz ela.

— Quem é meu pai? — Juro por Deus, esta é a primeira vez que verbalizo a pergunta que atormenta todas as crianças que não têm lembranças de um pai. A primeira vez que me importo em saber.

— Não é da sua conta — ela diz de novo, mas desta vez está lentamente saindo do quarto.

— É da minha conta — retruco com urgência. — É, sim. Porque tenho o direito de saber quem ele é...

Saio atrás dela: ela dá um passo, eu dou um passo. Ela balança a cabeça. Meu pânico está aumentando. Sinto minhas palmas ficarem úmidas, as batidas do meu coração aumentam. Esta é minha única chance de obter respostas. Tenho 18 anos. Só restam poucos alentos em nosso relacionamento.

— Me conta, droga! — digo entre os dentes. Não quero gritar, mas não sou superior a isso. Minha mãe odeia barulhos altos.

— Não fale comigo assim. Sou sua mã...

— Você não é uma mãe — respondo logo em cima. — Você suportou minha infância por um fio. Você nem se importa, não é? É claro que não. Você não se importa se me formei no ensino médio com honras, ou que consegui um emprego, ou que o melhor tipo de homem gosta de passar tempo junto comigo. Você é só uma prostituta feia, egocêntrica e cheia de culpa que se recusa a falar com a criança que você trouxe para este mundo. Não posso nem encontrar a força para te odiar, porque eu nem me importo mais.

Sua mão encontra minha bochecha. É um tapa épico, se já vi algum, e vivendo em Bone você vê nada menos que meia dúzia de tapas administrados com mestria em um ano. Minha bochecha começa a arder antes mesmo de sua mão desencostar. Minha pele fica vermelha facilmente, então quase posso ver as marcas de seus dedos no meu rosto. Começo a levantar a mão para tocar o local onde ela me atingiu, mas não quero lhe dar a satisfação. Baixo a mão e a fecho em um punho.

— Quem era meu pai? — pergunto de novo. Desta vez, minha voz está mais parecida comigo: inexpressiva e calma. O tapa e a declaração da minha infância arruinada tornam tudo isso oficial. Vamos conversar esta noite, provavelmente nunca mais, mas esta noite pede respostas. Do tipo que as pessoas em geral não estão dispostas a dar.

Minha mãe direciona os olhos magoados para o piso de madeira arranhada. Seu robe vermelho está aberto e o seio direito pulou para fora. A visão me dá nojo; os homens cujas mãos o acariciaram passam em um carrossel na minha mente. Um deles era o meu pai? Sei disso antes que ela diga: o homem que dirige o Mustang restaurado, aquele com a placa LWMN e o relógio que agora entendo que é um Rolex.

— O nome dele é Howard Delafonte — diz ela. — Desça as escadas. Preciso de um cigarro.

Eu a sigo pelas escadas estreitas da casa que devora e me sento à mesa da cozinha enquanto ela acende um cigarro e coloca um dedo de uísque em um copo empoeirado que encontra em um armário. Ela está fazendo coisas: servindo, acendendo, bebendo. Não a vi fazer nada além de flutuar de cômodo em cômodo durante um longo tempo. O movimento parece estranho nela, como um fantasma simulando um corpo físico. Quando se senta na única outra cadeira diante de mim, ela suspira.

— Pobre de mim — diz ela. — Engravidei do prefeito, mas isso foi antes de ele ser o prefeito, é claro. Ele teria sido muito mais cuidadoso. Era apenas um advogado do meu trabalho naquela época. Ele foi embora durante meu primeiro mês lá, mas não antes de termos dormido juntos. Ele gostava de mim, me trazia presentes.

Penso no papel de presente que encontro na sua lixeira e me pergunto se é ele que lhe traz essas bugigangas.

— Mesmo depois que ele saiu de lá, ele me levava para passear. Vinho e jantares que eu nunca vi igual. — Ela dá uma tragada profunda no cigarro e esvazia o uísque antes mesmo de apagar a fumaça. — Ele tinha uma família, é claro. Mesma porcaria de sempre. A esposa o deixava muito infeliz. Eu a vi uma vez: gorda, com cara de vaca. Ela o deixava louco.

Minha mãe apaga o cigarro direto na mesa, então usa a ponta do dedo para brincar com as cinzas.

— Eu o fazia feliz. Ele ia deixá-la, mas ela ficou doente. Disse que não poderia abandoná-la.

Quero perguntar do que a mulher gorda com cara de vaca do prefeito adoeceu, mas sei que não importa. Preciso do fim dessa história.

— Howard continuou me vendo, é claro. Por fim, os sócios da firma souberam disso; alguém nos viu no cinema. Imagine só — diz ela. Sua língua distraidamente serpenteia para cima e esfrega o dente torto enquanto pensa. — Naquela época, ele já estava concorrendo a prefeito e eu estava grávida de você.

— Por que ele ainda vem? — pergunto. — Depois de todos esses anos. — Ou talvez devesse perguntar por que o papai não fala com a filha. Nem mesmo um papo-furado. *Então, o que você gosta de fazer no tempo livre? Você nunca desejou ter uma TV?*

Então eu me dou conta. Minha mãe tinha uma televisão; ela jogou fora quando eu era pequena, me disse que havia quebrado e que não tínhamos dinheiro para uma nova. E durante todos esses anos não houve uma televisão nova. Não porque não pudéssemos pagar uma com as pilhas de dinheiro que ela guarda debaixo das tábuas do assoalho, mas porque não queria que eu visse meu pai na TV. O prefeito de Bone Harbor em seu Mustang vermelho-cereja. Eu me pergunto o que ele na verdade dirige, provavelmente um Mercedes ou uma BMW novos, algo com cores escuras e de aparência oficial que por dentro tem cheiro de charuto e colônias com fragrância

72

de cedro. O Mustang é seu brinquedo de fim de semana. Ele o mantém na garagem e o dirige até aqui porque ninguém vai reconhecê-lo. *Ei, pai, bela crise de meia-idade.*

— Ele me ama — diz ela.

— E quanto a mim? Ele me ama? — cuspo de volta.

— Não é desse jeito. Ele não queria que eu tivesse você. Ele queria que fizesse um aborto, mas eu não quis.

— Então agora ele finge que eu não existo? Meu Deus. E você está de acordo com isso porque faz a mesma coisa.

A casa que devora estremece ao nosso redor, as vidraças nas janelas zumbem pela pressão interna. Isso combina comigo. A casa que devora sabe como minha mãe se tornou uma morte desonesta. O deserto insípido de uma mulher que deu seus melhores anos a um homem que tratou sua juventude como se fosse um fim de semana no cassino. Que a viu convidar outros homens a entrar enquanto deixava a filha única de fora. Sinto uma camaradagem em relação à casa que devora bem naquele momento: uma comunhão em vez de uma opressão. Minha mãe se esquiva da pergunta. Ela olha para as janelas, provavelmente se perguntando se posso ouvir também. Então, finjo que não, permitindo que meus olhos perfurem sua pele amarelada, fazendo-a se mexer e se contorcer na cadeira. *Deixe-a pensar que ela está ficando louca*, reflito. *Deixe-a pensar que ela é a única que pode ouvir a casa que devora.*

— Tenho meios-irmãos e irmãs?

— Tem.

— E meu pai é o prefeito?

— Não é mais. Agora ele está aposentado. — Sua língua sobe para tocar o dente.

— E os... filhos... dele? Ele é próximo deles?

Eu quero que ela diga "não". Que ele também não é próximo desses filhos. Que ele não ia aos jogos de beisebol, nem aos recitais de balé e nem se sentava em volta da mesa do café da manhã, olhando seus olhos remelentos todas as manhãs.

— Sim — diz ela.

E esse "sim" é sua última e derradeira palavra sobre o assunto. Ela se levanta e parece ter 100 anos. Ela está na escada quando eu a chamo.

— Se ele vier aqui novamente, não vou mais fazer silêncio — digo. — Fale isso para ele.

Ouço o rangido das escadas enquanto ela sobe de volta para seu quarto. Devagar... devagar.

15

19 ANOS

É SÁBADO E NÃO SEI O QUE FAZER COMIGO MESMA. Limpei o banheiro, depois liguei para o trabalho para ver se precisavam que eu cobrisse algum turno. Sandy me disse para ficar em casa e viver um pouco, mas Judah está passando o fim de semana com o pai, e a vida parece dura quando ele não está aqui. Estudo o gesso descascando na sala de estar pelo que parecem ser horas antes de decidir cozinhar uma refeição de verdade. Minha mãe tem velhos livros de receitas em cima da geladeira. Eu os puxo para baixo e folheio as páginas, e espirro quando a poeira sobe pelo meu nariz. Acho uma receita de que gosto e pego o bloco de notas da minha mãe para fazer uma lista das coisas de que preciso. Nunca cozinhei antes, mas há muitas coisas que estou fazendo ultimamente para as quais sou novata. Judah, por exemplo.

— E aí? — digo ao fogão. — Você está vivo aí?

Chuto a porta do forno com a ponta da minha bota e ouço um estrondo. Tenho a estranha sensação de que alguém está me observando. Mas minha mãe está dormindo; posso ouvir seus roncos suaves no andar de cima. Sinto um arrepio quando me agacho e abro a porta do forno. O interior é o que parece uma caixa de metal sobre uma grelha desmoronada; aquilo me deprime. Olho por cima do ombro só para ver se ela está lá antes de puxar a grade para fora. Algo está atrás de mim; posso sentir. A caixa é pesada. Carrego-a para a mesa, meus planos de cozinhar agora esquecidos. Algo se desloca dentro dela — áspero e liso, um raspando no outro — e, de repente, o cabelo na minha nuca está de pé.

Por que minha mãe colocaria uma caixa no forno? E quanto tempo faz que está ali? Tento me lembrar da última vez que a vi cozinhando. Foi logo depois que ela perdeu o emprego e parou de sair de casa? Sento-me com as duas mãos em cima da caixa e fecho os olhos. *Ponha de volta. Ponha de volta.*

Ponha de volta. Eu quero. Coisas escondidas devem ficar escondidas. Há dobradiças e um trinco. Levanto o trinco. Minhas mãos estão tremendo. Minha reação é patética, como se meu corpo já soubesse o que há dentro dessa coisa, mas não sabe. Pelo menos não que eu possa lembrar. Levanto a tampa. Tudo depois disso acontece com alguém que não sou eu.

Ossos. Pequenos ossos humanos. Estou congelada. Minhas mãos agarram o ar acima da caixa. Não sei quanto tempo passo olhando para o caixão. Já vi isso antes. *Não vi?* Parece familiar — o pânico, o nojo, o lento entorpecimento. Tudo isso. Mesmo fechando a tampa e caminhando rigidamente de volta ao forno, tenho uma estranha sensação de *déjà-vu.* O que eu deveria fazer? Confrontar minha mãe? Chamar a polícia? Olho para a porta do forno, a tumba deste minúsculo ser humano. A caixa é pesada; eu a apoio no quadril e sinto os ossos deslizarem por toda parte. Em vez disso, ajusto a caixa depressa, embalando-a em meus braços como um bebê. A campainha toca e, de repente, estou tremendo.

Abro o forno e com cuidado deslizo a criança para dentro. Sinto como se fosse vomitar. Uma batida na porta. Tenho que atender antes que minha mãe acorde, zangada. Corro para abri-la, olhando mais uma vez por cima do ombro na direção do pequeno caixão no forno.

É o carteiro. Ele nunca chegou à porta antes, muito menos tocou a campainha, que não funciona desde antes de eu nascer. *A casa que devora,* penso. Está tramando alguma coisa. Meu rosto deve mostrar minha surpresa. Ele esfrega a mão timidamente no rosto e limpa a garganta.

— Não caberia na caixa de correio — diz ele. Pela primeira vez, noto o pacote em suas mãos. Faço menção de lhe dizer que não é nossa. Nós não recebemos pacotes, mas ele lê o nome da minha mãe no destinatário, então solto a corrente.

Ele acena para mim antes de ir embora, e agora estou segurando uma caixa diferente nas mãos, enquanto meus joelhos batem debaixo do meu vestido branco. Há uma bola de tensão dentro de mim. Ela fica cada vez mais rígida até eu voltar para a casa. Carrego a caixa até a porta da minha mãe. Posso ouvi-la se mexer dentro do quarto, então deixo lá para ela encontrar e, na ponta dos pés, desço os degraus e saio de casa.

Quando eu falar com meu pai pela primeira vez, acho que ele vai cair para trás escada abaixo. Espero por ele perto da porta da frente, na noite habitual em que seu Mustang vermelho-cereja estaciona na beira do meio-fio. Ele não me vê quando entra, carregando uma sacola de papel pardo, ignorando a sala sem luz à sua esquerda, que geralmente está vazia. Estou sentada em uma peça de mobília puída, que sobrou dos dias de minha avó, e o espero alcançar as escadas. Quero observá-lo sem ser vista. Quando ele sobe dois degraus, digo o nome dele. O som sobressaltado do papel me faz saber que ele pulou de surpresa.

— Howard Delafonte — digo. Ele fica onde está, a parte de trás de seus calcanhares pendendo do segundo para o último degrau. — Imagino que herdei meus ombros de você. Jogou futebol americano na faculdade? Merda, que desperdício se você não jogou. Na verdade, não sei nada sobre futebol. Não tenho televisão, você sabe. Ah, sim, você sabe, não é? Essa não foi sua ideia incrível?

Ouço-o largar a sacola, enquanto tábuas do assoalho rangem lá em cima. Imagino que agora é minha mãe que está com o ouvido pressionado nas paredes. Assustada demais para acabar com o nosso encontro, mas talvez um pouco curiosa também.

Ele vem e para na sala de estar, seus olhos procurando por mim entre as sombras. Quando vê minha forma, sentada em silêncio no sofá, ele pigarreia e se aproxima para acender a luminária de chão.

— Posso te chamar de papai? Ou soa estranho vindo de uma garota branca e pobre como eu?

Ele não diz nada. Há uma luz amarela suja entre nós agora.

— Não importa — digo, levantando-me. — Vou ficar com Howard. Ou o prefeito Delafonte. É assim que todo mundo te chama, não é?

Levanto-me e dou a volta no sofá até ficarmos frente a frente. É a primeira vez que estive tão perto dele e posso realmente ver suas feições. Ele se parece comigo: rosto largo, olhos muito afastados, de um azul tão claro que quase se misturam à parte branca. Ele é feio, estranho e impressionante, e quero odiá-lo, mas não consigo, porque ele tem o mesmo cabelo loiro quase branco que eu, que cai ao redor dos olhos da mesma maneira estranha. Olho em seus olhos, esperando ver arrependimento, um carinho que ele abrigasse sem palavras, mas o que vejo é medo de mim. Medo do que posso dizer sobre ele — como minhas palavras, se dirigidas da maneira certa, podem alcançar seus amigos no *country club*, sua esposa com cara de vaca em casa, que nunca morreu daquela doença, seus filhos legítimos em suas faculdades da Ivy League. Os milhares de eleitores… as notícias.

Eu espero. Sonhei com esse momento por tanto tempo, com o instante em que meu pai me diz palavras honestas perante Deus. Mas ele não diz nada. Ele está esperando que eu fale, e sem isso ele não tem nada a dizer. Sinto uma verdade esmagadora que não pode ser revertida ou deixar de ser vista. É um buraco negro que começa perto do meu coração e se move para fora. Pensei que, quando conhecesse meu pai — o homem obscuro que imaginei ter um rosto largo e sorridente —, ele abraçaria a ideia de me conhecer. Ele ficaria encantado com essa nova perspectiva de relacionamento, a chance de conhecer sua prole, uma garota que tirava notas excelentes e era capaz de cuidar de si mesma. Nos meus devaneios, meu pai nunca me rejeita. Estou mal preparada para esta realidade. Ele não tem nada a dizer. Quando percebo que não vou conseguir o que quero, o que neste momento é um simples reconhecimento, dou um passo para trás. Meu interior parece escorregadio. Há excessivos caminhos de decepção, excessivas formas de que isso pode me fazer desaparecer.

— Tudo bem — digo. E então novamente: — Tudo bem.

Meu recuo o deixou desconcertado. Vejo seu pomo de adão balançando na garganta. *Fale alguma coisa.*

— Me dá o seu relógio. — Fico assustada com meu pedido. Provavelmente mais do que ele. Posso vê-lo brilhando com o canto do meu olho, aquela coisa pesada que segurei na minha mão. Não sabia naquela época que pertencia ao meu pai, mas me senti estranhamente atraída por ele. O homem não se move, ainda não diz nada. É um impasse — uma batalha de vontades. Ele está determinado a não me reconhecer, mesmo com suas palavras. Fico ali por mais alguns segundos antes de me sentir exausta. Ando de costas para a porta da frente, sem tirar os olhos dele. Empenhada em dar uma última olhada no homem responsável por me gerar, contudo não responsável por mais nada.

O ar da noite bate nos meus ombros. Sinto a chuva antes de vê-la. Meu último olhar antes de a porta se fechar é do meu pai, Howard Delafonte, subindo as escadas de novo, imperturbável.

A caixa, a caixa, a caixa, penso. A pessoa dentro dela pertence a ele? Volto para dentro para verificar; eu me ajoelho em frente ao forno e acendo a luz, que milagrosamente ainda não queimou. Está ali. *Ele ou ela,* penso eu, apoiando minha testa contra a porta.

Vou à casa de Judah porque não suporto estar entre as mesmas paredes que eles. Ele está sentado perto da janela, seu lugar de sempre. Não me incomodo de entrar. Deslizo rente à parede até ficar sentada diretamente sob a janela. Posso ouvi-lo mexer com algo que soa como um invólucro de plástico.

— Tenho Cheetos — diz ele.

— Não estou com fome.

— Você não precisa estar com fome para comer Cheetos, apenas deprimida.

— Não estou... — E então minha voz some, porque quem eu estou enganando? Eu nasci deprimida. — Não como mais essa merda.

— Larari-larará, ficou chique, é? Não sabia que você era viciada em coisas *fitness*. Com licença, enquanto como minha merda cor de laranja.

Eu sorrio. De repente, sinto-me com vontade de Cheetos, porque Judah me faz querer coisas que não tenho por que querer.

— Judah, você é um saco.

Eu o ouço se afastar da janela, o rangido de suas rodas no piso. Então a porta se abre e sinto algo bater no meu braço. Judah se inclina um pouco para fora da porta e vejo seu cabelo molhado.

Então a porta se fecha e ele está de volta ao seu posto.

Eu me abaixo para ver o que caiu em mim. É um saquinho de minicenouras. Sorrio quando o abro. Melhor assim.

— Nós dois estamos comendo comida cor de laranja. Me sinto completamente próxima de você e dessas merdas.

— Essas merdas — diz ele. E então: — Por que você está triste e essas merdas, Maggie?

— Ah, é só a vida. Você sabe.

— Eu sei — ele concorda. — Mas às vezes ainda é útil falar sobre isso e essas merdas.

— E essas merdas — digo. — Conheci meu pai esta noite. Ele é o pior tipo perdedor ao quadrado e ao cubo.

— Nunca conheci perdedor ao quadrado e ao cubo. Isso é como um imbecil?

— É — respondo. — Exatamente.

— Sabe de uma coisa? — pergunta Judah. — Sei que você nunca conheceu meu pai, mas ele meio que também é um tipo de perdedor ao quadrado e ao cubo. Ele deixou minha mãe porque ele não queria filhos. Não veio me ver no hospital quando eu nasci, mas mandou um cheque de pensão todos os meses. A primeira vez que o encontrei foi depois da minha primeira cirurgia. Ele se sentiu culpado e decidiu começar a ser pai de seu filho aleijado. Às vezes, me pergunto se ele teria entrado em contato comigo se eu não tivesse o tumor. Às vezes, até sou agradecido ao tumor por me dar o meu pai. Isso facilita a vida da minha mãe... a ajuda. E ele não chega a ser ruim. Mas sempre sinto que o estou decepcionando.

— Não tenho ninguém para decepcionar — comento. — Isso é bom, eu acho.

— Você não poderia decepcionar ninguém nem se tentasse — diz Judah.

O silêncio que se segue é um buraco negro. Suga todo o ar do planeta... ou talvez apenas dos meus pulmões. Começo a chorar. Lágrimas de menina. Lágrimas horríveis, fracas e estereotipadas. Limpo-as do rosto imediatamente, espalhando-as nas palmas das mãos e esfregando-as nas pernas da calça. Posso sentir Judah me observando através da tela que cobre a janela. Sei que se não houvesse essa separação ele se aproximaria e me tocaria. Isso me faz sentir melhor. Saber que alguém se importa o suficiente. Todos devem ter alguém que se importe o suficiente.

— Maggie — diz ele. — As pessoas, nossos pais, nossas mães, nossos amigos, estão tão arrasadas que nem sabem que a maior parte do que fazem reflete essa condição. Elas só machucam quem quer que esteja no caminho. Não se sentam para pensar sobre o que a dor delas faz com a gente. A dor torna os humanos egoístas. Bloqueados. Focados para dentro em vez de para fora.

O que ele está dizendo faz sentido. Mas a potência disso dói mesmo assim.

— Apenas me diga uma coisa — ele continua. — Seu coração ainda bate... com a dor que existe aí dentro? Ainda bate?

— Bate — digo.

— Isso é porque os humanos são construídos para viver com a dor. Pessoas fracas deixam a dor sufocá-las rumo a uma morte lenta e emocional. Pessoas fortes usam essa dor, Margô. Eles usam como combustível.

Quando volto para a casa que devora, encontro o Rolex na mesa da cozinha. Jogado como no primeiro dia em que o encontrei no quarto da minha mãe.

— Vai se foder — eu digo, mas o carrego para o meu quarto e escondo-o sob as tábuas do assoalho mesmo assim.

16

ACORDEI COM MEU PIJAMA MOLHADO E O CABELO colado na testa. Antes de ter a chance de jogar os pés pela lateral da cama, minha mãe começa a gritar. Corro para o quarto dela, ainda desorientada, e abro a porta para encontrá-la em pé à beira da cama, nua, com o roupão em volta dos pés. Quando ela me vê, aponta para o outro lado do quarto. Passo por ela, afasto o cabelo que está caindo no meu rosto e quase tropeço no lixo que ela empilhou por todos os cantos.

— O quê?! O que é isso?! — pergunto.

Meus olhos vasculham a escuridão, sem ver nada, antes de encontrar as cortinas e puxá-las para abrir. Poeira espirala no ar quando a luz entra no quarto, faminta para devorar a escuridão. Minha mãe solta um choramingo de dor.

— Vampira — digo em voz baixa, mas então minha respiração é arrancada dos pulmões quando olho a confusão de sangue no canto do quarto.

Olho para minha mãe, que está segurando a barriga avolumada, balançando-se para a frente e para trás. Agora noto as manchas de sangue nas mãos e nas pernas que eu não tinha visto antes. Tremendo sob a luz brilhante, o sangue em sua pele pálida parece berrante e assustador.

— O que é isso? — sussurro.

Ela não me responde. Aproximo-me alguns passos. Minha mão voa para a boca, meu esôfago inchando-se com o vômito.

— O que você fez?!

Minha voz soa estrondosa no pequeno espaço. Pareço ter uma fala demoníaca quando caio de joelhos na frente do bebê. Um bebê. Dá para chamar assim? Menor do que qualquer coisa que eu já vi, sua pele é arroxeada, emaranhada com sangue e uma substância branca espumosa. Toco-o, empurro de volta, toco outra vez. Sem pulso, sem respiração. É pequeno demais. É uma menina. Solto um gemido e oscilo nos calcanhares. Como ela havia escondido isso? Como eu não vi? Um robe vermelho esvoaçante. Ela já não me pedia mais para ficar com ela durante o banho. Ela fizera isso de propósito? Livrara-se do bebê? A resposta está no rosto dela, alívio misturado com dor. Um bebê, uma menininha. Quero pegá-la, carregá-la para algum lugar quente e seguro.

Ofegando e sangrando profusamente, minha mãe cai no chão atrás de mim. Dou uma última olhada para a garotinha no canto e saio do quarto.

Decido caminhar sem pressa até a casa de Judah. Delaney tem um telefone. Minha mãe tem um celular; sempre presumi que é assim que ela marca seus compromissos com seus clientes, mas há um código de acesso no aparelho, e não tenho certeza se isso vai me permitir chamar a ambulância. E quero que ela morra. Quando chego ao portão de Judah, estou chorando de soluçar. Delaney abre a porta. O sorriso cai de seu rosto quando ela me vê. Estou chorando tanto que não consigo entender o que estou dizendo. Aponto para o telefone sem fio, e ela corre para pegá-lo.

— Qual é a sua emergência?

De repente, sinto-me sóbria da dor que estava sentindo. Sóbria o suficiente para invocar palavras, grossas e desajeitadas.

— Minha mãe — digo. — Ela… teve um aborto espontâneo. Tenho medo de que ela possa sangrar até a morte.

Entrego o telefone de volta para Delaney, que me olha chocada, depois repete meu endereço no receptor. Caminho de volta para casa, sem alma.

A ambulância vem; o grito da sirene corta o caloroso dia na *Wessex* como uma tempestade, chamando as pessoas para suas janelas e portas. Sento-me no degrau e espero que os paramédicos subam as escadas até o quarto da minha mãe. Não sei se ela vai deixar a casa que devora viva ou morta. Depois que saio da casa de Delaney, não volto para o andar de cima. Os paramédicos saem.

Eles vêm para ver o corpo da minha mãe — dois homens em uniformes azul-marinho com estrelas no peito. Policiais. Quero limpar o sangue do rosto e das mãos dela, mas eles me dizem para deixar assim. O necrotério cuidará de tudo isso depois da autópsia. Eles estão me fazendo perguntas, querendo saber se sou a única com quem eles devem entrar em contato para falar sobre a autópsia, e se vou cuidar do funeral.

— A autópsia? — pergunto com a voz vazia.

— Procedimento-padrão. É necessária uma autópsia para emitir um atestado de óbito — um dos policiais me comunica.

Olho para os frascos de comprimidos ao lado da cama dela, virados e vazios.

— Minha mãe queria ser cremada — digo a eles.

Minha mãe não queria nada disso. Ou talvez ela quisesse, mas nunca me contou. Não quero lidar com o corpo dela, caixões e lápides. Devolvam-na para mim como cinzas em uma urna e vou ficar feliz. Eles me perguntam quantos anos eu tenho.

— 18 — digo a eles.

Pedem para ver minha carteira de motorista, mas não tenho. Mostro-lhes minha identidade escolar e parecem quase decepcionados por não poderem me levar para um orfanato. Eles não vão me colocar no sistema de lares adotivos nem hoje nem em nenhum outro dia. Nunca fui tão grata por não ser menor de idade. Eles me entregam uma pilha de papéis, alguns folhetos de funerárias e crematórios. Há um com uma flor na capa, um grupo de apoio ao luto. Vejo a polícia falar com os dois caras do necrotério que vieram em busca dos corpos, encostados no revestimento externo apodrecido da casa que devora. Judah me encontra lá, com o rosto abatido e preocupado.

— O necrotério está aqui para levar os corpos.

— Minha mãe falou — diz ele. — Ela quer que você venha passar a noite na nossa casa.

Olho além dele, para a casa das pessoas más. Todas as pessoas más estão do lado de fora, bebendo cerveja e esperando pelo saco com os corpos. Alguns estão sem camisa; um homem e uma mulher estão se beijando na porta dos fundos, procurando respirar de vez em quando para olhar em direção à casa que devora.

— Essa é a diferença entre os ricos e os pobres — diz Judah, seguindo o caminho dos meus olhos. — Os ricos espreitam através das cortinas para ver a tragédia do bairro, enquanto os pobres não tentam esconder o fato de que estão olhando.

— Obrigada — digo. — Mas prefiro ficar aqui.

— Vou ficar com você — ele se apressa em responder. — Só me deixe voltar para casa para pegar algumas das minhas tralhas.

Penso em dizer não, mas, no final, a ideia de dormir na casa que devora me assusta. Concordo balançando a cabeça. Vejo-o ir, os músculos de seus braços pressionados contra a camiseta enquanto trabalham nas rodas da cadeira. Ele para quando chega à casa das pessoas más. Alguns caras vão até onde ele parou, fazendo gesto de saudação e lhe oferecendo uma cerveja.

Todo mundo gosta desse maldito aleijado.

Sorrio um pouco, mas então minha mãe é levada porta afora e tenho que usar a casa que devora para me segurar. Há um saco menor para o bebê. O segundo dos dois técnicos do necrotério carrega este nas mãos. Ele usa luvas, e o carrega, ligeiramente na frente do corpo como uma oferenda para algum deus que come bebês mortos. É a perda dela, dessa menininha, que vou chorar nos próximos dias. Uma criança, desejada por sua irmã meio morta, assassinada por sua mãe já morta.

Assim que eles vão embora, entro na casa para limpar a sujeira que os corpos deixaram para trás. A casa que devora está em silêncio. Espero pela dor, mas ela não vem. Quero sentir alguma coisa, para saber que ainda sou humana, mas não sei como chorar por alguém que eu não conhecia. Eu conhecia Nevaeh. Eu não conhecia minha mãe.

Delaney vem me ajudar, carregando baldes de água quente e Pinho Sol escada acima. Trabalhamos sem falar, usando os lençóis da minha mãe como panos de chão, ensopando-os de sangue até ficarem manchados e o cheiro de desinfetante permear a casa. Carregamos os baldes para fora, jogando a água rosada na grama. Abraço Delaney, um abraço desajeitado, para agradecer-lhe por não me deixar fazer isso sozinha. Seus olhos estão avermelhados quando ela se afasta. Seus lábios, trêmulos. Eles compartilham a mesma maciez dos lábios de Judah, mas os dela não são sensuais como os dele. Parecem quase desajeitados agora, enquanto ela luta para saber o que dizer.

— Ninguém deveria ter que fazer isso — ela sussurra. Seu cabelo está úmido e grudado no rosto. Posso ver Judah em seus traços: a testa larga e a curva graciosa de seu nariz.

— Vocês, crianças, sofrem demais.

Enquanto ela sobe a *Wessex*, eu a observo, pensando no que ela disse. Crianças. Sofrimento. Sim, talvez mais que os adultos. É aí que nos tornamos derrotados na juventude. E depois o usamos como uma capa de proteção pelo resto de nossa vida.

Chamo a bebê de Sihn porque ela levou os pecados da mãe e morreu por isso.

Arrasto a grande rampa de madeira da varanda de Judah até a casa que devora e coloco-a sobre os degraus. Quando o empurro para cima da rampa improvisada, ela estremece e se dobra no meio como se fosse quebrar em duas. É a primeira vez de Judah na casa que devora. Deixo a porta aberta, permitindo que a luz atravesse a sala de estar e, de repente, me sinto autoconsciente de todo o lixo. Não um lixo literal, apenas o lixo da minha vida — a velha velhice. A umidade úmida, a pobreza pobre.

A casa sussurra ao nosso redor, empolgada com a perspectiva de um novo visitante. *Você não pode tê-lo*, digo em silêncio. *Sei que ele é especial, mas você não pode ter Judah.*

Brinco com os botões da minha camisa.

— Vou arrastar meu colchão para baixo — digo. — Você pode ficar com o sofá. Quer dizer, se estiver tudo bem para você?

Ele concorda.

— Quer que eu esquente algo para comer? — pergunta ele. — Minha mãe mandou torta de carne.

— Eu não estou com muita fome. — Dou de ombros.

Ele oferece a caçarola em seu colo e eu a carrego até a cozinha. Fico diante da geladeira, longe da vista, desejando não o ter deixado vir aqui. Isso era o que o pessoal chamava de estranho. Estranho como levar uma peça moderna de mobília para dentro de uma antiga cripta; estranho como frango frito em um restaurante vegetariano.

Ah, meu Deus, ah, meu Deus.

— Margô?

— Sim?

Ah, Deus...

— Há um homem na porta...

A caçarola faz barulho ao cair no balcão. Passo na frente de Judah e caminho até a porta da frente, onde está Howard Delafonte, logo acima do limiar, tirando a capa de chuva como se ele pertencesse a este lugar. *É terça-feira*, penso. *Seu dia normal de vir.* A casa que devora geme. Não gosta dele.

Minha abordagem é machucá-lo.

— O bebê — eu digo. — É seu?

Ele não diz nada. Ele não precisa; eu já sei. O que quer que ela tenha feito para se livrar da gravidez foi ele quem provocou.

— Como você sabe que era seu e não de um dos outros homens? — pergunto. Menciono os outros homens porque quero machucá-lo. Informá-lo de que ele não é o único que paga a ela por sexo.

— Ela não me fazia usar nada — diz ele.

Eu recuo, chocada. Sua confissão é apaziguadora. Íntima. Eu não deveria saber algo tão pessoal sobre a minha mãe, mas isso me diz muito mais sobre ela do que suas palavras jamais disseram. Será que ela queria engravidar dele? Talvez pensasse que poderia tê-lo o tempo todo se engravidasse? Que ele iria deixar a vida dele para criar um ser humano com ela? Minha mãe não era muito chegada a criar humanos. Talvez a casa que devora apenas a tivesse feito enlouquecer, e ela não se importava caso engravidasse.

— O bebê era uma menina — digo baixinho.

Seu rosto empalidece.

— Onde ela está? — pergunta, indo para as escadas.

Por "ela", suponho que ele esteja se referindo à minha mãe, não à sua filha bastarda. Permito que ele suba as escadas. Sigo o pesado *tap tap* de seus sapatos pelo chão. Quando ele volta, há uma expressão de terror em seu rosto.

— Onde ela está? Em que hospital?

— Que hospital? — repito, rindo.

Olho para Judah, que está nos observando com cautela, como se estivesse se perguntando como acabar com uma briga se ela começar.

— Ela está morta.

Meu pai, apenas de sangue, tropeça — agarra a parede para se sustentar e erra. É como se a casa se mexesse, se esquivasse de suas mãos, se contraísse em si mesma. Ele cai, seu rosto contorcido e vermelho como se tivesse terminado uma corrida muito longa. Observo, impassível, o homem avantajado no chão, chorando. Ele a amava. Estou surpresa. Ele não me ama, e eu vim dela. Ela também não me amava. Enquanto o observo, imagino se alguém como eu, que nunca foi amada, é capaz de amar — reconheceria o amor se surgisse? E então acho que prefiro não ser amada a ser amada por um homem como Howard Delafonte.

— Saia — digo. — Saia da minha casa, seu porco assassino.

E, quando ele não se move rápido o suficiente, eu grito mais alto e mais alto até ter a certeza de que Bone inteiro pode me ouvir. *Saia! Saia! Saia!*

Ele rasteja como um cachorro. Patético. Eu me viro, dou as costas para ele, até que ouço a porta do seu carro bater e o motor dar partida.

— Você está bem? — pergunta Judah.

— Esse era o meu pai — digo.

Judah fica em silêncio por muito tempo. Não olho para o rosto dele para avaliar sua reação, embora suas emoções sejam tão constantes, justas e equilibradas que mal preciso vê-lo para saber que ele está franzindo a testa. Os pais devem ser pais na opinião de Judah. Mesmo se eles não quiserem você, eles ainda devem garantir o seu sustento. Como o dele. Como o meu não fez. Nunca faria. *Será que tenho um complexo de pai?*, penso, enquanto observo Judah me observar. Não. Eu tenho um complexo, com certeza, mas é mais uma coisa do tipo *Odeio os seres humanos*. Decepcionada. Estou muito decepcionada com as pessoas. É como se vivessem sem alma.

Então eu sinto: a morte da minha mãe. Começo a chorar. Soluços profundos, enormes e ruidosos. Meu cavaleiro dirige sua cadeira para onde estou, curvada pela dor. Dobrada como um pedaço de papel. Ele me pega antes que eu possa explodir. Pela cintura, ele me puxa para sua cadeira até que eu esteja meio sentada em seu colo, escondendo meu rosto nas mãos.

— *Shhhh* — diz ele. — Você é digna de ser amada. Eles simplesmente não têm amor nenhum para dar. Perdoe-os, Margô.

17

PEGO O DINHEIRO DAS TÁBUAS DO ASSOALHO E O arrumo em fileiras. Há pilhas de 100 e de 20. Eu as separo e começo a contar. Minha mãe era uma mulher rica. Rica pelos padrões de qualquer pessoa em Bone. Setenta mil dólares. Toda a sua vida reduzida a uma velha casa precária, uma filha com quem ela nunca falava e 70 mil dólares.

— Bravo, mamãe — digo.

Eu me inclino contra a parede do quarto e olho para o dinheiro por um longo tempo. Então junto tudo e enrolo em seu roupão vermelho antes de colocá-lo de volta sob as tábuas do assoalho.

Dois visitantes vêm naquela noite. Eu os mando ir embora. Digo-lhes que minha mãe está morta e, a menos que tenham um gosto pela necrofilia, precisam sair da porra da minha casa. A notícia assombra-os. Percebo no branco dos olhos deles. Eles estarão em um estupor esta noite, voltando para casa, para suas esposas com o conhecimento de que sua prostituta está morta. As esposas perguntarão se estão bem, e eles inventarão alguma desculpa sobre não se sentirem bem, refugiando-se em seu escritório ou quarto, a fim de refletir sobre a morte da minha mãe.

Na manhã seguinte, visto uma de suas velhas camisas de flanela. Sou mais baixa do que ela, então a peça fica no meio da minha coxa como um vestido. Calço as botas e pego o ônibus até a funerária para pagar a cremação. Pago com um maço de notas de 20, e a moça atrás do balcão olha para mim como se eu tivesse roubado.

— O quê? — questiono. — Nunca viu o dinheiro de uma garota trabalhadora antes?

Ela arregala os olhos, mas pega o dinheiro com as mãos manchadas pela idade e o esconde em algum lugar que não posso ver. Consigo ouvir o ruído seco de desaprovação que ela faz no fundo da garganta.

— Você pode escolher a urna — oferece, apontando para uma prateleira atrás dela. Há preços impressos em papel e colados sob cada caixa.

— Não quero as cinzas dela — digo rápido. O pensamento de ser responsável por seus restos mortais queimados me assusta. É uma responsabilidade muito grande.

— Bem, nem a gente — diz a mulher. — Você é a parente mais próxima. A menos que queira pagar todo mês por um cubículo de armazenamento, você tem que levar as cinzas com você.

Suspiro, olho para as urnas outra vez. Não posso simplesmente deixá-la aqui.

— A verde — digo. Isso me lembra das folhas que ela costumava tocar, antes de se tornar outra pessoa.

As folhas e suas veias varicosas...

Comprimo a voz dela para fora do meu cérebro.

— São 78 dólares e 21 centavos — diz ela.

Entrego todas as notas de um dólar dessa vez. Ando sem rumo depois disso, olhando nos olhos das pessoas por quem passo, procurando respostas.

Quando começa a chover, pego o ônibus que Nevaeh e eu costumávamos pegar juntas, e me sento na parte de trás fitando a janela. Não estou pronta para voltar para a casa que devora e todos os seus fantasmas: os corpos de bebês e mães enchendo sua boca. O motorista do ônibus me pede para descer ou pagar mais uma passagem quando escurece. Eu não trouxe mais dinheiro, então desço, relutante. Ando devagar, o pavor tomando corpo.

Quando volto, está escuro. Judah está esperando na calçada em frente à casa, sua cadeira inclinada para que ele possa me ver descendo a foice da *Wessex*.

— Pernas bonitas — diz ele.

Olho para as minhas pernas: tão brancas que praticamente brilham no escuro. Não costumo mostrá-las. De repente, me sinto pouco à vontade.

— Você sabe — ele diz, sentindo meu desconforto. — Porque elas funcionam e tudo o mais.

Balanço a cabeça.

— Tão inadequado — digo.

— Sim, eu acho... — Ele esfrega a parte de trás da cabeça, a boca inclinada de lado. Parece que ele está se preparando para dizer algo que vai nos deixar desconfortáveis. — Então, sua mãe... — ele começa.

— Eu não quero falar sobre isso. — Começo a passar por ele, subir a calçada em direção à porta da frente.

— Primeiro Neveah, agora sua mãe — ele chama atrás de mim. Paro, mas não me viro.

— Sim?

— É apenas estranho — diz ele. — Como a morte está em todo lugar.

Não sei aonde ele quer chegar. Não gosto do tom de sua voz, do jeito como posso sentir seus olhos nas minhas costas.

— Boa noite, Margô. — Ouço as rodas de sua cadeira rolando na calçada, de volta à foice.

Dane-se Bone, dane-se a minha mãe, dane-se Judah.

Trezentos dólares por noite, 365 dias por ano. Ela nunca saiu de casa, nunca comprou nada. Tinha deixado os 70 mil de propósito debaixo do meu piso para mim? *Foda-se ela por não deixar uma carta.* Você pensaria que se ignorasse sua filha por metade da vida, então sofresse uma overdose, sabendo que ela é que iria encontrá-la, pelo menos teria a decência de deixar um bilhete. Vou até o quarto dela, encontro artigos de papelaria no criado-mudo, com aves do paraíso nas margens. É tão velho, o papel está frágil e amarelado, com manchas de água em algumas partes, como se ela estivesse chorando nas páginas. Eu me sento à mesa da cozinha para escrever sua carta de suicídio.

Querida Margô,

Eu sinto muito. Primeiro, por deixar de ser sua mãe quando você tinha 8 anos e mais precisava de mim.

Eu vi você desesperada tentando chamar minha atenção, e simplesmente não sabia como sair da neblina em que eu estava... por dez anos. Não sei se você já beijou um menino na vida, se você se apaixonou, ou com que nota você se formou no ensino médio. Acho que eu nem sei se você se formou.

Sou uma prostituta e viciada em drogas. Meu coração se partiu, primeiro quando meu pai foi embora, depois quando seu pai foi embora, quando tudo na vida continuou indo embora. Eu deveria ter lutado mais por você.

Você era digna da luta. Te deixei algum dinheiro. Faça algo com ele. Saia de Bone!

Não olhe para trás, Margô. VÁ!

Mãe

Na realidade, minha mãe nunca teria escrito um recado tão encorajador. Mesmo antes de mudar, ela era pessimista. Naquela época, ela teria me dito para orar, mas agora ela teria me dito que não havia Deus e que estávamos condenadas. Poderia também se dedicar ao longo tempo de uma vida miserável.

Vou para o quarto dela. Cheira densamente a sangue e flores, e isso me deixa zonza. Há manchas escuras na madeira onde os corpos estavam. Elas nunca sairão, não importa quanto eu as esfregue; elas simplesmente foram absorvidas pela casa que devora. Estremeço. Ela estava com muita fome; ela comeu duas vidas desta vez.

Há uma caixa no canto, a que o carteiro entregou há poucos dias. Parece que mais tempo se passou entre aquele dia e agora. Abro e olho dentro, mas está vazia. Começo a colocar as coisas dela dentro da caixa. Garrafas, livros, chinelos. Tiro a roupa da cama e as fotos das paredes. Então levo as coisas dela para o sótão. O lugar onde ela guardou as coisas da própria mãe quando ela morreu. A ironia. Um sótão cheio de coisas de mães mortas. Rio, mas fica preso na minha garganta e acabo chorando. Agora sou só eu e a casa que devora.

18

PEGO AS CINZAS DA MINHA MÃE E DA MINHA IRMÃ EM um dia tão escuro que parece que o sol se esqueceu de se levantar. As nuvens são espessas e pesadas, cor de carvão. Ando até o ponto de ônibus e espero sentada com as mãos pressionadas entre os joelhos, ondulando os pés na calçada, tentando apaziguar meus nervos. Em poucas horas, vou carregar duas urnas cheias de corpo — coração, pulmões e ossos estranhos —, tudo queimado até virar um pó fino.

Hoje estamos aqui e, amanhã, vamos embora, reduzidos a um punhado de lembranças. É deprimente pra caramba. Não sinto mais minha dor, não de verdade. Foi absorvida na noite em que Judah me pegou em seus braços e me disse que eu era digna de ser amada. Agora só me sinto atordoada, amortecida, fazendo o que devo: andar, falar, comer, buscar cinzas. *Feito! Feito! Feito! Feito!*

A caminho de casa, voltando da funerária, olho para as urnas: uma pequena, como um frasco de perfume, e uma grande, como uma garrafa de leite — ambas acomodadas dentro de um saco de papel sem nome no banco ao meu lado. Considero colocá-las no chão, mas depois acho desrespeitoso. Fico me perguntando se quando eu morrer alguém vai colocar minhas cinzas em um pote ou me enterrar na lama.

A chuva não vem; parece que o céu hoje ficará só na ameaça. Carrego a urna da minha irmã para o jardim. Posso ouvir música berrando pelas janelas abertas da casa do crack — algo raivoso e acelerado. Olhando em volta, vejo que as árvores estão quase nuas: nenhum lugar bonito para colocar minha irmã. Estou usando mangas curtas, e tremo de frio enquanto procuro no quintal algum lugar legal. Há um arbusto quase no final do terreno, perto o suficiente da floresta para ser considerado selvagem. Há algumas amoras e folhas verdejantes em forma de sino ainda agarradas aos galhos. Eu me inclino mais perto para examiná-las. Será que...? Judah me chama da calçada. Olho para trás por cima do ombro e ele acena. Está vestindo uma camisa vermelha; é uma cor quente contra o cinza do dia.

— Me deixa ficar com você enquanto você faz isso — diz ele enquanto me aproximo. Pressiono os lábios e faço um aceno. *Claro. Sim.* Quem quer dizer adeus sozinho?

Eu o levo pelos trechos acidentados do quintal; batemos em uma vala que quase o arremessa para fora da cadeira. Ele fica quieto quando me agacho e esvazio a menor das urnas em volta de uma árvore cujas folhas florescem vermelhas no verão.

Ainda há um corpo no meu forno. Quero enterrá-lo, mas, antes de fazer isso, quero algumas respostas. Quero procurar na casa para ver se há mais. Talvez tenha sido o primeiro de nós — bebês indesejados da minha mãe —, mas por que ela o colocou no forno? Por que não o enterrar ou pedir ao pai para enterrá-lo? O bebê na urna teria crescido e se tornado uma irmã. Poderíamos ter sido amigas. Não esvazio a urna da minha mãe perto da do bebê. Ela não merece ser colocada ali para o descanso eterno.

— O que você vai fazer com ela? — pergunta Judah.

— O que você faria com ela?

Ele franze a testa, coça a nuca e depois olha para as nuvens de chuva. Uma gota de chuva cai em sua boca e ele a lambe.

— Eu gosto da minha mãe — diz ele. — Eu quero que ela fique em algum lugar legal.

— E se você não gostasse da sua mãe?

Ele pensa por um minuto.

— Deixe-a em algum lugar da casa. Parece punição suficiente, não acha?

Eu rio.

— Acho...

— Ei, Margô — diz Judah. — Você é muito durona, sabia disso?

— Durona? — repito. — Não. Se eu fosse durona, seria uma garota normal. Acabei ficando toda louca e essas merdas.

— E essas merdas — ele sorri. — Bem, tanto faz. Gosto de você mesmo assim.

— Vá para casa — eu digo, levantando-me e tirando a terra da parte de trás da minha calça. — Está começando a chover.

Ele me sopra um beijo e volta para casa.

Eu gosto desse garoto.

Tomo banho na banheira e como um pouco do que a mãe de Judah me trouxe. Ainda estou pensando nas amoras que vi quando subo na cama. Tenho sonhos cheios de cadáveres e humanos de olhos vazios que enchem a boca de amoras até sufocarem. Quando acordo... eu sei.

Estou na cozinha quando encontro a última correspondência da minha mãe. Na última terça-feira de cada mês, ela deixava quatro envelopes no balcão da cozinha; três deles eram para eu levar à caixa de correio: a conta de luz, a conta de água, a conta do celular. O último envelope estava em branco. Dentro havia sempre uma lista, escrita com sua caligrafia quase perfeita, das coisas que ela queria para o mês. Às vezes, a lista tinha coisas como: *xampu, Advil (frasco grande), biscoitos, bananas.* Outras vezes dizia: *novo romance do Stephen King, pinça, rímel (marrom/preto).* Ela colocava 50 dólares no envelope, e seria isso. Apalpo o envelope. O que ela queria este mês? Será que realmente me importaria? Rasgo uma tira fina da parte de cima do envelope e puxo a folha de caderno.

Há apenas três coisas em sua lista neste mês. Olho para a primeira: laxantes. Não era um pedido incomum, mas havia garotas na minha escola que usavam laxantes no início da gravidez. A enxurrada dos intestinos expelia o óvulo recém-fertilizado, ou era o que elas acreditavam, de qualquer forma. Muitas vezes era possível ver um frasco sendo passado de mão em mão, enfiado em uma mochila. Um remédio caseiro que nunca funcionava. Também na lista dela há um pedido de cartão de aniversário *(algo masculino)*, ela escreve ao lado. Eu me pergunto se é o aniversário do meu pai, ou um dos outros. Quem ela acha que é especial o suficiente para receber um recado de papel? Minha amargura me faz dobrar o papel temporariamente. Nenhum cartão de aniversário para mim. Sem reconhecimento. Quando meus sentimentos ruins diminuem, desdobro para ver qual foi o último desejo dela. Escrito em tinta de cor diferente dos dois primeiros itens está algo que faz minha nuca arrepiar. Contar à Margô. É isso.

Por que minha mãe escreveria isso em sua lista de compras que ela sabia que eu veria? O que isso significa? Será que ela pretendia escrever mais, mas esqueceu? Contar à Margô sobre... o bebê? Talvez ela pensasse que eu não sabia sobre o dinheiro debaixo das tábuas do assoalho. Enterro meu rosto na dobra do braço.

Os escritórios de Howard Delafonte ficavam na *Main Street*. E, quando falo em escritórios, quero dizer tanto o escritório de advocacia quanto o bar especializado em vinhos a cinco portas de distância, que ele abrira um ano antes. Outra pessoa administrava a adega para ele, e ele tinha sócios na firma, mas o ex-prefeito estava se mantendo ocupado.

— Ocupado, sempre na correria — murmuro para mim mesma quando o vejo entrar na adega, levando na mão um copo de papel com uma bebida quente.

É incrível o que a gente consegue descobrir na internet. Uma pequena visita à Biblioteca Pública de Bone Harbor, e bam! Informações demais até para se saber o que fazer com todas elas. Não existe mais isso de esconder a roupa suja. A calcinha suja de merda de qualquer um está ao alcance de uma simples busca na web hoje em dia. As calcinhas de Howard Delafonte tinham um divórcio que as manchava. Acho que a patroa finalmente o deixou. E, de acordo com a internet, o filho mais velho é viciado em heroína, enquanto o filho mais novo tem um histórico de prisão por agressão. Somando minha mãe e Howard, eu fazia parte de uma fossa genética nojenta.

Ele fica dentro da adega por uns bons trinta minutos antes de sair — tem um saco de papel na mão. Ele está assobiando, embora eu não consiga ouvir a melodia do meu banco do outro lado da rua movimentada. Espero até que ele esteja quase no carro antes de me levantar e segui-lo. Ele aperta o botão eletrônico do controle para abrir o carro — não o Mustang, percebo, mas uma Mercedes branca e reluzente. Ele coloca o saco de papel no banco de trás e abre a porta do lado do motorista. É quando faço a minha jogada. Atravesso a rua correndo e agarro a porta do lado do passageiro, deslizando para dentro do carro junto com ele.

— Oi, pai.

Seu rosto empalidece. Espero que ele pule do carro, mas, depois de me dar um longo e duro olhar, ele aperta o cinto de segurança e o motor ronca ganhando vida. Está chovendo. Os limpadores de para-brisa afastam a água de um lado para o outro, enquanto ele sai da vaga para pegar a rua. Eu me sinto um pouco desconfortável. Estou à sua mercê, e ele pode fazer o que quiser comigo, afivelada no banco da frente. Não vou dar a ele a vantagem. Relaxo no meu lugar e espero que ele fale primeiro. Quero que me pergunte por que estou aqui. Tive que pegar cinco ônibus para chegar à pequena cidade pitoresca que ele chama de lar, e me pergunto agora se ele por acaso tem alguma paranoia de que alguém conhecido nos veja juntos.

— Sua mãe… você a enterrou?

— Cremei — respondo.

Ele faz que sim.

— Você deu a ela o abortivo?

Ele faz que sim novamente. Cerro os punhos e fico olhando fixo para o perfil dele. É uma coisa estranha, olhar para o seu pai. Sabendo que você está em algum lugar do rosto dele — talvez na curva de uma bochecha ou no nariz — e procurando tanto que você sinta vontade de chorar, porque está envergonhada e desesperada.

— Você matou minha irmã. Por que você me deixou viver?

— Como você sabe... como você sabe que era uma menina? — pergunta ele. Ele olha rápido para mim.

— Porque eu a encontrei no chão.

Isso parece desconcertar Howard. Ele passa a mão carnuda no rosto e depois bate no volante. Seu gesto me lembra por que estou aqui.

— Ela queria você — diz ele. — Eu tentei convencê-la a fazer um aborto, e ela não quis.

— Ela me disse que meu pai foi embora...

— Isso é o que eu queria que ela dissesse — ele responde rapidamente. — Nós nos conhecíamos havia muito tempo. Dei a ela o emprego na empresa quando ela se formou no ensino médio. Era diferente naquela época. Era possível conseguir um emprego baseado em competência, em vez de um diploma. Ela era uma mulher muito competente. Salvou minha pele um monte de vezes quando os clientes se descontrolavam. Eu costumava mandá-la conversar com eles, acalmá-los.

— Eu não vim aqui para relembrar minha mãe — digo.

— Então por que você está aqui?

— Eu quero saber sobre os seus arrependimentos.

Ele entra no estacionamento de uma lanchonete na beira da rodovia. Há alguns semirreboques estacionados no pátio, um restaurante de caminhoneiros. Antes de desligar o carro, ele diz:

— Vamos pegar alguma coisa para comer.

Concordo com relutância. Este vai ser meu primeiro jantar oficial com meu pai. Eu o sigo do carro e atravesso o estacionamento. Ele está tornando as coisas muito fáceis para mim. Ele não espera para ver se o estou acompanhando.

Quando chegamos à porta, ele a abre para mim. Um verdadeiro cavalheiro. O ar dentro está cheio de gordura. Mas nem me lembro da última vez em que estive em um restaurante, então me sinto encantada. Nós nos sentamos nos fundos, perto dos banheiros, onde a cada poucos minutos

95

ouço uma descarga. Não comento sobre a escolha de mesa feita por Howard, ou o fato de ele se posicionar de costas para a porta. Saio para ir ao banheiro antes que a garçonete possa vir.

— Pode pedir igual para mim — digo a ele.

Quando volto, há duas canecas fumegantes de café na mesa. Seguro a minha, mas não bebo nada.

— Eu a amava — diz ele. — Eu queria me casar com ela. Minha esposa ficou doente…

Eu penso na minha mãe. Ela o amava? Ela o estava usando?

— Mas você não queria filhos com ela?

Ele pega a faca, coloca de volta sobre a mesa.

— Eu tenho filhos.

— Se você a amava, deveria ter desejado os filhos *dela*.

— Você acha que é simples assim, mas não é — diz ele. — Você é só uma criança. Você não sabe quanto as coisas podem ficar difíceis. Complicadas.

Meu sorriso é irônico.

— Com licença — diz ele.

Ele desaparece no banheiro. O momento é perfeito. É como se o universo tivesse mapeado tudo para mim. Vejo nossa garçonete virar a esquina com dois pratos na mão. Eu me levanto e vou ao banheiro novamente, certificando-me de deixar minha bolsa no banco para que ela saiba que não fugimos dela. Ela não pode ver meu rosto. Saio alguns segundos depois. Panquecas de mirtilo, ovos e bacon. Mergulho a mão na minha bolsa e pego o saquinho Ziploc que eu trouxe.

Logo, ele está de volta, deslizando para se sentar no nicho, as mãos ainda úmidas de lavar.

— Margô. — É a primeira vez que ele disse meu nome. Eu me sinto vazia. Triste. Meus olhos olham em volta, procurando a garçonete. Ela voltará em um minuto para ver se está tudo certo… trazer mais café.

Ele dá a primeira garfada em suas panquecas. Então a segunda. Observo, hipnotizada enquanto ele come o que coloquei nas suas panquecas.

— Ela não estava no estado de espírito certo para ter um bebê. Não sei o que ela comentava com você, mas ela estava deprimida. Falava muito sobre morte.

— Ela não falava nada comigo. — Ainda não toquei na minha comida. Ele olha para mim, seu garfo ainda cortando panquecas. Parece que quer dizer alguma coisa, mas depois muda de ideia.

— Eu a amava — ele diz de novo. — Eu não me arrependo disso.

— Você a matou... e o bebê.

Ele limpa a boca com um guardanapo e deixa uma mancha de gordura roxa.

— Não. Isso foi... ela queria...

— Você deu a ela as drogas que a mataram, ex-prefeito Delafonte. O que as pessoas vão pensar disso?

— O que você quer?

Eu sorrio.

— Nada. Nada mesmo. Tenho tudo de que preciso agora.

E, com isso, levanto-me e saio, mantendo a cabeça abaixada.

Eu não sei o que acontece depois disso. Não procuro saber. Mas coloquei veneno na comida dele e peço ao inferno que ele morra.

19

NÃO HÁ NADA NO NOTICIÁRIO SOBRE O EX-PREFEITO Howard Delafonte. Procuro e procuro, mas não consigo encontrar. Se o veneno que dei a ele fez parar seu coração negro nojento, ninguém estava falando a respeito. Improvável. Decido pegar um ônibus para sair de Cress End, a cidade onde ele mora — maior que a minha, mas ainda menor que a maioria. Tenho um endereço dele que encontrei em um caderno na escrivaninha da minha mãe, rabiscado na página. O que será que ela pretendia fazer com isso? Se alguma vez passou pela sua cabeça ir à casa dele e confrontá-lo na frente da família. Era sua casa antiga que eu ia ver, aquela em que os filhos dele cresceram. Ando pouco mais de 3 quilômetros a partir do ponto de ônibus e fico do outro lado da rua sob uma árvore de aparência doente. A casa dos Delafonte é de estilo colonial branco com persianas de cor de ameixa. O gramado é impecável — arbustos perenes podados em formato oval e pedras brancas lisas ladeando o caminho até a porta. Eu me pergunto se os políticos escolhem sempre esse estilo de residência, porque lhes dá um ar de Casa Branca. Posso imaginar seus filhos correndo pelo gramado, e o brilho do Natal pela janela da frente. Posso imaginar tudo porque é uma vida típica.

Fiquei de pé na esquina por tanto tempo que não estou sentindo os dedos dos pés. Então, a ex-senhora Delafonte sai pela porta da frente e segue pelo caminho até a calçada. São 15 para as 3 da tarde. Ela abre a caixa de correio e abaixa a cabeça para olhar lá dentro. Fico chocada. Ela é o oposto da minha linda mãe — redonda e robusta com um capacete de cabelo cor de ferro. Está vestindo o suéter mais feio que eu já vi, o que me faz dar risada. Ela gosta de coisas feias; ela pode gostar de mim. Ela está prestes a voltar para a casa quando me vê parada do outro lado da rua. Fico muito quieta enquanto ela cruza a rua de mão dupla, com a cabeça balançando para a esquerda e para a direita para verificar o tráfego. Ela me lança um sorriso cauteloso que ilumina seu rosto comum.

— Oi — ela diz. — Você é daqui?

Balanço a cabeça. Ela me olha com curiosidade de cima a baixo, não do jeito que as pessoas ricas fazem quando estão avaliando seu patrimônio líquido, mas quase docemente como se ela estivesse vendo o que pode fazer para ajudar.

— Você está bem, querida? Parece que você viu um fantasma.

E vi, não vi? O fantasma do passado do prefeito Delafonte.

— Eu estou bem — respondo. — Só um pouco perdida. — Isso é verdade, não é?

— Perdida na vida, ou no sentido técnico da palavra? — ela pergunta.

Eu apenas sorrio.

— Muito bem então... — Ela gira o corpo em direção à rua principal pela qual eu andei até chegar aqui e diz: — A estrada é por ali. Você também pode encontrar a estação Greyhound e o ponto de ônibus. — Ela se vira para o lado oposto. — Para lá fica a patética imitação de uma cidade. Eu sou mais uma garota de Seattle, mas há alguns restaurantes, correios, lojas que vendem coisas de que você não precisa, blá-blá-blá. — Ela se vira de frente para mim novamente. — Você precisa de algum dinheiro? Você tem como chegar em casa?

Confirmo balançando a cabeça, embora meus olhos estejam ardendo com a água salgada que luta para escapar dos meus canais lacrimais. Ela não deveria ser tão legal.

— Posso fazer uma pergunta? — digo. Ela para seu resumo de Cress End e pisca para mim surpresa. Há farinha em seu suéter; o que será que ela está preparando?

— Sim — diz ela. — Acho que pode.

— Você é feliz?

Ela pressiona os lábios até ficarem pálidos.

— Bem, essa é uma pergunta estranha, não é? Não me perguntam isso há muito tempo...

Ela olha para o nada, seus olhos se estreitam enquanto pensa.

— Estou mais feliz agora do que estive em muito tempo. Não é a felicidade que imaginei para mim quando era jovem, mas estou viva e ninguém destruiu minha vontade de viver.

Ela olha bem nos meus olhos nesse momento.

— A gente precisa estar disposta a ser feliz. Apesar da confusão da nossa vida, apenas aceitar o que aconteceu, jogar fora os nossos ideais e criar um novo mapa de felicidade para seguir.

É a melhor coisa que alguém já me disse. O melhor conselho. Eu sinto tanto pelo que minha mãe e meu pai fizeram com essa mulher que uma única lágrima escorre pelo meu rosto. Eu faço um sinal afirmativo com a cabeça e me viro para sair. Se eu fosse filha dela, teria sido boa para ela.

Estou a meio quarteirão de distância quando ela grita:

— Adeus, Margô. Tenha uma boa vida.

Eu não paro de andar, e não olho para trás, embora todos os pelos do meu corpo estejam em pé em uma saudação surpresa. Eu não posso me impedir de desejar que ela tivesse sido minha mãe. Uma mulher tão gentil, ela se dá ao trabalho de falar com a bastarda do ex-marido — aliás, provavelmente a razão para o seu divórcio. Minha mãe nem sequer me reconhecia, e ali estava ela, uma estranha que tinha todo o direito de me odiar, falando comigo com uma bondade incrível.

Minha última parada é a adega da qual meu pai é dono. Quero ver se ele está lá, ou, se não estiver, deve haver alguém que possa me dizer algo sobre ele. Há um jovem polindo taças atrás do bar quando eu passo pelas portas. Ele ergue os olhos e os desvia com rapidez suficiente para eu entender que fui ignorada.

— Só abrimos às 6 — diz ele. — E, de qualquer forma, você não parece ter idade para estar aqui.

— Estou procurando alguém — explico. — O sr. Delafonte…

Ele ergue os olhos de repente, e percebo que estou vendo meu irmão. Ele é a cara da mãe, com um pouco de Howard nos ombros e em torno da sua boca curvada para baixo.

— Praquevocêquerfalarcomele? — Sua frase sai uma coisa só, arrastada e tensa.

— Isso é assunto meu — respondo. — Ele está aqui?

— Não. Ele tirou uma licença…

Levanto a cabeça, altero o peso do corpo de uma perna para outra. Estou agitada. Quero pegar a taça da mão dele e gritar: "Corta essa!".

— Ele está doente?

O rapaz pousa a taça e enxuga as mãos em uma toalha.

— Quem está perguntando?

Não posso evitar o sorriso que se arrasta no meu rosto. Tento engoli-lo de volta, mas, no final, quem se importa?

100

— A bastarda dele.

Paul — esse é o nome do meu meio-irmão — congela. E então, de repente, está polindo as taças novamente.

— Ah — diz ele.

E eu me pergunto se todos da família sabem sobre mim.

— Você quer dinheiro? — pergunta ele.

— Não.

— Então o quê? Um reencontro? Porque isso não vai acontecer.

— Eu queria ver se ele estava morto.

A taça escapa da mão de Paul. Ele a pega antes que encontre o chão. Dá a volta no balcão e vem em minha direção.

— Como você se chama? — ele questiona.

Eu sorrio.

— Fala para ele que eu mandei um "oi". Foi bom conhecer você, Paul.

Ele para perto de onde eu estou. Lanço um último olhar na direção dele antes de sair pela porta.

Missão fracassada, mas pelo menos eu o deixei doente o suficiente para tirar uma licença.

Quando volto para a casa que devora a caixa no forno se foi. Eu deslizo pela parede até me sentar no chão e aperto a cabeça entre os joelhos. Licença uma ova.

20

POSSO OUVIR UM BEBÊ CHORANDO. DOBRO A WESSEX, puxando minha capa de chuva mais justa em volta do corpo. Meu rosto está tomado por gotículas de chuva e, a cada poucos minutos, tenho que lamber a água dos lábios para evitar que escorra pelo queixo. O choro fica mais alto quanto mais me aproximo da casa que devora. Meus passos ficam lentos quando levanto a cabeça para captar de qual direção vem o barulho. Não é de todo incomum ouvir um bebê chorando em Bone. As pessoas aqui estão condicionadas a se concentrarem na sobrevivência e não na felicidade. Os pais deixam os bebês chorarem enquanto brigam e gritam; uma mãe solteira e maltrapilha deixa o bebê chorar para que consiga dormir algumas horas. Avós deixam os netos chorarem porque chorar um pouco nunca fez mal a ninguém. Mas o choro que ouço não é o de um bebê infeliz; é o choro de uma criança com dor; um choro frenético e estridente, é quase um grito. Mo.

Posso ouvir o asfalto sob meus sapatos, a calmaria da chuva e o zumbido dos carros na estrada próxima. Tento me concentrar naqueles sons — nos sons que me dizem respeito. Mas algo está sussurrando para mim; é uma cacofonia de coração, pulmões e mente, encimada pelos gritos angustiados de um bebê.

Sigo os gritos até a casa do crack. Não para a porta, mas para uma janela onde posso ver a luz amarela escapando entre as cortinas. Eu sei que Mo está sob meus pés, preparando metanfetamina no porão. Isso é o que ele faz à noite. Droga que ele não usa, mas vende, que é provavelmente a maneira mais inteligente de lidar com isso. A questão é que seu bebê está lá em cima gritando, e ele não consegue ouvi-lo. Talvez o bebê tenha se machucado... talvez...

Eu me esforço para olhar entre as cortinas; a frestinha não me permite dar uma boa olhada pelo quarto. Consigo ver uma cama e, por um momento, sinto alívio. O Pequeno Mo não está sozinho. Sua mãe está ajoelhada entre os lençóis revirados, as costas estreitas viradas para mim, uma longa trança descendo pelas costas. Ela se chama Vola. É esbelta e exótica, polinésia, Mo me disse uma vez. Ela está sempre gritando com Mo, e Mo está sempre gritando com ela. Às vezes, eles levam os gritos para a rua; Vola sempre está com as chaves do carro na mão quando ameaça deixar Mo de vez. Mo joga as roupas dela no gramado às braçadas: amarelos e roxos flutuando no gramado tomado de ervas daninhas, como confetes. Ele grita para ela dar o fora, e que ela é uma puta maldita, e que vai ter o que merece se tentar abandoná-lo. A resposta de Vola é sempre o silêncio. Parece mais profundo do que os berros de Mo, como se ela fosse superior aos palavrões vulgares e sujos. E Mo parece captar a mensagem, porque, depois disso, ele começa a gritar: "*O quê? Você acha que é melhor do que eu, sua puta? Some daqui*". Às vezes, ela sai por um tempo. Vai ficar com a mãe em Seattle. Mas, na semana seguinte, o carro dela está de volta, e eles estão se apalpando na calçada, a mão dele segurando a blusa dela, ela se esfregando nele com tanta força que parece que está tentando derrubá-lo no chão.

Vola não é de Bone. A gente percebe. Mo a conheceu em um bar em Seattle. Nenhum de nós realmente a conhece, e ela não deseja conhecer nenhum de nós. Inclino a cabeça para dar uma olhada melhor na cama. Minha respiração está se condensando no vidro da janela. Limpo o embaçado com cuidado e, em seguida, apoio os dez dedos contra o vidro para me equilibrar enquanto me inclino mais. Mo está ouvindo música do porão. A reverberação sacode as janelas, mas nem isso é suficiente para abafar os gritos do bebê. Talvez ele esteja doente. Talvez ele esteja...

No começo eu não entendo o que estou vendo. Meu cérebro leva um momento para se recuperar — lento, processando a confusão pesada. E minha visão, tão obstruída! Eu poderia estar errada. Então tudo corre rápido demais: minha respiração, meu coração, meus pensamentos. Todos confusos, colidindo um com o outro até eu me sentir tonta.

A cabeça de Vola está inclinada sobre alguma coisa. Eu vejo quando ela levanta a mão novamente, e de novo e de novo. Ela está acertando alguma coisa. *Um travesseiro*, digo para mim mesma. Ela brigou com Mo e está socando um travesseiro. Eu já fiz isso, exigindo vingança em um travesseiro em nome de um valentão da escola ou da minha mãe. Socando e socando até minhas juntas ficarem doloridas e minha raiva secar. Mas sei que não é verdade, porque não consigo ver o bebê entre as ripas do berço. Vola se inclina para trás de repente, e eu vejo o Pequeno Mo. Ele está deitado de bruços, com a cabeça erguida, o rosto vermelho dos gritos, molhado de suas lágrimas. Ele chora com tanta força que se esgota e para de chorar, apoiando a cabeça de lado e fechando os olhos, as costinhas subindo e descendo conforme ele toma grandes e ofegantes goles de ar.

Assim que seus olhos se fecham, Vola estende a mão e o belisca na perna com tanta força que eu recuo. Ele ergue a cabeça e começa de novo, com o rosto brilhante e inchado. Fico paralisada. Vejo quando Vola levanta um travesseiro e bate na cabeça dele. O rosto dele bate no lençol e ele se levanta com um solavanco, a barriga carregando o peso enquanto a cabeça e os pés se levantam. Ele está trêmulo e ela, muito calma. Eu não entendo. Sinto como se não estivesse captando alguma coisa, mas não há nada a perder. Sou testemunha de algo sinistro. Assim que o Pequeno Mo se recupera do travesseiro, Vola bate nele de novo, desta vez com tanta força que ele rola de costas.

Eu não posso... eu não posso...

Eu caio da janela para trás, sem fôlego, meu coração lutando atrás das costelas como um animal ferido. Ouço um barulho e olho para cima, tentando regular minha respiração. Um corvo está empoleirado no telhado da casa logo acima da minha cabeça. Suas penas cor de petróleo se fundem na escuridão do céu, mas posso ver seu contorno, o bico curvo afiado. Está olhando para mim, inclinando a cabeça para um lado e depois para o outro. Ele grasna para mim como se quisesse me dizer alguma coisa, depois ergue as asas e levanta voo.

Minha alma reage. É um profundo despertar de algo que pensei estar morto. Meu cérebro diz: *você vai perder o controle. Você vai perder o controle. Você vai perder o controle.* E meu cérebro pode estar certo, mas eu não me importo. Desde quando manter o controle já me beneficiou? Algo mais também está falando. Há outra voz — primitiva, baixa e estranha. As palavras não fazem sentido, mas elas também fazem. *Vá! Vá! Vá.* Ela diz. *Faça, faça.* A fala da alma. Eu procuro o corvo para ver o que ele diz, mas ele está muito longe. Quanto mais eu demoro aqui, mais ela machuca Mo.

Meu coração ribomba. *Tum-tum, tum-tum.* Eu estou na porta da frente. *Tum-tum, tum-tum, tum-tum.* Eu testo a maçaneta. *Por que está aberta? Tum--tum, tum-tum-tum-tum.* Eu entro. Fecho sem fazer barulho. *Tum-tum, tum--tum.* A cadeirinha do bebê está abandonada no chão, tombada, e as chaves estão caídas ao lado, como se ela as tivesse deixado cair às pressas. Na pressa, Vola se esqueceu de trancar a porta — algo que Mo não aceitaria bem. O negócio dele precisava de portas trancadas, armas e capangas. Onde estavam os capangas dele? A casa está vazia. *Tum-tum-tum-tum-tum--tum-tum-tum.* Atravesso a cozinha. Balcões sujos: comida, pratos, pelo de gato. Uma aranha gigante vem subindo na lateral de uma garrafa de óleo vegetal e se senta na tampa. A casa cheira a maconha, fumaça de cigarro e mofo. Igual à casa que devora, menos a maconha. Uma faca de carne coberta de maionese está sobre o balcão. *Não.* Melecado demais. Sigo o corredor até uma porta que acredito ser a de Vola e Mo. Não sinto emoção nenhuma, estou calma. Por um momento, olho para a maçaneta de metal. Posso ver meu reflexo na superfície. Está quente quando minha mão toca nela. É suave quando minha mão a gira. Ela não me vê imediatamente; está muito focada no que está fazendo: espancando o bebê.

Avanço quando a mão dela está suspensa no ar. Não tenho plano nem escolha de ação. Na verdade, sinto como se não estivesse agindo, apenas observando meu corpo de um canto distante do universo. Agarro sua trança. É longa e grossa. Ela não está esperando meu ataque, então começa a cair para trás. Com metade do meu peso e uns 30 centímetros mais baixa, ela parece vazia e leve. Eu a puxo para fora da cama, sua trança enrolada na minha mão. Ela cai de costas, seu grito de surpresa é abafado pelos gritos do bebê e pela música. Sua boca está aberta, os olhos arregalados quando ela olha para mim. Olho para a cama para me certificar de que o Pequeno Mo não está prestes a cair. Seus olhos estão abertos e ele está chupando o punho.

Vê-lo aciona alguma coisa dentro de mim. Quase consigo ouvir. *Clique.* Meu cérebro de repente para de alertar que vou perder o controle, embora, na verdade, eu não perca. Estou tão calma quanto sempre estive. Um rio liso. Um bebê adormecido. A melodia de uma harpa. Meu corpo se move naturalmente. Não quero apenas parar o que está acontecendo. Eu quero vingança. A mesma voz que me instigou até aqui está me dizendo que ela precisa pagar pelo que estava fazendo com o Pequeno Mo.

Eu a arrasto pelos cabelos até a cômoda, lascada e velha com bordas afiadas. Há vidrinhos de esmalte alinhados em cima — azuis e turquesa. Vola superou seu choque inicial, e agora luta para se afastar de mim. Enrolo o cabelo dela com mais força ao redor do meu punho e levanto seus joelhos do chão até que ela esteja em uma posição meio em pé. Sua boca está se movendo, seus lábios se curvando sobre palavras que não consigo ouvir. Seus punhos batem nas laterais da minha cintura e na barriga, qualquer coisa que ela possa alcançar. Seu esforço é ineficaz, é uma brisa leve tentando mover uma árvore. Eu olho para baixo em seus olhos vazios por longos segundos, tentando tirar respostas deles. Não há respostas. Ela está doente. Demente. Fisicamente linda. Não é digna da vida que recebeu. Uma predadora. Uma valentona. Eu vejo minha mãe em suas íris cinzentas e espectrais. E então, com a máxima força que consigo, bato sua têmpora esquerda no canto da cômoda. Ela cai aos meus pés. Inerte. Carne e ossos, mas eu tomei sua alma.

Sorrio de modo solene, e, em algum lugar profundo, dentro de mim, sei que o que estou fazendo não é normal. Olho para a cama. Os olhos sem foco do Pequeno Mo estão em mim. Com calma ando até ele e o pego, segurando-o contra o meu peito, embalando-o de um lado para o outro.

— *Shh* — eu digo.

Esfrego suas costas, beijo sua têmpora. Quanto tempo ela faz isso com ele? Pensei que ele tivesse algum tipo de problema mental, mas agora eu sei que não é verdade. Seus olhos desfocados, a languidez de seu corpo quando a gente o segura, o jeito com que ele realmente não ouve a nossa voz: foi tudo ela. O que ela fez com ele?

Quando ele está dormindo, eu o deito no berço. Há um banquinho no canto do quarto. Eu o arrasto até a cômoda e o coloco entre a parede e o corpo de Vola. Então eu vou até o armário procurar um sapato. Encontro um chinelo de plástico.

Depois sigo para a cozinha em busca da aranha. Está na parede acima da pia, não muito longe da garrafa de óleo onde a vi pela primeira vez. Uma aranha estriada. Eu a pego nas mãos e a levo para o quarto. Deixo que suba pela parede acima do corpo de Vola, e observo-a ziguezaguear um pouquinho. Nem uma vez sequer penso no Mo adulto, lá embaixo cozinhando seu crack. A qualquer momento ele poderia entrar no quarto, mas não tenho medo. Eu não me importo com nada, exceto a aranha. Quando está quase no teto, subo no banquinho e bato nela com o chinelo, certificando-me de espalhá-la pela parede. Uma morte dramática. Pobre aranha. Limpo o chinelo para remover as impressões digitais e a posiciono na mão caída de Vola. Então eu viro o banquinho de lado e olho para o Pequeno Mo uma última vez. Ele suspira em seu sono, o profundo e rouco suspiro de alguém que passou a noite chorando.

Fecho a porta do quarto suavemente atrás de mim para não o acordar, e esfrego minha manga sobre a maçaneta apenas por precaução. No caminho de saída, endireito a cadeirinha, coloco as chaves no balcão da cozinha e tranco a porta por dentro.

Sorrio, indiferente, para a lua crescente. Algumas pessoas enxergam um recorte em formato de unha, mas vejo uma boca arqueada. A lua é perversa, tem inveja do sol. As pessoas fazem coisas ruins no escuro, sob o olhar vazio da lua. Ela está sorrindo para mim agora, orgulhosa do meu pecado. Eu não tenho orgulho. Eu não sou nada. Olho por olho, digo para mim mesma. Surra por surra.

21

O TRAPO ESTÁ CHEIO DE CORES DESBOTADAS. TUDO desbotado, xadrezes e estampas de flores desgastadas nos joelhos e nos cotovelos, uma mancha de tinta em uma manga, uma mancha de café onde o peito de uma mulher outrora havia pressionado. É deprimente tocar as coisas que as pessoas não querem — o desbotado, o deformado, o desgastado. Mas hoje, no dia seguinte à morte de uma mulher a sangue-frio, tudo no Trapo parece excessivamente brilhante. Quero fechar os olhos contra o ataque de cores e padrões. Quero ficar em algum lugar parada e quieta para repassar os detalhes da noite passada.

Acho que sou louca. Não a loucura de que a maioria das pessoas se orgulha: *Garota, você é muito louca!*

Eu sou o tipo de louca que ninguém conhece. Louca como Jeffrey Dahmer, louca como Aileen Wuornos, louca como Charles Manson. Louca como todas as pessoas que eu pesquisei na biblioteca local e, posteriormente, li em livros sobre o assunto. Será que teriam conhecimento da sua insanidade? Ou elas justificavam seu comportamento? Narcisistas. Pelo menos eu sei. Certo? Não estou justificando o que fiz.

Dobro as roupas, coloco dinheiro no caixa, levo um saco de lixo para a caçamba do lado de fora. Faço todas as coisas do dia a dia, tentando me apegar a uma sensação de normalidade, mas minhas mãos tremem e o estômago se retorce. A qualquer momento, espero que os gordos e sujos policiais de Bone entrem no Trapo para me prender. Mas o máximo que vejo da polícia são duas viaturas estacionando do outro lado da rua para comprar almoço no *food truck*.

Sandy me lança olhares ao longo do dia, me perguntando qual é o problema, trazendo-me um bagel do *food truck*. Eu sorrio e faço um sinal negativo. Finjo uma dor de cabeça. Dobro as roupas, tiro o pó das prateleiras, esvazio os sacos, pressiono os botões no caixa. Vou ao banheiro e me inclino contra a parede, tentando imaginar como será a prisão.

Tenho só 19 anos. Eu tinha uma vida pela frente e acabei precisando tomar uma atitude e arruiná-la. Tento imaginar a noite passada diferente. Imagino dezenas de cenários em que Vola vive, e o Pequeno Mo é levado para algum lugar seguro. Tudo o que eu precisava fazer era correr até a casa de Judah para chamar a polícia. Mas e depois? Mo teria vindo atrás de mim. Não porque ele não acreditasse que era verdade, mas porque isso é exatamente o que se faz. Se alguém perturbar sua dinâmica familiar, você o faz pagar. Eu poderia ter mostrado a ele o vídeo de Vola batendo no filho, e ele ainda teria me punido por ser a mensageira. E se a polícia não tivesse levado o Pequeno Mo? E se Vola os convencesse de que ele havia caído ou que estava doente? Ela teria desferido sua raiva sobre ele quando a polícia fosse embora? E se realmente acreditassem em mim e levassem o bebê para um lar adotivo? Será que teriam sido melhores para ele do que os próprios pais psicóticos que fabricavam crack? Não importa quanto eu tente, e não importa quanto eu tenha medo, não posso me convencer de que fiz a coisa errada. Essa é a parte que me faz gostar dos outros: Wuornos, Dahmer e Manson. Eu não me arrependo da minha escolha; me mantenho firme nela.

Mal fizeram perguntas depois que encontraram Vola, caída e esfriando no chão do quarto de Mo, com os olhos abertos e olhando fixo para um canto. A polícia veio e se foi, as luzes azuis piscando trazendo os vizinhos para as janelas e quintais de suas casas. Todos os dez habitantes da casa das pessoas más, fumando cigarros em suas regatas brancas, faziam o pequeno terreno parecer um pátio de prisão. E então, depois que os paramédicos a declararam morta, chegou o carro do necrotério – velho e branco, percorrendo a *Wessex* como um cavalheiro imponente e desgastado pelo tempo. Será que a cena que montei tinha sido tão convincente assim?

Ouvi as pessoas falando pela vizinhança e no Trapo. A aranha se transformou em um rato, o rato se transformou em um gambá, mas não houve alteração na história em relação a Vola. Ela tentou matar qualquer verme que estivesse em seu quarto, em um esforço para proteger seu bebê, e, no processo, bateu a cabeça e morreu. O que havia para a polícia investigar? Minha pequena armação funcionou. Esse fato ao mesmo tempo me mortificava e me conferia uma sensação doentia de poder. Eu poderia fazer algo assim em um lugar como Bone e sair ilesa. Se Vola fosse outra pessoa, em outro lugar, poderia ter havido uma investigação. Mas, aqui em Bone, onde

108

os pais fabricavam crack no porão, alguém podia bater a cabeça no canto de uma cômoda, na tentativa de matar uma aranha, e morrer.

Antes de chamar a polícia, onde ele tinha escondido a droga? E os instrumentos que ele usava na fabricação? Ele os jogara fora? Ele tinha um álibi para o momento em que Vola morreu. Ele estava ouvindo música no porão com dois de seus amigos, fumando maconha e bebendo vodca e Red Bull. Nenhum deles ouviu o baque que o corpo de Vola fez quando bateu no chão porque a música estava muito alta.

Ele a encontrou quando subiu para pegar outra garrafa de vodca e gritou para seus amigos chamarem a polícia. A polícia vasculhou a casa, eu os vi fazerem isso; mas, àquela altura, Mo já havia se livrado de qualquer coisa que pudesse incriminá-lo. Canalha liso. Mas eu estava feliz por ele não ter sido pego. Se ele soubesse do que Vola era capaz, ele poderia tê-la matado com as próprias mãos.

Às 8 horas, tranco o Trapo e vou para casa. Estou muito enjoada para comprar meu café habitual, então, em vez disso, começo a roer as unhas. Espero ver um bando de carros de polícia do lado de fora da casa que devora, mas, quando viro na *Wessex*, a única coisa diferente é que o carro de Vola não está na entrada da garagem de Mo. Paro na casa do crack, minha mão hesitando por um momento antes de bater.

Mo abre a porta. Seus olhos estão inchados e parece que ele andou bebendo.

— Não tenho nada hoje — diz ele. — Tive que me livrar daquela merda antes que a polícia viesse.

— Eu não estou aqui para isso — digo rapidamente. — Eu queria ver se você precisava de ajuda com o bebê. Eu posso levá-lo um pouco se você precisar de uma pausa.

A expressão de Mo se suaviza.

— Sim, obrigado — diz ele. — Ele está dormindo agora, mas talvez de manhã. Ele ficou transtornado hoje. Acho que sente falta da Vola.

— Sim — eu digo, inexpressiva. — É o que se espera.

Posso ouvir música pulsando no porão, e me pergunto quantas pessoas estão lá embaixo enquanto o bebê está lá em cima sozinho.

— Eu volto de manhã — digo.

Assim que Mo fecha a porta, eu me esgueiro pela lateral da casa para espiar pela janela do quarto. As luzes estão apagadas, mas imagino o bebê aconchegado. Adormecido. Seguro. E, por um momento, me sinto saciada. Eu fiz a coisa certa.

22

QUANDO BATO NA PORTA DO MO NA MANHÃ SEGUINTE, uma mulher atende. Usa um perfume forte e pulseiras de ouro até os cotovelos. O Pequeno Mo está montado sobre o quadril dela, com a boca aberta e emitindo choramingos de desconforto enquanto tenta se afastar das bijuterias cravadas na lateral do seu corpo.

— Sim? — diz ela, passando os olhos pelo meu jeans e minha blusa. — Ocê é quem?

Eu recuo ante o uso, na verdade, mau uso do idioma, me perguntando se essa é a substituta de Mo. Vola sempre falou muito bem, pronunciando bem cada palavra, mesmo quando gritava palavrões no gramado da frente. *VOCÊ É UMA PORRA DE UM PREGUIÇOSO ZÉ-NINGUÉM. O QUE VOCÊ PRECISA É ARRUMAR UM TRABALHO DE VERDADE, SEU TRAFICANTE PERDEDOR, E CUIDAR DO SEU FILHO HONESTAMENTE!*

— Vim para ficar com o Mo por algumas horas. Mo, o bebê — acrescento. Ela o entrega sem fazer mais perguntas e anuncia por cima do ombro. — Sua babá está aqui.

Mo grita algo sobre um saco de fraldas. Ela vai até a cozinha e me traz um saco de papel com uma fralda e duas mamadeiras suadas. Pego as coisas dela sem uma palavra. Ela parece aliviada por se ver livre do bebê, tirando um pó imaginário da blusa e da calça como se estivesse arrependida de tocá-lo.

O bebê para de reclamar quando está nos meus braços. Sinto uma satisfação estranha por ele se sentir confortável comigo. Eu o levo pela calçada até a casa de Judah. Uma vez na sala de estar de Judah, deito-o no sofá e começo a tirar a roupinha.

— O que você está fazendo? — pergunta Judah, olhando por cima do ombro para onde Delaney está lavando a louça.

— Procurando hematomas — eu digo.

— Por quê? — Ele vem com a cadeira até um lugar de onde possa ter uma boa visão do que estou fazendo.

Minhas mãos param brevemente antes de tirar o macacão; talvez eu tenha imaginado a coisa toda. Então dou um passo para trás, dando a Judah uma visão do peito de Mo.

Hematomas escuros e cor de ameixa marcam suas costelas e braços, onde vi Vola beliscá-lo. O resto de seu corpo parece ileso apesar da surra que eu o vi levar. *Tapas*, eu acho. *Não são fortes o suficiente para deixar marcas duradouras.* Isso não era típico de abuso infantil? Coloque marcas onde você pode escondê-las — debaixo da roupa. Bata e soque com força suficiente para doer e não marcar.

— De que foi isso? — pergunta Judah. Ele estende a mão e toca as marcas com a ponta do dedo.

— Hematomas — eu digo. — Eu acho que a mãe dele... acho que alguém bate nele.

Judah puxa a mão como se tivesse sido picado.

— Ele é um bebê...

— E você acha que as pessoas não batem em bebês? — Depois fico pensando em Judah. Ter uma mãe mais amorosa do que a média parecia aumentar sua ingenuidade.

Olho para ele de soslaio. Sua boca está comprimida como se ele tivesse provado algo terrível, e seus olhos permaneceram colados a Mo.

— Você acha que Mo...

— Não. Eu não acho que foi o pai dele.

— Então... você acredita que a mãe...?

Cerro os dentes. Ele está juntando as peças muito rápido. Nesse ritmo, ele vai ter me enquadrado em assassinato em primeiro grau na hora do almoço.

— Eu só notei essas marcas. No outro dia. Eu queria ver se ele tinha marcas novas.

Com cuidado, visto as roupas dele de novo e o levanto nos meus braços. O tempo todo em que eu o examinei, ele não deu um pio, apenas ficou olhando para mim com aqueles olhos desfocados e sombrios. Eu o seguro perto do meu peito, querendo abraçar até ele esquecer os primeiros oito meses da sua vida, mas, assim que o faço, ele enrijece, pressionando as mãozinhas contra o meu peito e me afastando.

Li um artigo uma vez sobre órfãos na China que eram deixados por tanto tempo no berço sem contato humano que as pessoas realmente vinham de avião de outros países e se voluntariavam a passar os verões com eles no colo. Aqueles bebês não estavam acostumados ao toque. Mas Mo associa contato com dor, e é por isso que ele endurece e se afasta quando eu o abraço. Faz sentido agora. O que eu pensava ser uma deficiência era, na verdade, uma consequência dos maus-tratos. Eu esfrego suas costas e sinto os músculos endurecendo e se retraindo.

De repente, tenho o desejo de contar tudo a Judah: como ouvi Mo chorando enquanto eu voltava andando do Trapo a caminho de casa, o que vi pela janela do quarto, como entrei na casa sem ao menos vacilar nos meus passos, e como eu bati a cabeça de Vola Fields na quina da cômoda. Quero dizer a ele que estou feliz por ela estar morta e como quero pegar Mo e fugir desse lugar para sempre. Abro a boca, toda a confissão pronta para cair da ponta da língua, quando Delaney entra, enxuga as mãos em um pano de prato e balança a cabeça.

— Coitadinho — diz ela. — Todo mundo precisa da mãe. — Ela percebe, tarde demais, o que disse, e seu rosto fica vermelho. — Eu sinto muito, Margô... eu...

— Não se preocupe com isso — eu digo. — Ela não era muito como uma mãe.

Minhas mãos ficam trêmulas. Minha mãe está morta e, apesar do fato de que ela era péssima na tarefa, ela era a mãe que eu tinha. Agora estou sozinha. Puxo Mo para perto de mim e sinto o cheiro de sua cabeça. Eu não quero que ele fique sozinho.

23

LYNDEE ANTHONY É UMA MENTIROSA. ESTOU ATRÁS dela, mastigando um pedaço do cabelo enquanto ela paga seu cigarro Virginia Slims na loja de conveniência. Knick Knack está dando em cima dela daquele jeito drogado, rindo de tudo o que ela diz e pontuando as frases com "caramba". Ele vê o chaveiro do Bob Esponja e pergunta se ela tem filhos.

Meu Deus, Knick Knack, eu quero dizer. *Você não assiste ao maldito noticiário?* Fico esperando que ela se emocione; até prendo a respiração quando imagino seus canais lacrimais se abrindo, liberando toda a força de sua dor. Em vez disso, ela ri e timidamente balança a cabeça em negativa. *Não?* Ainda estou em estado de choque, tentando descobrir o que ela pretende quando se inclina sobre o balcão para pegar o troco da mão dele. Talvez ela não queira que ninguém saiba que ela é a mãe de Nevaeh Anthony. Talvez ela esteja cansada dos olhares, das palavras e da pena. Knick Knack mantém o troco fora de alcance para que ela tenha que pular para apanhá-lo. Ele está observando os seios dela com a atenção de um homem vendo seu jantar se aproximar. Ela parece estar gostando do jogo — os olhos de corça de Lyndee Anthony conseguem fazer Bambi parecer uma assassina fria. Brincando e flertando como se a filha pequena não estivesse morta.

É nesse momento que eu decido que ela é uma mentirosa. E se ela pode mentir sobre não ter filhos, uma menina que está morta e enterrada, sobre o que mais ela está mentindo? Talvez eu esteja sendo muito dura com ela. Cogito a ideia de ela estar fingindo ser outra pessoa para fugir. Quando Knick Knack já se saciou dos seios exuberantes, entrega o troco, e ela ri até a porta.

— Essa é a mãe de Nevaeh Anthony, seu merda — digo a ele.

Ele pega uma caixa de cigarros saudáveis na prateleira e o registra no caixa.

— Eu sei — diz ele.

Eu recuo.

— Bem, ela mentiu sobre não ter filhos — insisto, entregando meu dinheiro.

— Eu sei.

— E quanto ao flerte e às perguntas?

Knick Knack encolhe os ombros.

— Por que não? — Ele me entrega o pacote. — Quer saber a minha opinião profissional? — ele pergunta, abaixando a voz e apoiando os cotovelos no balcão para se aproximar do meu rosto. — Ela se livrou da filha. Não foi nenhum estranho que a levou.

O atendente maconheiro da loja de conveniência do posto de gasolina deu voz aos meus pensamentos. Olho por cima do ombro para ver se há mais alguém na loja.

— Por que você acha isso? — sussurro, colocando os cigarros no bolso de trás.

— Minha prima trabalha com ela lavando carros — diz ele. — Minha prima tem uma garotinha, você sabe. Com a mesma idade da filha de Lyndee. Minha prima estava dizendo que não poderia ir à festa de uma amiga porque não tinha ninguém para olhar a filha. Lyndee disse para ela dar metade de um comprimido de dormir para a criança. Ela falou que fazia isso quando queria sair.

Fito Knick Knack, um pavor amargo se contorcendo no meu estômago.

— Eu tenho que ir — digo. Estou a meio caminho da porta quando ele me chama. — Ei, Maggie!

— Margô — eu digo.

— Você está bonita, menina! Eu pegava.

Reviro os olhos, mas isso causa uma satisfação tão profunda — *você está bonita, menina* — que eu tenho que sorrir.

Estou descendo a *Wessex* quando percebo que comprei cigarros e que minha mãe está em uma jarra no canto de seu antigo quarto.

Em Bone há um mercadinho, dois postos de gasolina e um punhado de pequenas comércios, como Fat Joe's Burgers e a DIVERSÃO! DIVERSÃO! VIDEOGAMES. A gente sempre se depara com as mesmas caras mais de uma vez por semana; pelo menos é o que digo a mim mesma enquanto sigo Lyndee pelas ruas de Bone Harbor.

Ao segui-la do ponto de ônibus até o Walmart certa noite, percebo o tamanho da minha obsessão. Eu a acompanho pelos corredores iluminados com uma cesta azul pendurada no meu braço, enquanto ela empilha as coisas no carrinho com pressa: um pacote de mortadela, duas garrafas de dois litros de Pepsi, um pote gigante de picles e um pacote de maçãs verdes.

Todos os dias ela come sua maçã, sentada no ponto de ônibus; fatias finas em um saquinho de plástico que ela tira da bolsa. Passei por ela a caminho do Trapo, analisando o saco de maçãs ao lado, no banco. Observando-a sentada com as costas curvas sobre o celular, os polegares voando sobre a tela.

Lyndee estava com o namorado, Steve, na noite em que Nevaeh desapareceu. Eles fizeram o jantar e ficaram em casa para assistir a um DVD: macarrão com queijo — do tipo instantâneo — e *Transformers*.

Quanto mais eu vejo Lyndee Anthony, mais estranha eu me sinto. Eu a vejo na varanda algumas noites andando a caminho de casa, bebendo cerveja de limão com Steve, a música berrando no aparelho de som turbinado dentro da casa. Vigio-a com atenção à procura de sua dor, mas ela nunca aparece. Pelo menos não aos meus olhos. Só que não posso contar a ninguém, nem mesmo a Judah. Minha mãe tinha o mesmo aspecto — a vulnerabilidade dos cervos diante da luz dos faróis. Compro uma caixa de balas de goma, como as que Nevaeh costumava comer no ônibus, e as levo para a casa de Judah. Nós as comemos na varanda observando a chuva.

— Eu nunca a vi chorar — eu digo sobre Lyndee.

— Todo mundo lida com a dor de maneira diferente — diz Judah.

Suponho que ele esteja certo.

— Mas a pessoa não deveria chorar? Só um pouco. Ou pelo menos parecer triste?

Ele chupa a bala dos dentes e olha para mim seriamente.

— Encontraram meu tumor quando eu tinha 5 anos. Eu tive que fazer uma cirurgia para removê-lo. O médico fez um trabalho de merda e houve danos nos nervos.

Ele passa a mão pelo rosto e, de repente, o brincalhão arrogante desaparece, e eu posso ver todas as suas sombras.

— Deus, o tratamento... nenhuma criança pequena deveria sentir tanta náusea. Minha mãe estava lá o tempo todo. Todo dia. Eles tinham que fazê-la sair para dormir e tomar banho, mas nem uma vez sequer eu a vi chorar. Isso não significava que ela não estivesse sofrendo.

Isso é o máximo que Judah já falou sobre o evento que o colocou na cadeira de rodas. Não foi um acidente de carro como as crianças na escola imaginaram. Eu me lembro dele quando era pequeno. Ele costumava correr pelado pelo quintal da frente, gritando, até que Delaney o pegasse pelas costas e fizesse cócegas até ele ter um ataque de riso. Às vezes, eu o via trabalhando na terra com ela, plantando coisas.

Então um dia ele simplesmente parou de ficar no quintal. Nunca pensei muito sobre isso até a escola começar. Ele teria frequentado a mesma turma de jardim de infância que eu, só que ele nunca apareceu no primeiro dia de aula, nem no segundo, nem no terceiro. Então, alguns meses depois, quando eu estava voltando da escola, vi a cadeira. Estava na varanda, vazia, mas gritava. Alguma coisa tinha acontecido. *Alguma coisa.* Mas o quê?

Quando perguntei para minha mãe, ela disse que ele esteve doente. Ele precisou ficar fora por um tempo, e agora estava aleijado. Eu não sabia o que era "aleijado" até que fui para a escola no dia seguinte e perguntei à minha professora, a Sra. Garret. Então a cadeira de rodas fez sentido. Judah não podia mais usar as pernas. Tentei imaginar como seria. Sua casa não tinha escadas como a minha, mas como ele entrava no banho? Como saía? Quem vestia sua calça pela manhã se ele não podia se levantar para fazer isso sozinho?

Imagino que a mãe dele ajude, minha mãe disse quando perguntei. Eu o observei com muito cuidado desde então, não porque achasse que ele fosse uma anomalia como as outras crianças pensavam. Porque eu não sabia como ele poderia ser tão diferente e ainda estar sempre sorrindo.

Termino meu pacote de bala e o amasso entre os dedos. Como acabei chegando aqui na varanda de Judah? Nós nunca dissemos uma palavra um ao outro, e, agora, aqui estava eu todos os dias.

— Ei — diz ele.

— O quê?

— Você parece diferente ultimamente.

Eu rio um pouco.

— Ultimamente? Como nos dois meses que você me conhece?

— Ah, corta essa. A gente vive na mesma quadra desde pequenos. A gente podia não saber o nome um do outro, mas…

— Diferente como? — pergunto. Minhas mãos estão suando. Eu pareço uma assassina, é isso que está diferente. Mas o que ele vê? Será que consegue ver o sangue nas minhas mãos?

— Como se você não ligasse mais para merda nenhuma — diz ele.

Eu não ligo.

— Eu me lembro de ver você indo para a escola. Todo dia. Do primeiro ano até terminar o ensino médio. Você me lembrava um rato.

— O quê? — Eu me viro, e ele finge se encolher como se tivesse medo de mim. Ele está rindo quando explica:

— Você corria por aí como se estivesse com medo de tudo. Escondida atrás do capuz da sua capa de chuva, olhando para o mundo como se esperasse que ele roubasse o seu queijo.

— Ele roubou o meu queijo, seu idiota. — Rio.

— Bem, você não faz mais isso. Você é uma malandra agora, com sua sacola Mercado & Merdas, suas botas Doc Martens azuis e seu andar desafiador.

— Você é tonto — digo, embora por dentro eu me pergunte quão certo ele está, e quando exatamente parei de ser um rato?

— Eu gosto desse novo visual em você, Margô, a leoa — diz ele.

O que Judah não diz é quanto peso perdi. A rata gorda perdeu alguns quilos. E parei de cortar o cabelo toda vez que ele crescia além do meu queixo. Então, agora está na altura dos ombros, e isso me lembra a grama que está morrendo — espetada e amarela.

Eu me pergunto se ele viu *essas* mudanças, e não apenas as que aconteceram por dentro. O fato de meus lábios não estarem ocultos pela massa das minhas bochechas, ou que na verdade tenho pernas compridas, depois que os depósitos de queijo cottage derreteram. Ou talvez ele seja uma daquelas pessoas santas que só olham para o interior dos outros e não veem os braços gordos e os queixos duplos e sardentos. *Ele é apenas um garoto aleijado*, penso. *Quem se importa com o que o pobre aleijado pensa da gente?* Mas eu me importo. Porque Judah Grant, o maconheiro, é o melhor ser humano que eu já conheci, e não consigo nem entender por quê. Ouço Alanis Morissette nos meus fones de ouvido a noite toda e finjo que não tenho uma queda por aquele idiota sorridente.

— Você ouve música de menina branca — Sandy me diz no dia seguinte. Estou cantando "Uninvited" enquanto esvazio os sacos de roupas na sala de estoque. — E, além disso, música *antiga* de menina branca — diz ela.

— Eu sou uma menina branca — digo, colocando uma camisa horrorosa na pilha de camisas horrorosas.

— Sim, mas você tem que ficar atualizada e essas merdas. Ouça algumas da Miley Cyrus ou algo assim. — Sandy cai na gargalhada e eu franzo a testa. Não tenho rádio, carro ou televisão. Uso o antigo CD player da minha mãe e ouço os CDs antigos dela. — E por que, afinal, você está cantando? Você está apaixonada ou algo assim?

— Ai, Sandy! Vá embora gerenciar alguma coisa.

— Estou gerenciando você, menina — ela ri. — Você está diferente ultimamente. Eu gosto disso.

Fico olhando fixamente para a parede depois que ela se afasta. Por que todo mundo fica dizendo isso? E ainda ninguém... NINGUÉM disse nada sobre o fato de que não sou mais um pão de mel ambulante.

Continuo por mais duas semanas encobrindo os infortúnios de Lyndee Anthony com as palavras de Judah. Todo mundo sofre de maneiras diferentes.

Mas é o riso dela que muda tudo para mim.

Eu não a vejo mais como a mãe de Nevaeh, porque, afinal, Vola Fields era a mãe de Mo, e isso não lhe dava um minuto de hesitação quando ela o espancava. Em vez disso, eu a vejo como uma possibilidade. Existe a possibilidade de ela estar ligada à morte de Nevaeh? O namorado dela? Sua negligência? Suas mãos?

Nevaeh olhava para mim com idade nos olhos. Tinha o rosto jovem e fresco de uma criança, do tipo que sempre deveria estar bronzeada, ter covinhas e ser beijada; mas, em vez disso, seus olhos continham todos os anos de um adulto gravemente ferido. Eu odiava o mundo por ela. Desejei que alguém visse os anos nos meus olhos quando eu tinha a idade dela, e me amasse por isso. Odeio o fato de que o pai dela não a assumia, nem mesmo quando ela desapareceu, e depois só quando ganhou alguma coisa com isso. Odeio que nada possa ser feito quanto ao sofrimento das crianças, e que a maior parte do mundo bloqueie esse sofrimento para lidar com a própria incapacidade de ajudar. Os poucos que carregam o fardo, como assistentes sociais e professores, ficam cansados, exaustos depois de apenas alguns anos, forçados a carregar o peso que deve ser compartilhado por uma sociedade. As crianças são muito negligenciadas. Sua importância é subestimada pelo seu tamanho.

Nos meus 18 anos, ouvi de passagem a frase de que as *crianças são resilientes* meia dúzia de vezes, mas nos livros eles dizem que a personalidade de uma criança é definida quando ela tem 4 anos de idade. Isso dá aos pais uma janela de quatro anos para moldá-las e amá-las de acordo. E graças a Deus que minha mãe ainda me amava quando eu tinha 4 anos, que ela só se distanciasse mais tarde na minha vida, com a totalidade de quem eu era já definida como um molde de gelatina. Posso ser abalada; posso ter uma mãe me rejeitando de novo e de novo, e ainda permaneço alguém acostumada o suficiente ao amor para ainda procurá-lo. Desejo uma conexão profunda porque tive uma conexão profunda. Rejeite-me e vou procurar em outro lugar. Vou lançar menos e menos das minhas pérolas aos porcos a cada vez.

24

A POLÍCIA PRENDE LYNDEE ANTHONY EM 27 DE DEZEMBRO. Delaney viu tudo acontecer. Ela diz que quando trouxeram Lyndee para fora da casa — algemada e com uma camiseta com a foto da filha — o rosto dela estava tão calmo como se a estivessem acompanhando para o almoço de domingo. Sua prisão deixou Bone em polvorosa. Lyndee já havia perdido a filha, agora a polícia estava fazendo acusações de assassinato contra uma mãe em luto. Bone estava cansada da perseguição aos pobres. Cansada de não ser vista, e depois ser vista pelas coisas erradas.

Poucas horas depois de sua prisão, alguém havia grafitado a lateral do Walmart que dá para a rodovia com "Lyndee é *inossente*!". Eu me encolho quando vejo isso. Tenho minhas dúvidas sobre a inocência, embora ninguém mais pareça ter. Lembro-me do que Knick Knack me contou a respeito do remédio para dormir. E há algo no rosto dela quando ninguém está olhando. Mas, para todos os outros, ela é uma representação do sistema tentando fazer mal ao povo, e todos aqueles que sofreram se juntam a ela. Às vezes me pergunto se metade de seus partidários sequer sabe do que ela está sendo acusada ou se eles estão apenas procurando uma razão para se indignar. De qualquer maneira, camisetas surgem em toda Bone. Verdes, que dizem "Lyndee é inocente!". Fico aliviada que alguém tenha conseguido escrever certo desta vez.

Mas não se pode condenar uma mulher com base em suas expressões faciais, e a polícia parece ter encontrado provas suficientes para prendê-la. Para me manter a par do caso, compro uma pequena televisão no Trapo e coloco-a no balcão da cozinha. Só tem três canais, mas um deles passa notícia. Assisto, como todo mundo, a uma emissora de notícias e depois a outra recomeça a história: *Menina assassinada, corpo carbonizado e abandonado em um campo.*

Aquilo nos deixa transtornados tudo de novo, especialmente quando as fotos começam a surgir. A polícia está conduzindo uma investigação contra Lyndee, diz o noticiário. A prova é uma pegada, que combina com o pé esquerdo de Lyndee, na lama perto do corpo de Nevaeh. Eles encontraram um tênis no armário dela com o mesmo barro encrostado na sola. O jornal tem mostrado uma foto do tênis em um saco de provas. São diferentes ângulos do mesmo tênis, portanto compreendemos quanto é importante. É roxo e branco, e eu me pergunto se eles estão fazendo um estardalhaço sobre o tênis porque é tudo o que eles têm.

Ficamos todos ansiosos, na ponta da cadeira, esperando. O namorado de Lyndee lhe fornece um álibi, assim como duas outras pessoas — as pessoas que moram com eles — que viram o casal naquela noite. Eles liberam Lyndee por insuficiência de provas, e Bone se alegra. *Ela é inossente!* E quem poderia culpar alguém por acreditar nisso com o rosto doce e infantil de Lyndee? Por todo o país, as pessoas zombam do trabalho ruim da polícia pobre de Bone Harbor. O trabalho com a cena do crime foi uma piada; eles nem sequer ensacaram a prova corretamente. A mídia concentra a atenção por um tempo no namorado, Steve, que desapareceu um pouco e agora está de volta. Mas como seu álibi é Lyndee, a polícia continua de mãos vazias. Esse é um caso sem provas.

Uma menina desapareceu a caminho de casa voltando da escola, e foi assassinada, e tudo o que eles têm é um tênis em um saco plástico de provas. Eu me pergunto se a chuva tinha algo a ver com isso — se poderia ter lavado algo que a polícia poderia ter usado.

Uma tarde, quando estou de folga, caminho até a cena do crime. A casa que devora ficou estranhamente quieta desde que minha mãe morreu. Só fala quando estou tentando dormir — geme e ofega como se estivesse descontente. Seu silêncio é o que na verdade me incomoda. Então eu fujo. Judah está com o pai e não tenho nada para fazer. O dia está parado. Tudo congelado no lugar sem o vento da montanha. Tomo o caminho através da floresta, passando por cima de árvores caídas e rochas, parando brevemente para pegar algumas amoras selvagens que crescem ao longo do rio. *Até os animais estão quietos hoje*, reflito ao apurar os ouvidos em busca de um canto de pássaro nesse silêncio imenso. Só que não há pássaros cantando, apenas o som da minha respiração rasa enquanto atravesso a vegetação rasteira. Quando chego ao local onde encontraram o corpo de Nevaeh, fico surpresa ao ver a fita amarela da polícia ainda esticada entre as árvores. As plantas foram esmagadas, pisoteadas por muitas botas. Posso ver a água de onde estou, espreitando preguiçosamente entre as árvores. Será que Nevaeh viu isso antes de morrer? Será que estava consciente e a imagem lhe trouxe paz, ou se tornou algo feio por causa do que estava sendo feito com ela?

Não consigo senti-la neste lugar. Vim aqui procurando por ela, esperando que a presença dela desse um pontapé inicial em algo no meu coração. Uma decisão. Agora sinto frio e solidão, pior do que antes. Há uma árvore com galhos largos e espessos com vista para o terreno. Decido subir nela, jogando a perna sobre o galho mais baixo e me impulsionando para cima. A casca da árvore fere a pele exposta dos meus braços e pernas, mas não me importo, porque há algo que quero ver. Subo mais e mais alto sem parar. Quando os galhos se afinam o suficiente a ponto de eu saber que minha subida está se tornando perigosa, eu paro. Consigo ver longe na floresta. A maioria das árvores está abaixo de mim. À esquerda, as montanhas se erguem, cobertas de neve, emoldurando Bone em uma beleza selvagem. Posso ver algumas casas na colina; duas delas têm telhados vermelhos tão vivos que parecem respingos de sangue no meio do verde. E aí está o que eu estava esperando ver. O pequeno barraco que encontrei semanas atrás. É minúsculo; você realmente precisa saber o que está procurando para conseguir identificá-lo. A partir daqui, é um caminho em linha reta — um lugar onde alguém poderia parar se estivesse puxando um corpo ao redor da floresta, em especial se estivesse vindo da cidade. Desço os galhos, descuidada, e quase perco o equilíbrio e caio a 6 metros do chão. Quando meus pés pisam no solo da floresta, saio correndo. Ouço vozes agora — riso. As pessoas estão na mata, provavelmente um monte de crianças indo ver a cena do crime. Eu me encolho quando ouço seus xingamentos altos e os gritos estridentes de uma garota pedindo ao namorado para parar de mexer com ela. Caminho em um círculo amplo, esperando evitar o caminho deles. Quero ver a cabana... a cabana... a cabana.

A porta do galpão está aberta. Escancarada. Eu fico entre a porta, que está meio presa nas dobradiças, e a floresta, sem saber se quero entrar. Eu poderia me decepcionar. Poderia encontrar tudo de que preciso. Passo pela porta e, de repente, tenho a sensação de que alguém está me observando. O interior é praticamente o mesmo de quando eu o deixei pela última vez: mofado, desbotado. A caixa de sacos de lixo ainda está lá... será que foi movida de lugar? Não posso afirmar. Pilhas de folhas estavam espalhadas pelo chão — mais do que antes, porque a porta foi deixada aberta. Procuro nos cantos, chuto as folhas de lado. Não há nada incomum. Eu me pergunto se a polícia veio aqui quando estava fazendo as buscas na floresta, depois que encontraram o corpo dela. Não há nada aqui, mas ainda tenho a sensação de que deveria haver. Deixo o galpão, sigo caminhando para o oeste em direção à casa que devora. O musgo é denso nos troncos das árvores, um verde-limão intenso contra a casca negra. É por causa desse contraste que eu vejo. O rosa entre o verde. Eu me abaixo para pegar, meio enterrado no musgo. Um elástico rosa de cabelo. O que eu usei para amarrar a ponta da trança de Nevaeh no último dia, no ônibus. Eu o agarro no meu punho, os olhos queimando pelas lágrimas. *Aí está*, eu penso. *Você encontrou o que estava procurando.*

Espero que Judah volte logo; quando ele está longe, começo a ter pensamentos muito ruins.

25

JUDAH TEM UMA NOVA CADEIRA DE RODAS. UMA daquelas coisas eletrônicas que se movem ao toque de um botão.

— Alguém doou para o centro, no anonimato — diz ele, girando em círculos até eu me sentir zonza de ficar olhando. — Não gostei, mas a diretora parecia que ia chorar quando me apresentou a cadeira. Eu me sinto um idiota preguiçoso apertando um botão para me mover.

Olho para a sua velha cadeira, que parece tristemente abandonada no gramado.

— Talvez você possa levantar peso — sugiro. — Você não pode deixar seus músculos murcharem; são a coisa mais linda.

— Meus braços! — Ele finge estar ofendido, mas posso ver que está satisfeito. — Você me trata como um pedaço de carne — ele reclama.

— Vamos ver se a cadeira dá conta de nós dois. — Eu o ignoro e subo em seu colo sem ser convidada.

— Você está me esmagando — ele geme dramático.

Por um momento, lembro-me das piadas de gorda da escola, do constrangimento que eu sentia em ser dona da minha própria pele. Mas Judah está brincando, e eu não sou mais gorda.

Giro e olho para ele.

— O que você achou? Você não sente as pernas.

— Ah, sim — diz ele brincando. — Vamos fazer essa merda.

— Avante! — Eu levanto um punho no ar, e nós avançamos adiante na calçada.

É só quando a gente está empurrando uma cadeira de rodas, ou pegando uma carona em uma, que percebe como calçadas esburacadas realmente são. Estamos deslizando para a frente a passos de tartaruga, mas me seguro como se a vida dependesse disso, com medo de ser arremessada por uma das rachaduras ou pelo desnível geral da calçada. Há um casal sentado em cadeiras de jardim do lado de fora da casa das pessoas más. Os dois dão gritinhos e erguem as bebidas enquanto passamos. Estou consciente de tudo durante a nossa subida lenta e dolorosa pela rua — a maneira como o braço dele envolve a minha cintura, a cabeça dele olhando ao redor do meu braço para ver para onde estamos indo, o sol aquecendo nossa pele. Paramos quando chegamos à casa que devora. Eu me sinto insegura de estar tão perto assim da casa ao mesmo tempo em que estou sentada no colo de Judah. Ele olha para a casa decrépita e caindo aos pedaços. Seus olhos se demoram no jornal que cobre o buraco na janela do meu quarto.

— É um pouco assustadora — diz ele. — Parece que está olhando para mim, em vez de eu estar olhando para ela.

Ele move a cadeira para trás e para a frente em pequenos solavancos distraídos, e eu fico ao seu lado, admirando a casa-monstro. Odeio a casa que devora, mas me sinto um pouco incomodada com seu comentário, como se eu precisasse dizer alguma coisa para defendê-la.

— Não… é tão ruim assim. — Mas, mesmo enquanto digo isso, consigo sentir o cheiro de mofo e o frio implacável que entra sorrateiramente através das paredes à noite. — É tão ruim assim — eu admito. — À noite, sempre tenho a sensação de que alguém está me observando. E os pisos de madeira fazem farpas entrarem no meu pé e essas merdas.

— E essas merdas — diz Judah. — Beleza! Pula aí, vamos voltar!

Apesar da oferta, vou andando ao lado dele, o zumbido da cadeira lembra algo como helicópteros distantes. Quando passamos pela casa das pessoas más, Judah aponta para uma nota de 20 dólares na calçada. Eu me inclino para pegá-lo, olhando para a casa como se alguém fosse sair correndo, exigindo seu dinheiro de volta.

— Achado não é roubado — diz Judah.

A cédula está meio úmida. Alguém tinha desenhado chifres na cabeça de Andrew Jackson e escrito *Foda-se América* embaixo da foto em caneta vermelha. De repente, a lembrança da última vez que vi Nevaeh volta correndo para mim.

Neveah desapareceu com sua mochila. A mochila da Hello Kitty com o ursinho de pelúcia no fundo e a carteira combinando com as dez notas de um dólar dobradas no compartimento de cédulas. Os 10 dólares que ela nunca conseguiu gastar porque não viveu uma semana depois de ganhá-los. Lembro-me dela tirando um marca-texto roxo do estojo e desenhando um coração no canto de cada uma das notas que ganhou da avó. Lembro-me de pensar que era uma coisa estranha e fofa de fazer. Antes que o ônibus chegasse ao ponto dela, Neveah arrumou os dólares um por cima do outro e, com cuidado, os colocou de volta na carteira. Deixei-a no ponto de ônibus naquele dia imaginando o que ela compraria com seus 10 dólares e imaginando o que eu teria comprado quando tinha a idade dela. Como era emocionante a perspectiva de ter 10 dólares para uma garotinha.

Será que ela morreu no mesmo dia em que desapareceu? Era algo que eu pensava quase todos os dias. Eu esperava que sim. Eu esperava que quem a tivesse levado não a tivesse feito sofrer. Pensar no sofrimento de Nevaeh causava um aperto no meu peito que não ia embora. Espero que ela tenha morrido rápido e que não soubesse que isso estava acontecendo. Às vezes, eu fantasiava sobre encontrá-la antes que o cretino maluco a matasse. No meu devaneio, eu estrangularia o criminoso, depois pegaria Nevaeh do chão e a levaria para Judah. Lá nós inventaríamos um plano para tirá-la de Bone juntos. Nós íamos a algum lugar ensolarado, onde o sol nunca parasse de brilhar. Então eu voltava à realidade, deitada no meu colchão e olhando para o teto, convencendo-me de que era tarde demais e que ela já estava morta.

Havia suspeitos que a polícia estava interrogando. Foi tudo o que nos disseram: suspeitos. Eu os via na minha mente como figuras escuras e sombrias, sem rosto. Como a polícia encontrava esses *suspeitos* e quem eles estavam interrogando, ninguém sabia. Mas Nevaeh ainda estava chegando às manchetes nacionais, e todo mundo estava olhando para Bone, então a notícia tinha que dizer algo positivo sobre o caso. Pistas... os detetives estavam sempre seguindo pistas. Havia até mesmo repórteres vagando por Bone, vestindo calças cáqui e carregando bolsas a tiracolo chiques. Eles sempre usavam um semblante de determinação cuidadosa, como se fossem aqueles que desenterrariam o assassino de Nevaeh. Às vezes, eu os via conversando com os moradores locais, tentando extrair pequenos fragmentos de história aqui e ali. Eu os evitava. Eles não tinham uma expressão de desespero no rosto. Eu não podia confiar nisso.

Alguns dias já haviam se passado em janeiro, quando cruzo o caminho de um homem lendo o jornal enquanto sigo para o trabalho. Os restos carbonizados da mochila da Hello Kitty de Nevaeh estão na primeira página. A foto é granulada, e eu olho para ela por um momento antes de rapidamente tirar os olhos, meu coração batendo forte. A última vez em que a vi, ela estava usando aquela mochila, brilhante e limpa, e agora o plástico tinha fervido, estava preto. Eu me lembro das tranças, e me pergunto se ainda estavam no cabelo dela quando a polícia encontrou o corpo. Eu toquei o cabelo dela e depois ela morreu.

Uma semana depois, vejo Lyndee Anthony contar cinco notas de um dólar e entregá-las ao caixa do Walmart, o galão de leite que ela está comprando debaixo do braço. Cada dólar tem um coração roxo no canto. Levo a mão até o elástico rosa preso no meu pulso. É quando eu sei que vou matá-la.

26

PLANEJAR O ASSASSINATO DE ALGUÉM LEVA TEMPO. HÁ muitas coisas a considerar; em primeiro lugar: você tem que se perguntar se vai matar uma mulher inocente. Dois: como você quer que essa mulher potencialmente inocente morra, e se deveria estabelecer a absoluta não inocência dessa pessoa antes de reavaliar suas opções? Três: se ela era inocente, como conseguiu aqueles dólares?

Veneno é minha primeira escolha — limpo e fácil. Mas veneno pode ser rastreado. E não conheço Lyndee bem o suficiente para oferecer a ela um bombom de arsênico, e sempre há a chance de alguém mais comer, então na realidade eu seria responsável por uma morte inocente. Isso me faria exatamente como ela.

Há estrangulamento, que soa mais atraente do que veneno, mas exige mais trabalho. O risco de que algo possa dar errado é maior — eu poderia ser dominada ou até presa.

Posso comprar uma arma; existem maneiras. Mas armas são confusas e barulhentas. Não existe destreza em uma bala. Nenhuma classe em uma faca. Quero que ela morra do jeito certo. Um jeito que proporcione justiça à minha pequena Nevaeh.

Lyndee Anthony disse à polícia que a última vez que viu a filha foi na manhã do desaparecimento, quando ela a mandou para a escola com a mochila. Nevaeh desceu do ônibus escolar naquela tarde, caminhou os dois quarteirões até o ponto de ônibus em Bishop Hill, onde pegou o 712 com a intenção de ir para a casa da avó. E, naquele dia chuvoso, eu trancei o cabelo dela — prendendo a trança com o elástico cor-de-rosa que agora uso no meu pulso — e me despedi, lembrando-a de ter cuidado em Bone. O que significa que Nevaeh desapareceu com a mochila, o cabelo trançado que eu prendi e suas dez notas de um dólar guardadas em segurança dentro da carteira. Havia, é claro, a possibilidade de Nevaeh ter desenhado o mesmo coração roxo nos dólares de sua mãe. Pode ter sido sua marca registrada; isso era o que mais me preocupava. Decidir se uma mulher era culpada de assassinar a única filha baseada em um coração roxo.

Minhas preocupações sobre Lyndee ser inocente são aliviadas certa noite em novembro, quando decido pegar o ônibus para casa, voltando do Trapo. No inverno escurece por volta das quatro da tarde. O frio vai subindo do Sound, soprando em Bone, depois contornando para Seattle. A escuridão precoce somada à chuva torrencial é suficiente para espantar uma ávida caminhante para o ônibus. Fico encolhida debaixo do abrigo do ponto, minha jaqueta encharcada pela curta caminhada. Minhas pernas, que se acostumaram com a caminhada, desejam se esticar e subir colina acima. Mas, enquanto subo no ônibus e escolho um assento no fundo, fico contente por estar protegida do tempo horrível. Eu me pergunto o que Judah está fazendo hoje e se ele quer assistir a um filme. Quando olho para cima, percebo Lyndee sentada do outro lado do corredor. Seu cabelo curto está grudado na testa como se ela tivesse sido pega por uma chuva forte. Apesar de molhada, ela parece muito feliz, sorrindo para o telefone toda vez que soa um aviso de mensagem de texto. Ela não está usando a camiseta com o rosto de Nevaeh desta vez, mas um top decotado e um colar de aparência barata onde se lê SEXY. Quando chegamos ao ponto dela, Lyndee pega a mochila posicionada entre seus joelhos. Abrindo o zíper da parte superior, ela tira uma garrafa de água, sacudindo alguns itens dentro da mochila. As chaves caem, e eu tenho um vislumbre de um pequeno ursinho rosa — Bambi. Meu coração começa a martelar no peito.

Desvio o olhar rapidamente. Rápido demais. Lyndee vê minha reação e fecha a bolsa, os olhos fixos no meu rosto em um desafio ousado. *Ela sabe quem eu sou? Ela sabe que fui uma das últimas pessoas a ver Nevaeh viva e que dei meu depoimento à polícia?* Olho pela janela molhada de chuva; olho para o assento rasgado ao meu lado. Não consigo olhar para o rosto dela. Tudo o que estou sentindo está desnudo no meu rosto. Ela teve algo a ver com tudo isso. Meu coração dói, como se estivesse cansado e machucado. Mães machucando seus filhos, mães desistindo de seus filhos, mães amando algo mais do que seus filhos. Eu a vejo atirar uma alça por cima do ombro e sair do ônibus com pressa. Para fugir de mim? Eu a sigo pelos degraus. Quando chegamos à calçada, seguimos em direções opostas. Por vários minutos, mantenho meus olhos em linha reta, apontados para a *Wessex* e para a casa que devora. Mas, quando passo pela loja da esquina, e Knick Knack acena para mim da vitrine, minha curiosidade ganha o melhor de mim. Paro de andar e viro apenas a cabeça, só o bastante para que possa vê-la. Ela já está olhando para mim, parada na calçada, seu corpo todo virado na minha direção. Sinto arrepios. Ela se vira depressa, quase correndo agora. Eu a observo com um olhar amargo de convicção. Eu a condenei na minha cabeça. Eu, o júri de uma pessoa. E dei a ela uma sentença de morte. Decido que vou queimá-la, da mesma forma como ela queimou a filha. Olho por olho.

27

VOU JUNTANDO COISAS. É UMA ARTE COMPRAR ARMAS e não parecer suspeita. Corda, uma faca de caça, arsênico, pílulas para dormir — minha mãe tem um monte. Não vou usar a maioria disso, mas se tornou uma obsessão. Penso em queimar Lyndee todos os dias. Não compro um isqueiro novo porque tenho o rosa e também uma caixa de fósforos. É o que vou usar. Eu me pergunto se vou conseguir ficar assistindo, ou se vai me dar náusea.

Alguns dias, quando a vejo pela cidade, rindo e flertando, decido que vou assistir a todos os momentos — o borbulhar e crepitar da pele dela, o cheiro de sua linda carne branca. Em outros dias — dias em que me sinto triste e letárgica — quero que acabe: rápido e limpo. Ela não deveria estar aqui, andando... vivendo. Isso me dá nos nervos. Enquanto a vigio, começo a me mordiscar, a me arranhar — a pele ao redor das unhas, os cantos da boca. Tenho pequenas crostas na nuca e atrás das orelhas, mas eu a vigio todos os dias. Nunca se pode ter certeza demais.

No tempo que não passo de olho em Lyndee, procuro na casa a minha certidão de nascimento. Agora entendi por que minha mãe não me deixava vê-la. Ela não queria que visse quem estava indicado como meu pai. Mas quero tirar uma carteira de motorista. Abrir uma conta bancária. Encontro-a um dia quando estou procurando no sótão. Está enfiada no meio de um livro jogado com todas as coisas da minha mãe. É um daqueles guias de viagem que as pessoas compram quando vão para a Europa. Está amarelada, curvada nas bordas. Bem desgastada. Eu me pergunto se ela estava planejando uma viagem antes de eu nascer. Talvez com o prefeito Delafonte. Mas quem se importa? Tenho minha certidão de nascimento. Ela o registrou como meu pai. Nem posso imaginar por quê, a menos que ela estivesse guardando o documento para usar contra ele. Argumento. Minha mãe não era idiota; apenas não estava bem da cabeça.

Ligo do Trapo e marco uma hora para fazer o teste e tirar minha permissão para dirigir. Por ora, isso vai ter que servir. Preciso de um jeito de sair se for preciso. Fico preocupada por semanas sobre como vou ficar sozinha com Lyndee. Eu deveria drogá-la? Atraí-la para algum lugar? Ela viria sozinha? Planejei todas as possibilidades. Plano A. Plano B. Plano C. É disso que a gente precisa: uma dúzia de planos por garantia, caso algo aconteça para alterar o Plano A. Não consigo dormir à noite quando a casa que devora está acordada, fazendo barulho ao meu redor. Cochilo durante o dia e passo a maioria das noites planejando, pensando no minúsculo caixão no forno, no corpinho no canto do quarto da minha mãe. Ossos e sangue, tudo na casa que devora. Crianças morreram por causa do mal que existe dentro dos adultos. Do mal egoísta. O único momento em que não penso em matar Lyndee Anthony é quando Judah está por perto. Ele faz toda minha vingança desaparecer. Ele a substitui. Porém, ele não está mais por perto com tanta frequência. Seu pai vem buscá-lo na caminhonete grande e polida, a cadeira de rodas dobrada na caçamba, o rosto de Judah sorridente. Fico com inveja e não fico. Quero que ele tenha coisas, que seja feliz.

Estou na cama. Fecho os olhos, bloqueando as sombras que estão dançando no teto. Ao meu lado, no chão, há uma garrafa de clorofórmio que paguei a Mo para fazer. Quinhentos dólares por 300 mililitros desprezíveis, mas Mo não faz perguntas, e vale a pena cada centavo. Abro os olhos e pego a garrafa, levantando-a diante do meu rosto. Cheiro, mas não há odor. Tudo está selado para que não haja nenhum acidente. O clorofórmio parecia a escolha mais sem graça na época, mas às vezes uma escolha precisa ser sem graça para funcionar.

Quando o sol nasce, eu durmo. Apenas por algumas horas enquanto a casa está silenciosa. Lyndee Anthony está de pé, tomando o iogurte de morango que ela compra no mercado — tem alguns na geladeira no andar de baixo —, colocando o uniforme para outro dia de trabalho no lava-rápido. Hoje será seu último dia. Hoje será um bom dia.

Ao meio-dia, eu me levanto e me visto. Primeiro, vou à cabana na floresta, para preparar as coisas, então paro no lava-rápido para ter certeza de que Lyndee está lá. Eu a vejo pela janela, conversando com um cliente. Ela lhe entrega o troco e aponta na direção da máquina de café, onde os clientes podem se sentar e beber cafeína que parece lama enquanto os carros são conduzidos de um lado a outro da máquina de lavar e secados por dois noias chamados Jeremy e Coops, com quem eu frequentei a escola. Toco o elástico cor-de-rosa no meu braço enquanto a observo e, de repente, fico impressionada com o que estou prestes a fazer. É como se estivesse olhando para mim mesma de algum ponto alto fora do meu corpo — uma estranha. Lembro-me da menina que, alguns meses atrás, era tímida e estava com medo. Agora ela é outra coisa. Algo mortífero. Determinado. Tenho medo dela. Vou para casa esperar a tarde chegar. Às 6 horas começa a chover. Não estava no meu plano. Fico preocupada que a chuva torne difícil eu arrastar o corpo de Lyndee pela floresta. Mas, no final, sei que vou levá-la para a cabana... faça chuva ou não.

A duas quadras de onde Lyndee mora, há um pequeno parque cercado por bosques. É uma desculpa decrépita ser chamado de parque — um pedaço de terra com um balanço e um escorregador amarelo sujo em forma de túnel que se projeta de uma plataforma de madeira. Na realidade, as crianças da vizinhança não brincam mais lá. Há palavrões pichados pelo escorregador e sempre se pode encontrar um preservativo dentro do túnel. Adolescentes vêm aqui para beber — tarde da noite normalmente. Já vou ter ido embora quando eles chegarem.

Durante três semanas, tenho deixado bilhetes de amor para Lyndee. Às vezes, eu os coloco na caixa de correio — um envelope branco simples com o nome dela — ou deixo-os em seu armário no trabalho quando ela está de folga, entrando de modo sorrateiro na sala de descanso quando a garota na recepção vai ao banheiro. Nos recados, finjo ser um homem chamado Sean, que perdeu um filho que morreu afogado há quatro anos. Sean simpatiza com Lyndee, elogiando a postura com a qual ela lida com a atenção negativa que recebe da mídia. Ele conta sobre como foi ridicularizado por amigos e familiares, que o culpavam pela morte do filho. No começo, era apenas Sean escrevendo todos os bilhetes, mas ele deu a ela a opção de responder... para que eles pudessem realmente se conhecer. *Você pode deixar um recado colado embaixo do escorregador no parque da Thames.* Um dia depois do último recado, Lyndee deixou uma resposta de três páginas colada com fita adesiva na parte de baixo do escorregador. Sua caligrafia é infantil, pequenos círculos como pingos em cada "i". Ela não fala sobre Nevaeh nas cartas; em vez disso, detalha seu próprio sofrimento, a injustiça com a qual ela sempre foi tratada. Isso me faz odiá-la mais do que ela não falar sobre a filha morta. Testo-a, escrevendo longos detalhes sobre o filho de Sean, contando histórias e, por sua vez, pedindo-lhe que me contasse sobre Nevaeh. Ela ignora completamente o assunto da filha para falar sobre si mesma, de novo e de novo. Fico mais irritada a cada letra com bolinha em cima. Tenho cada vez mais certeza.

Judah a defenderia dizendo que ela é solitária e tem dificuldade em falar sobre Nevaeh, mas a natureza de suas cartas é sensual demais. Ela está flertando com Sean, fazendo o papel da mãe vulnerável, de luto. Steve terminou com Lyndee logo depois que a soltaram da cadeia, dizendo que ela trazia muito drama para a vida dele. Ele saiu da casa que dividiam com outras pessoas e foi morar em uma casa com Genevieve Builo, sua namorada do ensino médio. Lyndee, desprezada e ainda sob o escrutínio da mídia, precisava de um herói. Eu decidi ser esse herói. Durante a primeira ou segunda semana da nossa troca de cartas, ela esperava no parque para ver se "Sean" apareceria para pegar seu recado. Então, chegava um momento em que ela se cansava de esperar na chuva e voltava para casa, com meu bilhete enfiado na mochila. Ainda me espanto de ver como ela não questionou mais as coisas. Como não teve suspeitas. Mas a verdade é que as pessoas ignoram todos os sinais de aviso quando estão cegas pela sede de alguma coisa. É melhor não ficar com sede.

Está escuro quando ela chega. Ela não conta a ninguém que está indo para o parque; tem medo de que a mídia descubra. *Eles vão dizer coisas horríveis sobre mim se souberem que sou feliz*, ela disse na última carta. Concordei, dizendo que deveríamos nos encontrar em segredo. Então entramos em um acordo. A cabana na floresta. Pega-se o caminho perto do parque e anda-se uns 800 metros. Sorrio quando vejo o brilho amarelo de sua lanterna por entre as árvores.

28

A NOITE ESTÁ FRIA. DÁ PARA VER MINHA RESPIRAÇÃO — o vapor humano desaparecendo na noite. Espero Lyndee acordar, piscando languidamente no chão onde a coloquei. Não tenho senso de urgência, não preciso me movimentar, nem ficar agitada, nem fazer nada. Estou contente em esperar. Meus pensamentos são delicados, formando frágeis argumentos de por que eu não deveria estar fazendo isso, depois se fragmentando na firmeza da minha determinação. Então, observo Lyndee, presto atenção em minha respiração, espero. De madrugada, ela se mexe, murmurando algo baixinho e rolando de costas. Apesar de sua morte iminente, eu trouxe um cobertor e o abri sobre seu corpo. No sono, ela o puxa com mais força em torno de si. Eu me mexo no banquinho, suspirando fundo. Foi fácil — muito fácil. Ela caiu direto no chão, o trapo pressionado sobre o nariz.

Lyndee acorda desorientada. Ela se senta, lutando contra as cordas que amarrei em torno de seus tornozelos e pulsos. Devagar, ela olha em volta, avalia o ambiente. O cabelo está fixado para um lado. Eu espero, empoleirada no banquinho, as mãos cruzadas sobre o colo. Imagino que pareço uma colegial que deu errado, de costas eretas, intensa, com uma lata de gasolina entre as botas. Quando ela me vê, não parece surpresa. Nem mesmo um pouco. Parece certo, como se tudo isso tivesse que acontecer — eu e ela aqui, em um galpão com uma lata de gasolina.

— Eu sou o Sean — digo alegremente. Ela se encolhe, sobressaltada.

Abro a sua mochila, o zíper faz um ruído alto, mesmo em meio ao canto das criaturas noturnas. Dali, puxo Bambi, a ursinha cor-de-rosa de Nevaeh. Levanto-a para Lyndee.

— Eu estava no ônibus com Nevaeh no dia em que ela desapareceu. Isso estava na mochila dela.

Os olhos de Lyndee viajam do urso de volta para o meu rosto. Sua expressão não revela nada, embora suas mãos pareçam apertar o cobertor um pouco mais.

— Ela desapareceu com a mochila. Só que, na verdade, ela não desapareceu, não é mesmo? Ela estava com você.

Lyndee a princípio balança a cabeça, os olhos fixos no urso. Mas, quando digo, "Você matou Nevaeh", ela fica na defensiva, seu rosto se contorce enquanto ela tenta formar um argumento. Ela vê a lata de gasolina e algo muda em seus movimentos.

— Foi um *achidentchi* — diz ela, esforçando-se para trás até os ombros baterem na parede.

Um de seus seios escapou da camisa; aparece, flácido, sobre o tecido floral. *Eu vendi essa blusa para ela no Trapo*, penso. Quando Nevaeh ainda estava viva. Ela veio com a mãe e ficou comigo no caixa, contando as moedas do "pote extra", enquanto Lyndee fazia compras. Posso ver as gotas de suor na testa de Lyndee, formando-se lentamente, depois escorrendo pela lateral do rosto. Ela fede a suor e medo, mas não a arrependimento. Se sentir nem que seja uma fração disso nela, posso pensar duas vezes sobre o que estou prestes a fazer. Só que Lyndee é uma narcisista. Está convencida de que matar e queimar o corpo de sua filha foi um acidente.

— Você poderia tê-la mandado morar com a avó.

— Eu sei, eu sei. Não faça isso, por favor. Me deixe ir. Vou me entregar à polícia.. É isso que você quer? Não tenho problema nenhum com você.

Ela levanta as mãos como se pudesse me afastar com as palmas sujas de terra. Seu esmalte é azul, pintado perfeitamente como se tivesse demorado para ficar certinho. Isso me deixa mais irritada: que ela possa ser tão meticulosa com o esmalte, se preocupar para que haja sobreposição de camadas e demãos suficientes para deixar lisinho e espesso. Tudo para Sean. Ocupa-se tanto com as unhas enquanto se importava tão pouco com a menina.

Eu relaxo, solto os ombros e reajusto minha expressão para fingir que estou pensando a respeito.

— Por que você fez isso? — questiono.

Ela está encolhida no chão. Posso ver o branco de seus olhos enquanto ela crava as unhas na terra.

— Meu namorado — diz ela. — Ele não queria filhos. Ele queria se mudar para Portland, porque tem família lá e um emprego melhor esperando por ele. Falei que Nevaeh era uma boa menina, mas ela não gostava dele. Sempre causava problemas para mim ao dizer coisas para ele. Quando contei a ela que iríamos embora, ela disse que não ia, que não se afastaria da avó. O pai dela não estava me ajudando com nada também — ela conclui, como se justificasse tudo.

— Como ela morreu? — Minha voz é neutra, meu rosto impassível. Temo que, se eu mostrar emoção, ela não vá me dizer o que aconteceu, mas eu preciso saber o que eles fizeram com Nevaeh.

Espero que ela me responda, mas ela vira o rosto.

— Foi ele, não foi?

Ela balança a cabeça, sua mandíbula cerrada.

— Nós fomos buscá-la, pegamos ela na rua da avó dela. Ela não queria entrar no carro...

Penso em Nevaeh. Eu nunca a vi desafiadora, nunca a vi desrespeitosa.

— Steve saiu para agarrá-la — diz Lyndee. — Ele foi... bruto. Ela gritou bem alto e tentou fugir. Tivemos que sair muito rápido com o carro.

Tenho que fechar os olhos, a cena vai surgindo vívida na minha mente. O terror de uma menininha, sua necessidade de fugir para a avó, que lhe dava uma sensação de amor e permanência. O namorado da mãe, sempre ressentido, sempre observando, desejando que ela não estivesse lá. Nevaeh conhecia e vivia com o fato de que sua mãe preferia outra pessoa a ela todos os dias. Que a mandava para longe com tanta frequência para manter seu relacionamento com um homem que não tolerava sua filha.

— E depois? — pergunto, impaciente para a história acabar. Quero saber como ela morreu, assim vou poder fazer justiça com Lyndee Anthony.

— Ele deu a ela um pouco de suco, para acalmá-la. Não me disse que havia pílulas ali dentro para ela dormir até mais tarde. Ele só ia fazê-la dormir até chegarmos a Portland. Voltamos para casa para pegar algumas coisas antes que Tom voltasse do trabalho. Tom é o dono da casa, ele é amigo de Steve. Queríamos sair antes de amanhecer para não termos que pagar o aluguel. Nós devíamos alguns meses, você sabe. Arrumamos o carro com nossas coisas. Antes de sairmos, olhei para ela. Ela parecia engraçada. Quando a toquei na parte de trás e senti seu pescoço, ela estava fria. E ela não estava respirando. — Lyndee solta um soluço de dar pena. — Eu não queria que ela tivesse morrido! — A história dela está oscilando entre "ele" e "eu", e me pergunto quanto do relato é verdadeiro. Quanto disso foi plano dela e quanto foi de Steve?

— Por que você não a levou para o hospital? Poderia ter havido tempo para salvá-la. Ela poderia estar em coma!

Os olhos de Lyndee se movem de um lado para o outro, tentando encontrar uma desculpa adequada, ou talvez uma saída da cabana. Ela está tentando, eu percebo, me responder do jeito que ela acha que eu quero ouvir.

— Era tarde demais — diz ela. — Não tinha mais batimentos cardíacos.

Sei que não é verdade pela cara que ela faz. Os batimentos cardíacos de Nevaeh podiam ter ficado tão fracos que mal davam para discernir, mas ainda havia tempo de levá-la a um hospital.

— Então você a levou para a floresta e colocou fogo nela?

Meu ritmo cardíaco está subindo quando percebo que Nevaeh poderia estar viva quando eles a queimaram. Presa dentro de sua própria mente, em coma. Lyndee e seu namorado idiota chapados e burros demais para saber que o ritmo cardíaco de uma pessoa pode ficar tão fraco que até mesmo um estetoscópio pode ter dificuldade em captá-lo.

— Steve disse que o erro já tinha sido cometido. Nós poderíamos fazer parecer que alguém a tinha levado. Eu não queria ir para a prisão por causa de um acidente! — Ela é muito insistente. Muito desesperada para eu enxergar seu raciocínio falho.

— Um acidente? — pergunto. — E nos outros dias? Não apenas no dia em que você a matou. Todos os dias em que você escolheu o merda do seu namorado em vez dela, as noites em que ela ia dormir sozinha, porque você estava bêbada demais para se levantar, as noites em que ela preparava o próprio jantar, os dias em que ela precisava cuidar de você. Você era a mãe dela!

Lyndee fica temporariamente atordoada, seus lábios se movendo sem som.

— Você a conhecia — ela por fim diz. — Ela te contava essas coisas?

Ela contava. Histórias no ônibus. Pequenas coisas que Nevaeh dizia. Nunca em tom acusatório em relação à mãe, apenas fatos simples que escapavam durante nossas conversas.

— *Bambi estava com medo ontem à noite. Ela chorou até dormir.*

— *Por que ela estava com medo?*

— *A gente estava em casa sozinha.*

— *Onde estava a sua mãe?*

— *Em algum lugar com Steve...*

— *Eu comi brownies no jantar, e me senti muito esquisita depois.*

— *Verdade? Era aniversário de alguém?*

— *Não. Era hora do jantar. Mamãe estava dormindo, então comi os brownies que eu encontrei. Só que depois disso, eu me senti zonza e estranha...*

— *Era meu aniversário neste fim de semana.*

— *O que você fez? Você foi a algum lugar especial?*

— *Não. A mamãe precisava ir a algum lugar importante com Steve. Ela disse que vamos ao cinema na semana que vem.*

— *Então você não fez nada no seu aniversário?*

— *Eles cantaram "Parabéns" para mim na escola, e a vovó me trouxe um cupcake.*

Tento encontrar minha humanidade. Existe perdão até mesmo no coração humano mais duro. Eu poderia entregá-la à polícia, mas não há provas. Se eles a pressionassem, talvez ela confessasse, como ela fez comigo, mas e se não confessasse? Sem provas, eles teriam que soltá-la. Judah está certo. Não há justiça para os pobres.

— Sinto muito — digo. — Não posso fazer isso. Cá entre nós, assassinas, você deveria entender.

Ela choraminga. Ela já foi uma garotinha um dia. Assim como Nevaeh, com tranças e inocência e esperança de uma vida de amor. Talvez se eu a imaginar assim, posso perdoá-la. Tento, mas tudo o que vejo é uma vagabunda assassina. Ela nasceu para ser uma assassina, assim como eu. Além disso, gosto da sensação. Limpeza. A satisfação é profunda. Um banho quentinho quando a gente está com frio. Pego Bambi de onde Lyndee a deixou cair e a coloco debaixo do braço.

Assassina!

Assassina!

Esvazio a lata de gasolina ao redor dela; espirra em seus braços e pernas, o cheiro de petróleo queima meu nariz e me deixa zonza. Ela grita e implora, lágrimas luminosas e espessas escorrem pelo rosto. Tudo em que posso pensar é como ela nunca chorou por Nevaeh, nem uma única vez, mas aqui está chorando por si mesma. Ela se levanta e avança contra mim, mas a corrente ao redor de seu tornozelo a puxa para trás. Ela cai, mas por um momento fica suspensa no ar. Tiro a caixa de fósforos do meu bolso traseiro. Chamas de calor atravessam a cabana. Lyndee grita. Fecho a porta atrás de mim. Ponho fogo nela. Um palito de fósforo de uma caixa que comprei na loja de conveniência — aqueles com o ursinho de pelúcia na embalagem — e um lugar fechado e encharcado de gasolina. Olho por olho. Fogo por fogo. Vingança por Nevaeh.

Eu sou um monstro. Sou como ela. Um dia vou queimar, mas não agora. Agora eu vou queimá-la. Não estou a cinco passos fora da cabana quando vejo o corvo. Um borrão escuro em um galho. Isso me assombra. Levanto uma das mãos, aceno para o pássaro e, em seguida, continuo andando.

A fumaça forma um redemoinho no céu atrás de mim enquanto pego meu caminho de volta pela floresta. No meu ritmo, tocando as folhas e ouvindo sapos e grilos. Estou relaxada, embalada pelos gritos dela.

— Você ouviu isso, Nevaeh? — digo para a floresta. — A vingança é minha.

29

ACORDO SUANDO FRIO. ESTOU TREMENDO TANTO QUE mordo a língua e sinto gosto de sangue. Tive um sonho, horrível e violento, no qual eu queimei a mãe de Nevaeh viva. Engulo o sangue na minha boca e olho para as minhas mãos. As unhas estão sujas — lascadas, irregulares e cheias de terra escura. Corro para o banheiro. Não me importo se minha mãe está com um homem no quarto dela. Não me importo que eu não deva estar aqui antes das sete, para que ele possa sair em paz. Preciso me ver. Meu rosto está sujo; meus olhos, grandes, em pânico. Há sangue no meu queixo e longos arranhões nas minhas bochechas. Encho a pia com água quente e pego o pano velho do gancho. Mergulhando na água, esfrego meu rosto, depois as unhas.

— Ai, meu Deus. Ai, meu Deus... — repito para preencher o silêncio da casa que devora.

O corpo dela queimando. Os gritos. Eram todos reais. Eu fiz isso. De novo. E não foi um acidente. Não como da primeira vez, não ontem à noite. Eu matei. Curvo o corpo, respiro fundo e depois não respiro mais. Não sei se respiro ou não respiro. Não sei se fico em pé, ou me sento, se choro ou se corro. Não foi assim da primeira vez. Eu matei Vola por instinto quando a peguei em flagrante espancando o filho. Eu planejei o assassinato de Lyndee, cuidei de cada detalhe de forma angustiante, mas nunca a vi machucando Nevaeh. Eu poderia me entregar para a polícia. É então que me lembro de que minha mãe está morta. Tudo volta num lampejo de memória: sangue, os sacos carregando os corpos, o corpinho no canto do quarto. Eu me endireito, piscando para mim mesma no espelho.

Alguém está batendo forte na porta. Desço trocando as pernas até o andar de baixo, piscando diante da luz que entra pelas janelas. Minha mãe mantinha o andar de cima no escuro, esperando que seus clientes não notassem as linhas finas de expressão que começavam a atravessar seu rosto. Às vezes, quando a gente estava lá em cima, esquecia se era dia ou noite. Faço uma anotação mental de tirar o jornal que ela usava para bloquear a luz.

Pelo olho mágico, vejo Mo na varanda, irritado. Meu sangue fica gelado. Dou um passo para trás, retorço as mãos, lambo as gotas de suor no meu lábio superior. Ele não poderia saber. A menos que alguém tenha me visto...

Por que está tão quente aqui? Se esconder não é legal. Se esconder faz você parecer culpada. Levo a mão depressa ao ferrolho e giro antes que eu tenha a chance de pensar demais nas coisas.

— Por que você demorou tanto, porra?

— Porque eu estava dormindo, porra.

Mo está olhando para o celular, os dedos se movendo pela tela em hipervelocidade.

— Isso é besteira — diz ele. Só que ele pronuncia "bestêra".

— O que você quer? — Cruzo os braços sobre o peito, para esconder o fato de que não estou usando sutiã, e me inclino contra o batente da porta.

— Preciso que você olhe o meu filho — diz ele. — A mãe da Vola não o quer, e eu tenho umas merdas pra fazer.

Meu coração dá um salto com a perspectiva de ver o Pequeno Mo. Fiquei com muito medo de ir até lá desde que... fiz aquilo. Com medo de alguém ver a morte dela na minha cara.

— Tá, beleza — respondo. — Mas eu não sou sua babá.

Ele ergue os olhos da tela.

— Relaxa, menina. Não te pedi pra ser babá nenhuma. Só olha ele pra mim como um favor. Te devo uma.

Dou de ombros. *Tum-tum-tum-tum-tum.*

Ele começa a se afastar, e de repente se vira para mim.

— Meus pêsames pela sua mãe. Nós dois perdemos alguém. É uma merda. — Parece que ele pode querer me dar um abraço, então recuo alguns passos.

Por hábito, olho para as escadas, esperando ver o barrado do robe vermelho. A casa que devora agora é minha. Se eu quiser usar o banheiro antes das sete, eu posso. Se quiser sapatear na casa e gritar a plenos pulmões, eu posso.

— Vou ficar bem... — respondo. — E vocês?

Mo encolhe os ombros.

— A gente não tem escolha, tem que ficar.

Eu me pergunto o que Mo faria comigo se soubesse sobre Vola. Talvez, de certa forma, Mo esteja aliviado por ela ter partido. Como eu me sinto em relação à minha mãe. Mas ele provavelmente iria alojar uma bala no meu crânio e encerrar o dia numa boa. Esse é o jeito das coisas aqui: vingança supera a razão.

Ele volta com o bebê dez minutos depois. Não há saco de fraldas, nem comida, nem mamadeiras, nem instruções. Apenas o Pequeno Mo em seu carrinho enorme para ele, os olhos castanhos aveludados piscando devagar como se o mundo não tivesse graça nenhuma.

— Vamos às compras — digo a ele, olhando pela janela enquanto seu pai bate a porta da casa do crack.

Mexo com a roda do carrinho por vinte minutos, enquanto Mo fica deitado em um cobertor no chão ao meu lado. No final, é muito difícil de consertar, então coloco minha sacola Mercado & Merdas por cima do ombro e o levo no colo. Ele fica tão imóvel nos meus braços que a cada poucos minutos olho para baixo para ver se ele está dormindo. Ouço Judah chamar meu nome. Quando me viro, ele está vindo pela calçada mais rápido do que eu já o vi se movimentar. Ele voltou para a antiga cadeira, disse que a outra o fazia se sentir preguiçoso.

Ele diminui a velocidade quando está ao nosso lado e acompanha o ritmo.

— Onde você estava ontem à noite?

Eu paro.

— O quê?

— Ontem à noite — ele repete. — Vi você andando a caminho de casa. Você parecia... estranha.

— Estava trabalhando — digo, começando a andar de novo.

— Alguma coisa fez você sair tarde? — ele insiste. Suas mãos estão se movendo rapidamente sobre as rodas da cadeira para me acompanhar.

— Hã?

— Era meia-noite quando eu vi você.

— Ah... sim. Saí tarde — Olho para o campo do outro lado da rua. As folhas das árvores estão mudando de cor.

Ele fica quieto por um minuto, depois diz:

— Encontraram um corpo perto do porto hoje de manhã.

— De quem? — pergunto. Minha boca parece seca. Tento manter os olhos na rua à minha frente, mas tudo está ficando embaçado e fora de foco.

— Eles ainda não sabem. Está no noticiário. Alguém relatou um incêndio na floresta perto do porto, então a polícia foi lá para verificar, e havia um corpo.

— Humm — digo. — De quem era?

— Você acabou de me perguntar isso — diz ele. — Eu te disse que eles não sabem.

— Ah — respondo em voz baixa. Mudo Mo para o meu outro quadril.

— Deixa eu levar ele — diz Judah, estendendo os braços.

— Ele não te conhece — respondo apertando Mo um pouco mais firme.

— E vocês dois já se tratam pelo primeiro nome?

Ele balança os dedos com impaciência. Relutante, entrego o bebê aos braços de Judah. Os meus estão começando a ficar cansados, e não estou nem no final da *Wessex* ainda.

— Você pode me empurrar e posso ficar com ele no colo. Ele não tem um carrinho de bebê?

— Está quebrado — respondo. — A roda...

— Traga mais tarde para eu dar uma olhada.

— Ai, você é tão útil que acaba ficando chato — digo.

Judah gira o bebê de forma que fiquem de frente um para o outro. Percebo que o Pequeno Mo levanta as pernas em vez de enrijecê-las quando fica nos braços dele.

— Você não tem cara de Mo — ele informa ao bebê. Nos quarenta minutos seguintes, ouço Judah discutir várias escolhas de nomes com o bebê, que olha através dele como se Judah fosse invisível. Quando chegamos ao Walmart, meus braços estão doendo e o bebê está nervoso. Judah de alguma forma o rebatizou de Miles.

— Mo Miles, Mo Miles — diz ele, e eu juro que Mo dá um sorrisinho como se tivesse aprovado. Os sorrisos de Mo são raros. Sinto ciúme.

— Acho que ele precisa de leite instantâneo — digo.

Seguimos para o corredor dos bebês. Pego fraldas, o leite em pó e um pacote de mamadeiras. Quando me viro, Judah tem um brinquedo colorido na mão; ele o está movendo da esquerda para a direita, deixando Mo seguir com os olhos. Há um breve momento em que Mo levanta o punho como se fosse tocar o brinquedo, e meu coração dá um pequeno salto.

— Vamos levar isso também — digo.

— Sua mãe te deixou dinheiro? — ele me pergunta quando tiro uma nota de 100 dólares do meu bolso.

— Pode-se dizer que sim.

— Aqui — diz ele, estendendo a mão para pegar minha sacola Mercado & Merdas. — Ele precisa de uma mamadeira.

Seguro Mo enquanto Judah faz a mamadeira. Duas colheres de leite em pó, uma garrafa de água mineral, depois ele o sacode e estende os braços. Coloco Mo no seu colo, e Judah enfia a mamadeira na boquinha. Enquanto vejo Mo mamar, eu me pergunto como Judah sabia fazer isso. Eu teria lutado para ler as instruções por quinze minutos e, provavelmente, teria deixado cair todo o recipiente de pó no chão. Enquanto os observo, ouço os gritos de Lyndee. Sinto o cheiro da fumaça. Sinto o sangue dela. Eu matei uma mulher. Planejei tudo e matei uma mulher, e aqui estou eu no Walmart, no dia seguinte, com meu amigo aleijado e o bebê do vizinho. Não sei qual pessoa é a impostora. Ou sou Margô de Bone, ou essa coisa nova, essa assassina? Ou talvez eu sempre tenha sido ela, essa pessoa má e perversa; ela estava ali, fervilhando logo abaixo da superfície, esperando que eu agisse de acordo com meus impulsos.

— Como você sabia preparar a mamadeira? — pergunto.

— Aprendi no trabalho.

— Você trabalha com bebês?

— Trabalho com crianças de todas as idades.

— Onde você trabalha, afinal?

— Somos amigos agora? — pergunta ele. — Oficialmente?

— Acho que sim — respondo. — A gente se vê muito. Ou somos amigos a esta altura, ou somos casados.

— Margô Grant — ele brinca. — Você pode ser Miles Grant — ele diz para Mo. Mo faz uma pausa de um instante na mamadeira para sorrir para Judah, enquanto eu ruborizo profusamente.

— Não caia no charme dele — digo a Mo. — Ele adora flertar.

O sol esquenta nossos ombros sem piedade. Estou pensando que deveria ter comprado protetor solar para o bebê quando Judah, de repente, decide responder à minha pergunta.

— Trabalho na Escola Barden para Deficientes — diz ele. — Também foi lá que eu estudei. Minha mãe conseguiu uma bolsa de estudos para mim, de alguma forma os convenceu a me colocar no roteiro do ônibus escolar, mesmo que eles tivessem que percorrer todo o caminho até este canto maligno do universo. Quando eu me formei, eles me ofereceram um emprego de meio período para trabalhar com as crianças do período integral e como assistente de professor.

Olho para o topo de sua cabeça, impressionada. Parece exatamente o tipo de coisa que ele deveria fazer. Estou prestes a dizer isso quando ele fala...

— Eu odiava ir para lá. Já me sentia muito diferente, e então fui forçado a frequentar uma escola onde todos eram diferentes. E tudo o que eu queria fazer era experimentar um pouco de normalidade.

Penso na minha experiência no ensino médio: os alunos com seus olhos cautelosos e cansados. Querendo que alguém os notasse o tempo todo, ao mesmo tempo em que rezavam para ninguém notar. A urgência de encontrar semelhança nos colegas e saber que você nunca seria igual. As tentativas desesperadas e desajeitadas de se vestir e falar, agir e tolerar o que é considerado sensato. Foram os anos mais humilhantes e desesperadamente solitários da minha vida. E, no entanto, se o corpo de Judah estivesse inteiro, as pernas não tivessem sido danificadas pelo tumor que roubara sua capacidade de andar, ele teria ficado alto, provavelmente jogaria futebol americano no time da escola. Bonito e popular, ele nunca teria sido o tipo de garoto que trocaria palavras comigo. Quão sortuda esse tumor me fazia? Quão abençoada? Conhecer um homem como Judah Grant sem as barreiras sociais que ditam nossos papéis.

— Você não perdeu nada — digo a ele. — As pessoas são principalmente imbecis no ensino médio.

Judah ri.

— Não xingue na frente do bebê — diz ele.

— Desculpe, Mo — falo respeitosa.

— Miles — ele corrige.

— Desculpe, Miles — conserto. — Mo Miles, Mo Miles...

Nós três estamos sorrindo. *Tão raro,* penso. Mas eu estou feliz. A sensação percorre meu corpo até os dedos dos pés, mesmo que ontem eu tenha matado alguém.

30

JUDAH SABE DE ALGUMA COISA. PERCEBO ISSO UM DIA enquanto estou pendurando roupas em cabides e organizando-os ao redor da loja, o cheiro de mofo enchendo minhas narinas e me fazendo sentir náusea. Ele tem me tratado diferente desde aquela tarde com Mo. No começo, eu disse a mim mesma que era coisa da minha cabeça — os olhares avaliadores, o silêncio, as perguntas estranhas, mas elas vinham com muita frequência. Ele está na minha cola. Ele tem passado mais e mais tempo com o pai. Não gosto do jeito dele, ou talvez esteja com ciúme. Ele vem para levar Judah, pacientemente, levantando-o ao banco do passageiro antes de colocar com cuidado a cadeira de rodas na parte de trás. Eu me pergunto como ele e Delaney se conheceram, enquanto o vejo se sentar no banco do motorista, os cabelos avermelhados se erguendo ao vento. Ele não é do tipo que fica brisando na varanda da frente da casa de alguém fumando um baseado. Ele é um homem sério; dá para perceber pelo jeito como ele mal sorri, a condição impecável em que ele mantém a caminhonete. Até mesmo o cuidado com o qual ele lida com a cadeira de rodas de Judah diz algo sobre como ele vive. Judah é como ele. É estranho perceber que o garoto a quem me sinto mais ligada não pertence de fato a este lugar. Sua única amarra era Delaney, provavelmente a única razão pela qual ele não havia partido. Meus olhos seguem a caminhonete e o garoto saindo da *Wessex,* até que eles desaparecem no horizonte.

Fico esperando-o voltar, olhando pela janela, procurando o carro do pai. Mas Judah só volta para casa três dias depois, e parece diferente. Quando o vejo depois disso, ele está distante. Trava o olhar com estranhos mais vezes do que o faz comigo. Ele descasca laranjas e não as come. Ele pega um baseado e não acende. Ele sorri para Mo, mas o sorriso não alcança os olhos. Para onde foi Judah?

No começo, eu me pergunto se é por causa do quanto eu mudei. Perdi uns 20 quilos. Não sou a garota que ele conheceu, nem no corpo nem na mente. Talvez minha capacidade de fazer essa mudança o incomode, pois, enquanto ele está preso à cadeira de rodas, eu sou livre para andar e perder meu peso. Mas não. Judah não é assim. A sorte dos outros não o torna melancólico. Ele não deseja o que não pode ter. Foi isso o que me atraiu nele, antes de qualquer outra coisa. Então eu sigo em frente. *Quando começou?*, questiono. *Quando ele começou a se afastar?*

Foi depois que eu matei Vola? Lyndee? Lembro-me da maneira como ele olhou para mim naquele dia depois que voltei cheirando a fumaça, com os dedos sujos de terra.

Naquela noite, acho que eu estava fedendo a tudo isto: morte e fumaça. Corri de volta para a casa que devora e me sentei à mesa da cozinha, olhando para as cicatrizes na madeira, até que finalmente subi as escadas para o meu quarto. No dia seguinte, tudo parecia um sonho. Às vezes, quase me esqueço do que aconteceu.

Na semana seguinte, Judah me diz que vai se mudar para a Califórnia. Sinto todo o sangue subindo para a cabeça.

— O quê? Por quê?

— Meu pai está indo para lá. — Ele me entrega a tigela de pipoca e conduz a cadeira para a sala de estar. — Ele disse que eu posso viver com ele enquanto estiver na faculdade.

Tropeço no tapete perto da porta da frente e a pipoca voa para todo lado.

— Putz, tudo bem aí? — Judah se abaixa para pegar minhas mãos. Eu as afasto, meu rosto queimando.

— Você também pode viver com sua mãe e ir para a faculdade. — Tento dizer isso casualmente enquanto pego a pipoca do chão, mas há um leve tremor na minha voz. A ideia de Bone sem Judah é insuportável. Nem sei como consegui passar dezoito anos da minha vida sem ele.

— Meu médico acha que vai ser bom eu estar lá. Vou ficar em Los Angeles — ele diz. — Tudo vai ser mais fácil, até mesmo ir de um lugar para outro sem ficar ensopado como acontece aqui.

— É só um pouquinho de chuva — digo hesitante. Faço menção de comer uma pipoca que encontro no chão, e Judah bate na minha mão.

— Pare com isso — diz ele. — Podemos fazer outra tigela.

Vejo quando ele volta para a cozinha. Quero chorar. Quero implorar para ele ficar. Como o resto da pipoca que encontro no chão. Quando ele retorna, estou vestindo o casaco para sair.

— O que você está fazendo, Margô?

— Estou indo para casa. — Estendo a mão para abrir a porta, mas ele joga um milho não estourado na minha cabeça. Acerta na minha testa e eu olho para ele.

— A gente tinha planos! — eu grito, e então cubro a boca com a mão, esperando que Delaney não ouça a minha explosão de seu quarto.

— Para sair de Bone — diz Judah.

— Juntos — eu insisto. — Não posso fazer isso sozinha.

Ele olha para a tela da TV, ainda sem imagem, colocando distraído pipocas na boca. Quero confessar sobre comer a pipoca do chão, mas sei que ele vai ficar muito chateado comigo.

— Você tem pernas — ele diz, finalmente. — Eu tenho que ir para onde tenho um par extra de pernas para me ajudar. Pelo menos por agora... até terminar a faculdade.

— Eu posso ser as suas pernas.

— Você precisa ser suas próprias pernas, Margô. Olha, eu não quero ser um fardo na vida de ninguém. Quero ser capaz de fazer as coisas por mim mesmo. Meu pai tem dinheiro. Ele disse que se eu fosse para a Califórnia, ele pagaria a minha faculdade. Ele quer me comprar um desses carros adaptados que eu posso dirigir. Um carro de aleijado.

Quando não digo nada, ele olha para a porta do quarto de Delaney e abaixa a voz.

— Ele parou de pagar pensão alimentícia quando fiz 18 anos. De repente, eu me tornei muito caro. Não posso ser um fardo para ela. Tenho que ser capaz de trabalhar, de ser responsável pelo meu próprio sustento.

Olho para as minhas pernas e de repente eu as odeio. Odeio que me deem uma vantagem em relação a Judah.

— Fique — diz ele, quando me viro para a porta.

— Por quê? Você vai partir. Por que eu deveria perder meu tempo?

— Você acha que é um desperdício de tempo ficar comigo?

Não sei como responder sem parecer patética.

— Você também pode ir embora. Quando quiser. Conheço alguém na cidade que vai te dar um emprego.

— E onde eu vou morar? Como vou saber para onde ir e o que fazer?

— Você aprende essas coisas — diz ele, cauteloso. — Você não precisa ficar presa aqui.

Não quero aprender essas coisas sem ele. Ele roubou meu sonho e eu me sinto idiota por nem sequer ter um sonho. É claro que alguém como

Judah nunca fugiria com alguém como eu. É claro que ele não gostaria de compartilhar uma vida com uma garota feia e sem talento de Bone. Foi tudo conversa para levantar nossos ânimos, e agora ele vai se mudar e me deixar com um cérebro cheio de ideias que nunca serão realizadas.

— Quando você vai embora? — pergunto.

Judah desvia o olhar.

— Amanhã.

— Amanhã? — repito. — É por isso que você tem andado tão estranho ultimamente.

Eu quebro nossa conexão. Isso acontece em um piscar de olhos. Parto-a em duas e esqueço que ela já existiu. Ele me chama quando saio da casa, mas continuo andando. Sobrevivi dezoito anos sem Judah Grant. Eu não precisava dele. Quero ser à prova de fogo. Nada deveria ter o poder de partir meu coração.

A casa que devora está silenciosa quando abro a porta e entro. Sento-me à mesa da cozinha com um copo de leite, olhando para o fogão a gás e cogitando a ideia de deixar Bone. Se ele pode, eu também posso. Meu leite perde o gelo, a condensação no copo já secou. Meus dedos ficam curvados ao redor do vidro, o cérebro vasculhando minhas opções. Toda possibilidade parece sombria sem Judah: ficar, sair, viver. Mas não. Eu não serei o tipo de mulher que não tem coragem. Não sobrevivi apenas para me curvar à familiaridade que Bone oferece. Empurro meu leite intocado para o lado e me levanto, a cadeira rangendo alto contra a madeira. A casa se agita ao meu redor. As tábuas do assoalho acima da minha cabeça rangem com o peso dos pés invisíveis, a geladeira começa a zunir, a lâmpada da varanda começa a piscar no início do anoitecer. *A casa acordou*, penso. *Simples assim.*

Imagino o fantasma da minha mãe entrando na cozinha, parada atrás de mim, por cima do meu ombro, tentando empurrar minhas costas de volta no assento. *Fique em Bone, fique em Bone, fique em Bone.*

Sinto que meus pulmões estão se contraindo, como se todo mundo que já viveu nesta casa estivesse se reunindo contra mim, enchendo-me de medo. Ando de costas até a porta da frente, olhando acusadoramente para o ar ao meu redor. Minha mão tateia atrás de mim em busca da maçaneta. Posso sentir seus sulcos, sua ferrugem, sua conexão com a casa. Tento girá-la, mas ela não se move nem para a esquerda nem para a direita. Puxo com força. Os fantasmas estão se aproximando. Se me alcançarem, não vão me deixar sair. Estou chorando sem lágrimas, mas então ouço meu nome na voz de Judah. A maçaneta desemperra; abro e despenco no ar da noite. Judah está na base dos três degraus, chamando meu nome. Corro até ele e me vejo ajoelhada em sua cadeira, chorando em seu colo. Ele toca minha cabeça, com mãos quentes e compaixão, o que só me faz chorar mais.

— O que foi, loirinha? As pessoas vão pensar que você está me fazendo um boquete.

Ele não se move para não me perturbar. Sinto seus dedos massageando meu pescoço e o couro cabeludo enquanto ele me deixa chorar. Meu sofrimento se intensifica. Não sei por qual caminho abordar o assunto. Parece que todo mundo está me deixando, como todo mundo sempre me deixou, e ainda não tenho certeza se me importo. Mas eu me importo, porque estou chorando, e isso dói. Eu não os culpo, essa é a diferença. É algo que passei a esperar.

— Vou voltar por você, Margô. Eu prometo.

Balanço a cabeça. Não, ele não vai, mas tudo bem também. Esse é o nosso adeus.

— Judah... — Levanto a cabeça e olho para ele. — Eu só tenho 19 anos.

— Sim — diz ele. — Eu meio que já sei disso.

— Só te conheço há alguns meses.

— Se você quiser pensar dessa forma...

Olho fixo para ele. A maneira como ele está olhando para mim está me causando vergonha. Mas eu vou falar. Vou falar tudo, apesar de meus sentimentos serem errados.

— O que você está dizendo? — ele pergunta.

— Que eu te amo. Que eu te amo profundamente. Estou apaixonada por você.

O sorriso some do rosto dele. Por um momento, ele está exposto. Horrorizado. Recuo, mas suas mãos estão nos meus braços, me mantendo prisioneira em seu colo.

— Me deixe ir — eu digo.

Ele solta. Eu recuo, saio do alcance dele.

— Não volte para cá. Não importa o que aconteça. Me prometa.

— Margô...?

— Apenas me prometa.

— Por quê? Por que você me faria prometer uma coisa dessas?

— Porque sim — respondi. — Se você voltar, eu vou voltar.

Ele me olha por um longo tempo.

— Sinto muito — ele me diz então. — Sinto muito por tudo isso.

Estou recuando de novo. Parece irônico, familiar. De volta para a casa que devora, a palavra adeus consumindo a carne dos meus lábios. Querendo ser dita, querendo nunca ser dita. *Acabe logo com isso,* falo para mim mesma.

— Adeus, Judah. — Minha voz é clara e forte.

— Não posso dizer isso, Margô.

— Não — respondo. — Apenas se lembre de uma coisa. Foi você quem me deixou.

E então eu volto para casa e fecho a porta na cara de Judah e da pequena chance que eu pensei ter no amor. E que idiota foi pensar que eu tinha essa chance.

— Somos só nós agora — digo para a casa que devora. — Pode ficar comigo.

31

UM REPÓRTER ESTÁ FALANDO SOBRE UM BEBÊ COALA que nasceu no zoológico perto de Seattle. Concentro toda a minha atenção nessa história — o nascimento de um coala no dia em que Judah vai embora de Bone. É só depois que ele se vai que eu olho pela janela para a rua vazia, mas só consigo pensar no coala. Quero vê-lo. Quero ir ao zoológico, assim como Judah me prometeu que iríamos. Quando saio da sala e subo a escada, o noticiário muda para o assassinato do Lyndee Anthony. A voz clara da repórter viaja comigo por um tempo, e então meus pensamentos a abafam.

— A polícia ainda está procurando por...

No começo da vida você tem grandes esperanças. Até se você nasceu em Bone, com uma mãe que usa um robe vermelho de seda o dia inteiro e vende o corpo para homens por uma nota novinha de 100 dólares. Você acredita no inacreditável. Você vê fadas na despensa vazia, onde as latas deveriam estar, e os ratos que correm no chão do seu quarto são mensageiros dos deuses, ou o seu próprio espírito animal. E, se você é realmente criativa, romantiza os trapos que está vestindo. Você é a Cinderela, você é a Branca de Neve, você é...

Você é uma garota sem vida andando. Mas, por um tempo, fica cega para isso tudo, e é algo bom. E então isso é tirado de você: lentamente... Lentamente... Lentamente. A perda da inocência é a mais forte das dores do crescimento. Um dia você acredita que é Cinderela e, no dia seguinte, todo o seu reflexo imaginário desaparece, e você se vê apenas como mais uma pobre coitada, condenada a viver os seus dias em Bone. Sua inocência se vai com tanta violência. Dói entender que ninguém vai te salvar. Ninguém pode te dar a liberdade. Ninguém pode te dar a justiça, ou a vingança, ou a felicidade, ou qualquer outra coisa. Nada. Se você está disposta e se é corajosa, você aguenta. Tenho que sair daqui.

No dia seguinte à partida de Judah, pego 6 mil dólares do dinheiro da minha mãe e compro um carro de um anúncio que encontro no jornal. É a primeira vez que eu compro um jornal na vida, e levo dez minutos para encontrar a seção onde os carros usados são vendidos. Uma compra por impulso, mas confio nela porque é do que eu preciso neste momento. É um Jeep sem capota, preto e mais velho que eu, mas está em ótimo estado. O dono é o sr. Fimmes, um veterinário velho e frágil com artrite e um conjunto de dentaduras que ele encaixa e desencaixa com a língua. O Jeep pertencia ao filho dele, antes de morrer em um acidente escalando o monte Rainier. O sr. Fimmes não é do tipo sentimental, ele me diz. Só ficou com o carro porque a mulher não o deixava vendê-lo.

— Ela morreu de câncer há seis meses, então eu percebi que agora é a hora...

Digo a ele que sinto muito pela perda, enquanto dou uma fuçada no porta-luvas. Encontro uma caixa mofada de charutos e um canivete que parece caro. Pego-o e o ofereço a ele.

— O senhor pode querer ficar com isso.

Ele balança a cabeça.

— Eu falei, não sou do tipo sentimental.

— Ah — murmuro, sem jeito, pensando em todas as caixas de coisas da minha mãe no sótão. Será que eu seria capaz de me afastar delas tão facilmente?

— Eu quase nunca dirigia esse carro, e está em ótima forma. — Ele encaixa a dentadura no lugar para me dizer isso, e então a tira outra vez.

O carro tem um aspecto durão, embora não seja muito prático, já que chove pra caramba aqui. Mas eu não me importo com a sensação de chuva na cara, e é melhor do que comprar um carro batido no Pátio de Carros Usados do Alfie, um que já pertenceu a alguém de gangue. Todo mundo sabe que Alfie lida com tudo o que Mo não lida. A loja de carros é apenas um negócio de fachada. Carros trocados por drogas, carros comprados para lavar dinheiro. Esses carros têm energia ruim. Entrego o dinheiro ao sr. Fimmes e vou embora. Vou devagar, meu pé pairando nervoso sobre o freio. Fico vendo o velho sr. Fimmes pelo espelho retrovisor, pensando que a qualquer momento ele vai descobrir que eu não sei dirigir e vai desfazer todo o negócio. Eu só dirigi uma vez antes, quando Sandy me deixou pegar o carro dela e dar a volta no estacionamento do Trapo depois do trabalho. Eu me saí bem naquele dia, mas não havia outros carros ao redor. Então é isso. Vou aprender sozinha. Pego as ruas vicinais, pisando nos freios muito bruscamente nas placas de PARE, e quase batendo na caixa de correio de alguém quando faço uma curva.

Vou ser a única pessoa na rua *Wessex*, além de Mo, que tem carro. Isso faz de mim um alvo. Judah suspeitava de mim, então por que esses estranhos não suspeitariam? De qualquer forma, não quero que ninguém saiba que eu o tenho. Sandy disse que posso deixar na garagem dela por alguns dias. Eu deixo o carro lá e pego o ônibus de volta para casa. Eu me sinto bem. Comprei um carro. Sou uma adulta de verdade.

Alugo a casa que devora para Sandy, que finalmente deixou Luis e está saindo com um novo cara que ela conheceu no corredor de vitaminas do Walmart. Ele é bem simpático; eu os encontrei em um bar uma vez, mas, logo depois de chegar, me senti como aquela pessoa que fica segurando vela e disse que precisava ir embora.

Vou à biblioteca e imprimo um contrato de locação que encontro na internet. Quatrocentos dólares por mês, e ela fica responsável pelas contas da casa. Ela diz que vai conseguir um colega de quarto e cobrar 600 dólares por mês da pessoa para morar com ela. Eu não me importo. Falo isso para ela. Essa resposta parece despertar o entusiasmo de Sandy, e ela corre para colocar um anúncio no jornal. Enquanto jogo as minhas coisas em sacos de lixo, rezo para que não venha um psicopata viver na casa da minha mãe. Então eu me lembro de que sou muito pior do que um psicopata, e isso desliga minha preocupação mental.

Tiro a carteira de motorista e depois abro uma conta bancária, depositando a maior parte do dinheiro da minha mãe e uma pilha dos meus cheques de salário. Fico com 5 mil dólares em uma meia enrolada dentro da bolsa. Em um dia quase ensolarado no fim de agosto, quando as amoras selvagens e maduras pesam nos galhos, entro no Jeep e dou as costas a Bone.

32

COMO VOCÊ SIMPLESMENTE DEIXA O LUGAR ONDE SEMPRE *viveu e não sabe para onde está indo?* COMO VOCÊ SIMPLESMENTE DEIXA O LUGAR ONDE SEMPRE VIVEU E NÃO SABE PARA ONDE ESTÁ INDO?!

Viro o volante para a direita e cruzo duas pistas, fechando um Subaru e uma perua antes de o Jeep parar cantando pneus no acostamento da rodovia. Acendo o pisca-alerta do carro e salto para fora. Isso é loucura. O que estou fazendo? O cascalho tritura a sola dos meus sapatos quando corro para o lado oposto do carro e me inclino contra a porta do passageiro, dobrando a cintura. Eu só preciso... Respirar... Sem... Ninguém... me ver. Tento parecer calma, mesmo que meu coração esteja disparado. Não sou nada. Não tenho ninguém. O mundo é grande, e isso é tudo o que eu já conheci. Cubro os olhos com as mãos e sinto o medo esmagando a pouca coragem que eu me esforcei tanto para cultivar ao longo das últimas semanas. Estou seguindo placas para uma cidade que eu nunca visitei. Não faço ideia de onde vou dormir esta noite. Meu Deus, como sou burra. Seguindo um sonho cuja fundação foi Judah quem assentou. Antes de me deixar.

O que me faz pensar que posso viver nessa adrenalina?

E então há uma voz que vem do meu interior profundo; é como eu imagino que a casa que devora soa: rangendo, velha. *"Você matou pessoas. O que te faz pensar que você não vai conseguir?"*

Digo isso em voz alta, com motores de carro rugindo atrás de mim e, de repente, estou sóbria de novo. Sóbria como na noite em que quebrei a cabeça de Vola Fields na quina da cômoda por ter espancado o bebê. Sóbria como no dia em que usei a lata de gasolina para apagar Lyndee Anthony com um produto de primeira, antes de jogar um palito de fósforo na direção dela.

É claro que consigo fazer isso. Sou desvairada. Sou capaz de cometer um assassinato. Sou como a minha avó, que empurrou a cabeça da minha mãe dentro da água turva da banheira e tentou afogá-la. Certamente, em algum lugar dentro de mim habita a capacidade de sobreviver em uma cidade maior do que Bone. Eu sobrevivi à solidão, me alimentei, me vesti, me formei no ensino médio, leio livros para ficar mais inteligente. Vou fazer tudo isso de novo, porque é isso que eu faço. *Não é?* É.

Estou quase recomposta quando um carro da polícia rodoviária estaciona atrás do Jeep. *Merda.* Passando as mãos no cabelo, minha mente de imediato pensa no conteúdo do meu carro. Há alguma coisa aqui que possa me colocar em confusão? Penso no conjunto de facas que tirei da cozinha quando estava fazendo as malas, e o isqueiro rosa que eu nunca devolvi a Judah. Não posso me encrencar só por tê-los. Mas a ursinha de Nevaeh está no banco do passageiro. A ursinha da foto que apareceu em cada emissora de notícias dos Estados Unidos. A ursinha que tirei da mochila de Lyndee Anthony antes de queimá-la junto com ela.

Fico com a coluna ereta.

— Olá — eu digo.

Noto que a mão dele repousa levemente sobre o punho do revólver enquanto ele caminha. É algo que os ensinam a fazer na academia de polícia? *Só para você saber, eu tenho uma arma! Ei, eu posso estourar sua cabeça!*

— Senhora — diz ele. — Está com problemas no carro?

— Está superaquecendo — eu digo depressa. Ele se inclina para olhar dentro do Jeep, mesmo que esteja sem a capota removível.

— Está indo para algum lugar?

— Estou me mudando — respondo no ato. — Para Seattle. — Olho Bambi. Por que não a coloquei em um dos sacos de lixo?

Ele olha os sacos enfiados no meu porta-malas de um jeito apressado; em seguida, abre a porta do motorista.

— Seattle — diz ele. — Grandes ambições. Posso ver sua carteira de motorista e o documento do carro? — diz ele.

Mexo na carteira, depois no porta-luvas e os entrego. Presto atenção em como ele olha os documentos, levando-os de volta à viatura para puxar minha placa. Considero guardar a ursinha, mas, se ele já a viu, vai parecer suspeito.

— Dê a partida — diz ele. — Vamos ver.

Passo por ele, minhas mãos suadas e trêmulas. *Está tudo bem!*, digo a mim mesma. *Ele está tentando ajudar.*

156

Deslizo para o banco do motorista e viro a chave. O Jeep resmunga ganhando vida. O policial olha o painel.

— Parece que está tudo bem agora — diz ele. — Mas talvez seja melhor você voltar para a cidade e fazer um *check-up* completo.

Faço que sim, fecho a porta e agarro o volante até os nós dos meus dedos ficarem brancos e arderem.

— Você tem filhos?

— O quê?

Os olhos dele estão em Bambi. Não posso lê-los porque ele está usando óculos escuros. Grandes e espelhados como os olhos de uma mosca.

— Não — eu digo. — Só um brinquedo de infância. Não consigo me desfazer dele, sabe?

— Minha filha tem um desses — diz ele. — Ela tem 8 anos. Não sabia que fazia tanto tempo que estavam no mercado.

Bambi tem olhos protuberantes. Eu não sabia que ela era um *tipo* de brinquedo que as pessoas podiam reconhecer. Foi estupidez supor qualquer coisa. Dou um suspiro de alívio quando ele dá um passo para trás, permitindo-me seguir em frente e pegar a rodovia de novo.

— Tenha um bom-dia! — ele grita por cima do ronco do motor. Quem me dera poder ver os olhos dele. Levanto a mão num meio aceno e me afasto. *Meu coração, meu coração, meu coração.* Quando olho para o espelho retrovisor, ele ainda me observa. As pessoas já me olharam assim antes: Judah, Lyndee, até minha própria mãe. Talvez haja algo em mim que os outros consigam enxergar. Tento imaginar o que eles pensam quando olham para mim dessa maneira. *Uma garota estranha. Tem alguma coisa nela... Ela me assusta.* Rio desse último.

Agora estou determinada. Tenho que ir embora. Fui estúpida em pensar que podia ficar. Uma cidade do tamanho de Bone Harbor não pode conter o que há dentro de mim. Ligo o rádio para afogar meus pensamentos e dirijo, dirijo, dirijo no limite de velocidade por todo o caminho até Seattle.

33

DIRIJO ATÉ UM HOTELZINHO DE BEIRA DE ESTRADA NOS arredores de Seattle e alugo um quarto. O cômodo é lúgubre, mas é limpo. Por 40 dólares a noite, agradeço pelo menos por isso. Deito-me em silêncio sob a luz fluorescente fria no teto e ouço uma motocicleta na rua. Ela grunhe e ronca provavelmente tão alto quanto a crise de meia-idade que a está pilotando.

Minha vida inteira é uma crise, e fico feliz que ninguém tenha prestado atenção suficiente nisso para perceber que existe algo de errado a meu respeito. A moto ronca alto mais uma última vez e depois dispara pela rua. Amanhã vou procurar um jornal, ou talvez eu possa usar os computadores da biblioteca, para encontrar um lugar para morar. Depois vou ter que arrumar um emprego, de preferência que não seja em um brechó. Desligo a luz e viro de lado para poder ver o letreiro em néon do clube de strip-tease ao lado.

Vou ser diferente. Nunca vou voltar para Bone ou para a casa que devora. Cheguei até aqui e vou mais longe – fugindo de quem aquele lugar me tornou. Mas, antes que meus olhos se fechem e minha mente mergulhe no sono, eu já sei que estou mentindo para mim mesma. A casa que devora nunca vai parar de me chamar e eu nunca vou parar de responder.

A cidade queima meus olhos, um demônio reluzente, como se brilhasse sob o raro sol de inverno. Não é como as fotos que vi. É industrial, metálica, pendurada sobre águas claras e frias. Estaleiros e arranha-céus delineados pelo céu grafite. Meus olhos de cidade pequena estão acostumados a edifícios amplos, quadrados e sem cor. Pessoas que parecem macias ao toque e se vestem em peças desbotadas de algodão e flanela. Aqui, as mulheres usam casacos coloridos como pedras preciosas e botas de chuva envernizadas. Seus corpos parecem duros e fortes. Não sei dirigir entre carros que se entrelaçam e se encaixam em pequenos espaços de rua. As pessoas gritam comigo, suas buzinas altas são acusações barulhentas de que eu não sei o que estou fazendo.

Quando encontro o estacionamento que estou procurando, minha camisa está molhada de suor e minhas mãos estão dormentes. Eu me perco no estacionamento, e, durante os vinte minutos que levo para chegar até a rua, já duvido da minha capacidade de sobreviver aqui. O apartamento que estou indo ver fica na Sexta Avenida em um arranha-céu. O site tem fotos de uma pequena cozinha e banheiro com azulejo xadrez preto e branco e um quarto do tamanho de um armário. Mas cabe no bolso. Fico parada na rua, colada contra a vitrine de uma papelaria fina, segurando minha mochila na frente do peito. As pessoas daqui não se abalam com a chuva. Elas se movem como se a chuva fosse parte delas — uma perna extra ou braço com que estão acostumadas a trabalhar. Fico sem fôlego de ver a eficiência em seus passos, a impassibilidade em seus rostos. Eu não consigo me mexer, porque não consigo me mover como eles.

É um corvo que me traz de volta para minha pele. Aterrissa na calçada a poucos metros de onde estou encolhida e grasna para mim, inclinando a cabeça de um lado para o outro. Pisco olhando para a rua, depois para o corvo. Eu sou a essência do mal. A maioria dessas pessoas que estão passando por mim não tirou a vida de ninguém. Não planejou um assassinato, nem jogou gasolina sobre o corpo de uma mulher e acendeu um fósforo. Elas podem ter pensado nisso, pensaram em assassinato, mas, agindo de acordo com meus impulsos, eu me separei do resto do mundo. Libertei uma fera de sua jaula. E aqui estou eu, tão paralisada pelo medo que mal consigo me mexer.

É o grasnido do corvo que me lembra quem eu sou e que põe meus pés em movimento. As botas Doc Martens azuis e o esguicho das poças. Vou andando na direção da Sexta Avenida, imitando as expressões faciais das pessoas ao meu redor. Pessoas que eu nunca vou poder ser por causa do que eu já fiz. Mas percebo que posso observá-las e fingir. Posso comprar uma capa de chuva e aprender a andar pelas ruas. Moleza. Eu só tenho que conseguir esse apartamento.

O apartamento não é tão legal quanto parecia na internet. Eu me sinto como uma mulher que chegou a um encontro com um homem que conheceu *on-line*, enganada pela foto desatualizada. Fico com ele, de qualquer forma, pois o dono me aceita. Quanto mais eu esperar para encontrar um lugar para morar, mais tempo vou dormir no meu carro. Fazemos tudo ali mesmo, sobre o tampo da bancada de fórmica da cozinha antiquada. *Não é pior do que a casa que devora,* digo a mim mesma, ao assinar o contrato e pagar um ano de aluguel. A anuidade é o motivo pelo qual eu fico com o lugar. Ele não faz perguntas. Não tenho referências nem crédito. Eu me sinto sortuda por conseguir uma chance.

O dono é um homem careca de 30 e poucos anos, chamado Doyle, com uma barriga que cai por cima das calças. Ele cheira a Old Spice. Ando pelo apartamento uma última vez antes de sairmos, absorvendo o cheiro familiar de fumaça de cigarro e o fedor persistente de gordura que se agarra ao papel de parede. As janelas dão de frente para outras janelas, mas, da sala de estar, vejo um pedaço de céu, e isso é suficiente. Combinamos de nos encontrarmos em um café mais tarde, onde ele me trará as chaves e o adesivo que eu preciso para usar o estacionamento do prédio. Quando saio do edifício, sinto-me realizada. Quero contar para Judah o que eu fiz, então vou a uma loja e compro um celular. Eles querem o meu endereço. Eu lhes dou o endereço da casa que devora e planejo mudar isso depois. Preencho a papelada, pago e, quando saio e desço por uma rua muito inclinada até o café, tenho uma daquelas fantasias de que posso fazer qualquer coisa e muito mais.

De uma mesa perto de uma janela, observo as pessoas e o tráfego, uma sensação crescente de ânimo borbulhando no meu peito. Espero quatro horas no café antes de me levantar e perguntar ao homem que faz café atrás do balcão sobre Doyle. Ele olha para mim com a sobrancelha arqueada, o lábio com *piercing* repuxado com impaciência.

— Como vou saber quem é Doyle? — diz ele, deslizando uma bebida pelo balcão para um cliente que está esperando.

— Ele não vem aqui? — pergunto.

— Querida, você sabe quantas pessoas vêm aqui todos os dias? — Olho ao redor para a clientela da hora do jantar, pessoas recém-saídas do trabalho, parando para um café expresso com os colegas antes de irem para casa jantar. Ele olha minha roupa, a insegurança com a qual me agarro à minha mochila. — Não sei de onde você é, mas isso aqui é Seattle. Nós não conhecemos nossos vizinhos.

Penso nos meus vizinhos, não em pessoas legais de camisa xadrez, que fazem geleia e trazem para você um frasco com um rótulo feito à mão. Meus vizinhos eram drogados, bandidos e mães assassinas. E a vizinha deles era eu: uma assassina a sangue-frio. Pobres pessoas do interior. Olho para o barista de *piercing* e reviro os olhos. Nós éramos muito mais durões do que ele pensava. *Não sei de onde você é, mas com certeza não é de Bone.*

Afasto-me do balcão e fico parada junto à janela, convencida de que fiz a coisa errada ao vir para esta cidade orgulhosa e implacável. Já estou cansada desse pensamento, dessa hesitação da minha escolha. Judah me dizia para assumir as coisas. Meus olhos ficam borrados e fora de foco enquanto eu vigio a rua em busca de Doyle, incapaz de aceitar o golpe. É um erro. Eu estou na cafeteria errada. Ele ficou preso em algum lugar por algum motivo: um acidente de carro, uma emergência familiar. Estou disposta a cogitar tudo, menos a triste e pungente verdade de que levei um golpe. Entreguei 12 mil dólares a um estranho sem nem sequer perguntar o sobrenome dele. Uma garota ingênua com um maço de dinheiro — um alvo fácil. Enquanto o céu escurece, observo os pedestres, imaginando os espaços para onde vão — as cozinhas quentes e os sofás de frente para a televisão. As crianças se jogando nas pernas do pai, enquanto as mães enxugam as mãos nos panos de prato para lhes dar um beijo nos lábios.

Vou andando até a biblioteca e procuro o anúncio no Craigslist com o número de telefone de Doyle. Sumiu; no entanto, se minhas suspeitas estiverem corretas, não deve demorar muito para que outro apareça exatamente como o primeiro. É provável que com um novo número que Doyle adquiriu. Um telefone pré-pago comprado em um posto de gasolina. Haverá um novo nome no anúncio. Encontro o número do anúncio rabiscado em um pedaço de papel na minha carteira, mas, quando o uso no meu novo celular para fazer a chamada, ele toca e toca até que eu finalmente desligo. Minha situação se torna mais desanimadora quando a biblioteca anuncia que vai fechar dali a cinco minutos.

De volta à chuva, de volta à marcha de pessoas que sabem para onde estão indo. Sigo meu caminho em direção ao prédio de apartamentos a oito quarteirões de distância. O frio está enrijecendo minhas articulações e sinto dor de cabeça. Quando percebo que não comi o dia todo, compro uma tigela de macarrão instantâneo de um *food truck* e a levo comigo para o prédio onde Doyle roubou meu dinheiro. Sento-me em um banco do outro lado da rua e vigio a entrada. A comida cai na minha barriga, mas eu não sinto o gosto. Isto é o que acontece: tudo se torna preto e branco. Eu vejo apenas a injustiça. O homem que escolheu o nome falso de Doyle, que continuará a atacar os inocentes, deve ser responsabilizado. O edifício parece diferente sem o brilho de esperança ao seu redor, sombrio e mal-encarado. Ando até a frente do prédio e olho para as pequenas janelas opressivas. Doyle abriu a porta principal com um cartão que ele tirou da carteira. Ele tinha acesso ao prédio, o que significa que já mora aqui, ou que já havia conseguido empreender a fraude antes e, de alguma forma, conseguiu pegar as chaves dos apartamentos vazios. Ele pode ser qualquer coisa, desde um homem da manutenção até um amigo do verdadeiro dono. Fico sentada um pouco mais para olhar o que foi quase meu. Está tudo bem. Eu vou esperar. Quando for a hora certa, Doyle vai me pagar de uma maneira ou de outra.

34

HÁ UM APARTAMENTO PARA ALUGAR DO OUTRO LADO da rua do prédio onde eu deveria morar. O proprietário me leva por quatro lances de escada porque o elevador está quebrado. A escadaria cheira a mijo, o aluguel é mais caro, o apartamento, mais soturno, mas a luz é melhor. Da minha janela da sala de estar, tenho uma visão direta do prédio de Doyle. Fico com ele. Não porque eu possa pagar, mas porque não posso deixar de tê-lo. Posso me mudar daqui a uma semana. Eu durmo no jipe enquanto isso, um moletom enrolado embaixo da minha cabeça, não querendo gastar dinheiro em hotel. Entro discretamente em uma academia e uso o chuveiro deles algumas vezes, prometendo para mim mesma que um dia vou conseguir pagar por ela para compensar isso. Durante o dia, ando pelas ruas de Seattle — o Pike Place Market, o píer. Pego a balsa para *Bainbridge Island*; subo o elevador até o topo da *Space Needle*. Como em um restaurante que tem milhares de ostras empilhadas em baldes prateados com gelo. Quando coloco a carne prateada na boca, posso sentir o gosto do mar. Fico instantaneamente viciada. Nunca vi o mar, mas, nas margens do Sound e na carne exótica e salgada de uma ostra, posso saboreá-lo. Sento-me no banco do lado de fora do prédio de Doyle e fico de vigia, esperando-o aparecer. Escrevo tudo o que gasto em um caderno, então sei quanto me resta.

    Pão e manteiga de amendoim: $ 4,76
    Meias e xampu: $ 7,40
    Escova de vaso sanitário: $ 3,49
    Café: $ 5,60
    Aspirina e leite: $ 6,89

    Esta semana eu gastei $ 137.50. Tente gastar menos na semana que vem! Eu escrevo na margem do caderno.

Penso nos lugares aonde eu levaria Judah se ele estivesse comigo: para o mercado, e através do Sound em uma balsa, um passeio pela Bainbridge Island, um almoço no meu restaurante de ostras favorito. Ligo para ele uma vez, mas desligo quando ouço sua voz. Não sei o que dizer e temo que ele não sinta minha falta. Quando chega o dia de eu pegar minhas chaves, eu me arrasto para a imobiliária, certa de que alguma coisa vai acontecer. Eles vão decidir que eu não sou boa o suficiente para viver lá, eles vão descobrir que eu matei uma mulher e queimei seu corpo, eles vão saber o que eu sou e me mandar para a prisão. Quando o dono do apartamento me vê, ele exclama:

— Parece que você está aqui para identificar um corpo, não pegar suas chaves!

Eu rio da ironia e relaxo. Se ele está nesse bom humor, não está se preparando para me dizer que eu não vou me mudar hoje. No final, o proprietário me entrega as chaves e aperta minha mão, parabenizando-me pela minha nova casa.

Carrego meus sacos de lixo com pertences até o quarto andar e os coloco na sala antes de ir olhar todos os cantos. É lindo. É meu. Eu quero que Judah esteja aqui. Quero que minha mãe fique orgulhosa. Apago ambos os pensamentos rapidamente e guardo meus poucos pertences no armário. *Um emprego*, eu penso. *Um emprego e Doyle e vida.*

Compro coisas: uma cadeira, pratos, facas e garfos, um colchão inflável, e um cobertor com um grande corvo negro sobre ele. Uma cafeteira. Durante o dia, eu ando pelas ruas, procurando em vitrines placas de CONTRATA-SE e falando com vagabundos que presumem que eu sou um deles. Tomo isso como um mau sinal e compro roupas novas, o tipo de coisa que pode me fazer ser contratada. Pratico expressões faciais no pequeno espelho do banheiro. Eu sorrio, rio, educada, e mantenho a voz calma e recatada. Tento ser o tipo de pessoa que alguém gostaria de contratar.

E então, em um dia excepcionalmente ensolarado, comendo um pequeno almoço de salada e sopa em um restaurante 24 horas em Capitol Hill, o gerente pergunta, em tom de brincadeira, se estou procurando emprego.

O restaurante chama-se Myrrh e serve de tudo, de waffles a patas de caranguejo. Eles me deixam trabalhar no turno da madrugada porque eu sou uma das poucas que estão dispostas a fazer isso. Entro às 9, quando a clientela do jantar está diminuindo e os empregados que trabalharam o dia todo estão mal-humorados e ranzinzas, ansiosos para voltar para casa. Ajudo-os a enrolar os talheres em guardanapos e varrer suas seções, impaciente para vê-los desaparecer. Há outra garota que trabalha no período da noite. Uma linda garota asiática chamada Kady Flowers. Ela fica na dela, e eu também. Trabalhamos juntas sem problemas, nos comunicando com frases dolorosamente curtas: *Refil na mesa cinco. Peguei sua comida da 23. Banheiro.* Funciona bem para nós duas. Às vezes eu me pergunto o que Kady está escondendo. Ela matou alguém também, ou alguém a matou?

Meu turno termina às cinco, bem quando o sol está saindo. Há algo profundamente humilhante e satisfatório em ser garçonete. O empurra-empurra no salão, os olhares de olhos vazios que fazem você se sentir uma intrusa quando está apenas enchendo um copo com água, os pedidos aos berros, sem o "obrigado". Você é apenas um rosto, um crachá. Isso me dá o anonimato de que preciso e um vazio que talvez eu mereça. De manhã, quando meu turno termina, ando até meu minúsculo apartamento e faço chá com saquinhos que roubo do Myrrh. Sento-me à janela e penso em Judah, Nevaeh e no Pequeno Mo. Também penso na minha mãe — como costumava ser quando ela me amava. Sinto uma solidão até os ossos.

Durante os seis meses da nova vida que tenho vivido, preencho uma inscrição e envio meu histórico escolar para a Universidade de Washington. Começo com duas aulas por semestre: introdução à psicologia, comportamento animal comparativo, e depois transtornos do comportamento e desenvolvimento humano. Faço muitas perguntas na aula, minha mão disparando duas vezes mais do que as de qualquer outro aluno. Meus professores me favorecem, pois confundem minha exploração sobre mim mesma com a fome de conhecimento. Eles acham que eu vou chegar longe. Eles sugerem programas de mestrado, oferecem cartas de recomendação e me convidam a participar de outras aulas mais avançadas. Eu entro na brincadeira. Afinal, quem sabe?

Faço longas caminhadas e, eventualmente, corridas longas. Antes, quando eu morava em Bone, eu perdia peso. Agora eu ganho músculos. Eles se projetam do meu corpo em fibras duras e feias. Quando olho no espelho, quase consigo ver do que sou feita — o músculo saltado, rígido, o osso, a essência da qual Judah falava com tanta frequência. Há dias em que sinto falta de Bone, e é quando penso mais na minha essência — quem eu sou, o que eu sou. Você pode sair, mas isso nunca sai de você.

Escrevo cartas para Judah, mas ele raramente escreve de volta e, quando o faz, é apenas uma página de palavras rabiscadas que preciso trabalhar para decifrar. Ele está ocupado com as aulas… com a vida. Eu entendo. Estou na mesma situação, não estou?

Durmo pouco — quatro horas por dia, ou noite, dependendo do horário de trabalho. Meus olhos se assemelham a meias-luas roxas como hematomas. Eu frequentemente vejo Kady me olhando de um jeito estranho, como se ela estivesse se perguntando o mesmo que eu me pergunto sobre ela. Uma noite ela enfia um tubo de algo na minha mão e depois se afasta. Quando vou ao banheiro para examiná-lo, percebo que ela me deu um corretivo para os olhos. Algo para apagar o olhar de exaustão. Eu uso e isso faz diferença. Eu me sinto menos morta. Meus clientes também devem pensar assim, porque eu recebo gorjetas melhores. Depois de mais algumas semanas, Kady enfia um batom no bolso do meu avental. Eu o aplico no banheiro. Ele me faz parecer… viva. Quando o batom e o corretivo dos olhos acabam, pergunto a Kady onde comprar mais. É a conversa mais longa que já tivemos.

— Onde posso comprar a maquiagem que você me trouxe? Não consegui encontrá-la na farmácia.

— Eu vou te trazer mais… minha mãe vende.

Kady Flowers torna-se minha revendedora de maquiagem; corretivo e batom primeiro, depois blush e rímel. Ela não me deixa pagar por nada; em vez disso, deixa que eu enrole sua parte dos talheres em guardanapos. Quando ela sugere uma noite que eu a deixe cortar meu cabelo, eu balanço a cabeça.

— Eu nunca cortei — digo.

Seu olhar é de uma decepção tão grave que eu imediatamente concordo que ela venha ao meu apartamento no dia seguinte. Ela chega naquele que é meu vigésimo primeiro aniversário com uma pequena mochila preta na mão que a faz parecer uma médica à moda antiga. Ela dá uma olhada superficial ao redor dos meus 37 metros quadrados, antes de me colocar na frente da janela na minha única cadeira e tirar uma bolsa de lantejoulas que contém seus instrumentos.

— Eu frequento a escola de estética na cidade — diz ela, em voz baixa. — Apenas para o caso de você estar se perguntando se eu sei o que estou fazendo. — Eu não tinha me perguntado, é claro. Se alguém quiser cortar meu cabelo, quem sou eu para ficar no caminho?

— É por isso que você trabalha à noite? — pergunto.

Kady confirma com a cabeça e diz:

— Você faz aulas. Na Universidade de Washington.

Quando me viro para ela com uma pergunta em meus olhos, ela continua:

— Eu vi você lá uma vez. Quando eu estava visitando um amigo. Você estava saindo de uma sala de aula, eu acho.

Nós duas ficamos quietas por um tempo, absorvendo esses novos detalhes. Kady está tocando meu cabelo, levantando-o em lugares como se estivesse avaliando.

— Tire tudo — eu digo de repente. — Tão curto quanto você achar melhor. — De repente, me sinto encorajada pelos meus 21 anos. O fato de que eu cheguei até aqui sem ninguém para me ajudar. Eu poderia muito bem ter cabelos novos para combinar com meu novo rosto e meu novo corpo. Estou aqui há um ano, nesta cidade, nesta cultura.

Fecho os olhos.

Eu não sou a Margô de Bone. Sou uma Margô nova e de corpo firme de Seattle, meus cílios brancos pintados como pernas de aranha, e minha pele iridescente corada. Eu me pergunto se minha mãe ainda me acharia feia se me visse agora. Eu deveria parecer um menino com meu cabelo curto, mas a maquiagem me suaviza. Faz-me sentir forte e feminina ao mesmo tempo.

35

NO INÍCIO DA MANHÃ, COM O NEVOEIRO SOPRANDO DO Sound, estou voltando para casa uma hora mais cedo do que o habitual, já que o restaurante estava morto, quando vejo uma briga no beco. Eu me demoro pela rua, me perguntando se devo fazer alguma coisa. Não há ninguém por perto para pedir ajuda. Às vezes, há brigas entre os moradores de rua — uma forte possibilidade agora. São quatro da manhã; os bêbados noturnos já tropeçaram a caminho de casa faz tempo e a classe operária ainda não acordou. Eu me esforço para ver a briga, minha respiração formando nuvens de vapor no ar ao meu redor. Estou com frio. Quero lavar o restaurante da minha pele e me arrastar para a cama. Eu deveria deixá-los, e estou prestes a fazer isso, quando ouço o grito de uma mulher. Curto, como se tivesse sido interrompido antes que pudesse ganhar volume.

Começo a entrar no beco, minha hesitação diminuída depois do grito agudo de socorro. Corro na ponta dos pés — passos longos e silenciosos. Ele não ouve quando me aproximo por trás; ele, de costas para mim. Um homem forte e largo em uma jaqueta de couro. Presa contra a parede, há uma garota mais nova do que eu. Seus olhos estão cansados e desfocados enquanto ela se contorce de um lado para o outro. Suas tentativas são inúteis. Ele tem três vezes o tamanho dela.

Uma das mãos está sobre a boca da mulher; o peso de seu ombro imprensando-a contra a parede e, com a mão livre, ele está mexendo nas calças, empurrando-a para baixo dos quadris densos. Eu observo por um momento, minha raiva cada vez maior. É uma ebulição lenta, mas eu a deixo subir — quero que a força total da minha raiva permaneça intacta antes de eu agir.

Na minha cabeça, eu já o matei. Arranquei-o de cima dela e cortei sua garganta com a faca que mantenho presa ao tornozelo, mas sei que não posso matá-lo. Há uma testemunha, haveria polícia, um longo dia respondendo a perguntas e olhares. Não quero que eles saibam que eu existo.

Tenho que ter cuidado; ele é maior do que eu. Espero até que ele abaixe a calça. Está no meio da coxa. Ele não teve pressa para tirar o cinto dos passadores e o jogar de lado. Eu me inclino para pegar o cinto, agarrando uma extremidade e arrastando-o para mim, sem nunca tirar os olhos das costas do homem. A garota me viu. Seus olhos estão fixos no meu rosto enquanto me aproximo. Levanto um dedo aos lábios, sinalizando para ela ficar quieta. Leva apenas um segundo — meus braços se erguem, o cinto em volta do pescoço dele. Seu grito de surpresa é interrompido quando puxo o cinto com força.

— Corra — eu digo para a menina, antes que ele me empurre para trás.

A calça abaixada restringe o movimento, algo com que eu estava contando. Não solto o cinto, mas puxo com mais força conforme ele repetidamente me bate contra a parede. Seus dedos puxam o cinto, mas minha bota encontra apoio em uma grande lixeira de metal, e eu a fixo ali, segura e firme. Mal posso sentir o tijolo cravar na minha pele, a adrenalina revestindo meus nervos como um delicado lacre de borracha. Consigo enrolar o cinto. Eu o seguro com uma das mãos e estendo a outra para pegar a faca. Ele quase a derruba da minha mão, e, no processo, abro um corte em sua coxa, o que o faz se contorcer ainda mais descontrolado do que antes. Perco a firmeza do cinto; ele cambaleia e se liberta, sibilando e ofegando para recuperar o fôlego. Ele usa seus segundos para puxar o cinto do pescoço. Eu uso os meus segundos para jogá-lo na parede, curvando-me e correndo para a frente como eu tinha visto jogadores de futebol americano fazendo na televisão. Ele me acerta uma vez, na cara, e acho que vou vomitar de tanta dor. Ele agarra meu braço e o puxa pelas minhas costas. Acho que ele está prestes a arrancá-lo quando giro para cima a mão livre e golpeio sua bochecha com a faca. Ele me solta e eu agarro seu rosto. Eu me viro e enfio a lâmina no ponto mais flexível em seu pescoço. Suas mãos se levantam em sinal de rendição, embora eu saiba que elas não vão ficar ali. Mais alguns segundos e estarei na posição mais fraca. É isso o que as mulheres não entendem; se quiser manter a vantagem, você tem que agir mais rápido do que eles. Então eu o apunhalo. Pressiono a lâmina através da pele até que seu sangue aqueça meus dedos. Eu não pretendia matá-lo, mas matei.

Três vidas, reflito. Caio para trás quando ele desaba aos meus pés. É quando eu vejo a garota. Ela correu, mas não para muito longe. Ela esperou para ver o que aconteceria, ou talvez tenha ficado para ajudar. Ela não parece de fato determinada a nada; até mesmo suas meias — puxadas sobre a meia-calça — não combinam. Travamos um olhar, os olhos dela consideravelmente menos turvos do que quando os vi da última vez.

— Você o matou — diz ela.

Limpo a mão na testa, sem saber o que fazer a seguir.

— Quem é ele? — pergunto.

Ela está olhando para o corpo e eu tenho que repetir a pergunta.

— Quem *era* ele — ela me corrige. — Ele está morto.

Ela é bem pequena. Nem mesmo é maior de idade. Vejo suas roupas sexy demais: uma minissaia de couro e um suéter justo, e quero mudar a minha pergunta para "quem é *você*?", mas nosso tempo está se esgotando. Decisões precisam ser tomadas. Minhas impressões digitais estão por todo esse homem. Ela viu meu rosto. Nós não podemos mais simplesmente ir embora. Alguém já pode ter nos visto ou ouvido e chamado a polícia.

— Jonas. Eu o conheci na internet — ela diz, com uma voz indiferente e entediada. — Ele me falou que tinha 18 anos. Nós nos encontramos pela primeira vez esta noite. Eu até fugi de casa. — Ela diz a última frase com tom de surpresa.

— Quantos anos você tem? — pergunto. Se eu puder levá-la para casa agora, talvez ela nunca fale. Eu poderia limpar a área…

— 16.

— Como você se chama?

— Mary — responde ela.

— Temos duas escolhas, Mary — digo. — Podemos chamar a polícia…

— Eles vão contar aos meus pais — ela emenda, de repente. — Eles vão ficar muito bravos. — Ela retorce as mãos, e eu percebo a mancha de rímel debaixo dos olhos.

Pisco para ela por um minuto, perdida.

— Bem, sim, eles vão ficar bravos. Há um homem morto nos meus pés e ele tentou te estuprar. Eles provavelmente vão ficar felizes por você estar bem — acrescento. Passo a língua nos lábios. Minha pele está coçando debaixo das roupas. Acabei de matar um homem, e essa garota me viu fazer isso.

— Qual é a outra opção? — Mary pergunta. Seu nariz está escorrendo. Ela não faz nada para limpá-lo. *Ela está em choque,* avalio.

— Vamos cada uma para um lado e nunca mais falamos nisso.

Ela se vira sem dizer uma palavra e sai do beco, com os braços em volta do corpo.

170

— Ei — ela chama. Olho por cima do ombro. Ela está andando de costas. — Obrigada. — E então sai do beco correndo, seu cabelo chicoteando no ar ao redor.

Quero dizer a ela para ser mais inteligente da próxima vez. Para ficar longe de homens que querem se encontrar com ela em becos. Para definitivamente parar de fugir da casa dos pais no meio da noite. Mas ela se foi, e eu acabei de matar um homem, o sangue dele esfriando no asfalto aos meus pés. *Haverá fibras*, penso. Meu DNA estará nele todo: cabelo, pele, talvez no sangue. Graças a Deus pela chuva. Esta é a chave: cometa um crime na chuva e suas chances de permanecer um homem ou uma mulher livre aumentam de forma significativa.

— Jonas, uma ova — eu digo, puxando meu capuz ao redor do rosto.

O nome dele era Peter Fennet. Tinha 31 anos. *Pervertido.* Guardo sua identidade no bolso, empurro o corpo na lateral de uma caçamba e retiro o dinheiro de sua carteira. Oitenta e seis dólares. Afano o relógio do pulso dele também: faço parecer um roubo. *Vou jogá-lo no* Sound *mais tarde*, penso, colocando-o no bolso. Olho para o corpo uma última vez. Eu não sinto nada. Estranho. Viro o pescoço quando saio do beco. Tenho que parar de matar pessoas.

Atiro o relógio de Peter, o Pervertido, no Sound mais tarde naquele dia. Com um pequeno *plop*, o objeto afunda graciosamente nas águas nebulosas. Espero até ter certeza de que não vai ressurgir como um demônio para me assombrar, então ando até o mercado. Compro frutas, chá de laranja com especiarias e volto para casa — com dores no corpo. Estou cheia de hematomas por baixo da roupa; pareço uma peça de arte abstrata. Peter, o Pervertido, me deu uma boa surra. Mas não foi boa o suficiente. Ele está morto e eu estou viva. Eu estava lá na hora certa para puni-lo, mas qualquer outra pessoa teria feito o mesmo. Faço chá e carrego a caneca para a banheira, onde mergulho na água quente até meus dedos enrugarem. Eu me pergunto se Mary vai contar a alguém. Se vai pensar naquela noite e sempre se perguntar o que teria acontecido se eu não a tivesse ouvido gritar. Ou talvez ela seja como a minha mãe — um tipo de garota "fique calada e não pense nisso". De qualquer maneira, duvido que a veja outra vez. E, por mim, tudo bem.

Puxo meu *laptop* de debaixo do colchão. Tenho medo de alguém roubá-lo. Eu o escondo em um lugar diferente todos os dias, mas, se alguém realmente quisesse, poderia saquear o apartamento e encontrá-lo escondido em algum lugar bastante óbvio. Procuro os sites de notícias para ver se alguém relatou um assassinato em Seattle. Eu me pergunto quanto tempo levará para identificarem Peter Fennet e notificarem a família. Fico imaginando quem o encontrou encostado na lixeira.

E aí está a manchete: "Corpo de homem encontrado perto do Pike Place Market". Só que não era muito perto de Pike Place. A mídia só quer que você saiba que há um assassino em Seattle. *Uma garota loira e feia de Bone, penso.* O artigo é minúsculo, só dá o básico. Um homem não identificado encontrado morto. Na faixa dos 20 e tantos anos a 30 e poucos. Com ferimentos causados por faca e sinais de briga. O artigo termina com o desejo típico por mais informações de qualquer pessoa que tenha visto ou ouvido alguma coisa.

Fico roendo as unhas, pensando em Mary. Ela não sabia meu nome, mas aposto que poderia me identificar entre uma fila de pessoas. Foi estúpido, impulsivo. Eu poderia ter lutado com ele e dado a ela tempo para fugir, então talvez tivesse me afastado. Ilesa, não... mas talvez sem ser procurada pela polícia. Afasto o *laptop* e me deito na cama. Pego no sono, mas tenho pesadelos de estar sendo perseguida por leões sem cabeça por longos becos.

Por volta das quatro da tarde, acordo e escovo os dentes. Como uma laranja sobre a pia e verifico meu computador novamente. Não há mais nada sobre Peter, o Pervertido. Um pouco da tensão deixa meu peito.

36

EU ME LEMBRO DE QUANDO TINHA ACABADO DE ME MUDAR para a cidade; eu pensava que era muito diferente das pessoas ao meu redor. Dizia a mim mesma que estava fingindo me encaixar, mas a vida me ensinou que somos todos impostores. Cada um de nós. Nascemos prontos para nos desenvolver, para encontrar um lugar onde nos sintamos confortáveis. Quer seja para nos encaixar com os *geeks*, os atletas ou os assassinos a sangue-frio. Não há nada de novo sob o sol. Nada de novo que possamos criar ou inventar. Lidamos com nossos gostos e desgostos, com quem queremos agradar, o que queremos vestir e dirigir. Nossos interesses, sejam eles desenhar pores do sol italianos, jogar videogames ou folhear romances eróticos, são todos entregues a nós por uma sociedade que os produz. Não importa quanto tentemos nos inventar, sempre houve drogados, tatuagens e homens ambiciosos que dominam o mundo. Sempre houve artistas, hippies e noias, e aquela bela e única Madre Teresa, que ilumina a escuridão. Sempre houve assassinos e mães e atletas. Somos todos impostores na vida, descobrindo um pedaço da humanidade com o qual nos relacionamos e que depois podemos abraçar. Acabamos de sair pelo canal do parto e nossos pais começam a nos dizer quem devemos ser, simplesmente por serem eles mesmos. Vemos a vida deles, seus carros, a maneira como interagem, as regras que estabelecem, e as bases para nossa própria vidas são estabelecidas. E quando nossos pais não estão nos moldando, as circunstâncias estão. Somos todos ovelhas, que conseguem emprego e têm bebês, e fazem dieta e tentam esculpir algo especial para nós mesmos usando os corações partidos, as mentes entediadas e as almas feridas que a vida nos entregou. E tudo já foi feito antes, todo o sofrimento, toda a alegria.

E no minuto em que você percebe que somos todos impostores é o momento em que tudo deixa de intimidar você: punição, fracasso e morte. Até as pessoas. Não há nada tão engenhoso a respeito de um humano que tenha simulado bem. Ele é, na verdade, apenas outra alma, talvez mais inteligente, melhor do que você em fracassar. Mas não digno de ao menos um segundo de intimidação.

Seattle é minha cidade. Washington é meu estado. É meu, porque digo que é. E eu tiro vidas porque eu quero. E não temo nada, porque não há mais nada a temer.

Certo dia, estou lendo em um banco quando vejo Doyle andando pela *Second Street* e um jovem magro de óculos arrastando-se atrás dele. O mais recente alvo de Doyle. Ele parece murcho, como uma pipa que não consegue pegar vento. Ele olha constantemente no celular, depois para Doyle, que está conversando e apontando para as coisas ao longo do caminho. O mesmo que fez comigo. Ele apontou locais para tomar café da manhã, lojas de conveniência, os melhores lugares para comprar pão e frutas frescas. Tudo para que você se sinta confortável, acostume-se com a ideia de morar no prédio dele e de se empalar neste bairro. Eu os observo por trás do meu romance, estalando a língua para Doyle.

Depois que passam por mim, abaixo o livro, agora esquecido, e começo a segui-los.

— Eu disse que ia te encontrar — comento em voz baixa, me esgueirando por uma esquina.

Sou a sombra deles enquanto descem a *Second Street* e entram na Madison. E eles não olham na minha direção, apesar de eu estar vestindo uma camisa laranja e calças de couro. Estão indo para o prédio. Eu me pergunto se Doyle o está levando para a mesma unidade que me mostrou. Para que será que ele usou meu dinheiro? Drogas? Aluguel? Um carro? *Quem se importa?* Um ladrão é um ladrão, não importa o que ele faça com o dinheiro.

Doyle usa seu cartão para abrir a porta principal do prédio. O rapaz olha uma vez por cima do ombro antes de segui-lo. Saio do meu esconderijo e seguro a porta antes que ela possa se fechar. Doyle não vai me reconhecer; agora estou diferente, mas eu me escondo nas sombras, ouvindo suas vozes no oco do prédio. Eles pegam o elevador. Eu pego a escada. Penso no que vou dizer a Doyle Boboca enquanto subo, dois degraus de cada vez, lembrando-me de quando não conseguia subir a escada da casa que devora sem ficar sem fôlego. Doyle leva o rapaz a uma unidade diferente no mesmo andar em que ele me levou. Permaneço do lado de fora da porta, ouvindo a conversa deles. Ele quer o primeiro e o último mês de aluguel e mais um depósito de 2 mil dólares. Está deixando barato para esse cara. Um golpe com um desconto de 50%. O rapaz, que Doyle chama de George, parece inseguro. Ele quer falar com a namorada. Precisa pedir ajuda aos pais para fazer o depósito. Doyle diz que ele precisa se apressar. Existem outras pessoas interessadas. Eu abro a porta.

— Tipo eu — anuncio.

Ambos se viram e olham para mim ao mesmo tempo.

— Ei — eu digo para George. — Esse cara na verdade é um ás do golpe. Acho que você não vai querer dar seu dinheiro para ele.

George ri de início, como se eu tivesse contado uma piada muito boa. Mas, quando não rio com ele, suas sobrancelhas muito finas formam triângulos afiados sobre os óculos.

— Vá, vá — eu digo. — A menos que você queira perder 12 mil dólares como eu.

Ele lança um olhar ruborizado para Doyle antes de correr para a porta.

— Ei, George — eu chamo. — O melhor lugar para comprar pão é na Union e na Fourth. Não dê ouvidos a esse palhaço.

Assim que ouço o som do elevador, fecho a porta e sorrio ansiosa para Doyle.

— Oi, e aí? Lembra de mim?

Seus olhos disparam de um lado para o outro, como um rato encurralado. Ele parece estúpido. Não posso acreditar que caí no discurso de vendas desse cara. Doyle, o Idiota. Ele olha para a porta enquanto eu olho pelo apartamento. É legal. Bem legal. Melhor do que aquele com o qual ele me enganou. A cozinha é pequena, mas há bancadas de granito, e os armários parecem novos. Sinto o cheiro de tinta fresca e de carpetes recém-colocados.

— Quem é o dono deste lugar, Doyle?

Ele caminha na direção da porta, um olhar de "dane-se, não estou nem aí" no rosto, mas eu tiro a arma que uso em meio período. Não gosto de usá-la; é uma arma muito deselegante: barulhenta, balas de prata, pretensiosa. Eu a carrego comigo nas noites em que trabalho até tarde, coloco na bolsa, que guardo no escritório do gerente, depois transfiro para o cós do meu jeans, no banheiro, antes de fazer a caminhada para casa… só por precaução. A gente nunca é cuidadoso demais com todos esses psicopatas andando por aí.

Doyle vê o metal preto na minha mão e para de repente. É incrível o que uma pequena arma pode fazer com as pessoas. Eu queimei uma mulher viva, mas ninguém sente os olhos encherem de lágrimas diante de um isqueiro cor-de-rosa.

— Doyle — eu digo. — Algum problema? Você parece meio pálido.

Ele balança a cabeça. Posso ver uma linha fina de suor se formando em sua testa. Eu odeio os que suam na testa. Muito nojento.

— Eu definitivamente te fiz uma pergunta, Doyle. Eu sou a garota que está segurando a arma, então você pode querer me responder.

O pomo de adão de Doyle sobe até a garganta antes de ele responder:

— Sim, é meu.

Faço um sinal afirmativo, satisfeita. Isso facilitará as coisas.

— Você é dono de quantos neste prédio?

— Três.

— E entre um inquilino e outro, isto é, seus verdadeiros inquilinos, você faz com que as pessoas acreditem que vai alugar os apartamentos para elas?

— Bem, meu pai é o dono — diz ele. — Olha, moça, só estou tentando ganhar um dinheirinho extra. Meu velho aluga e eu não tenho nada, mas ele me manda fazer todo o trabalho por ele.

— Ah, puxa! Doyle… Você realmente acabou de me contar essa história e espera que eu tenha pena de você?

Imbecil idiota.

Ando pela sala, espio pela janela. Há uma bela vista da cidade.

— Por quanto o seu velho aluga isso aqui?

— Três mil por mês.

— Caramba. Mas ouvi você dizer ao George que você faria para ele por mil.

Doyle pisca para mim. Fica evidente que ele não está acompanhando meu jogo.

— Fico com ele por mil — eu digo. — E me dê o número do George; vou precisar que ele subloque o meu apartamento atual. Obviamente, não vou precisar de um depósito porque você tirou 12 mil dólares de mim.

Começo mentalmente a arrumar minha mobília pela sala: o sofá da minha vizinha, a mesa de cozinha que comprei na Target e puxei pela rua na caixa, sozinha. É quando Doyle decide recusar minha oferta com uma voz trêmula, indignada.

— Você é louca pra caralho.

Dou risada.

— Vou te falar uma coisa, Doyle. Sim. Eu sou. Mas você roubou 12 mil dólares de uma pessoa louca. O que isso faz de você? Você é o verdadeiro louco filho da puta. Entende o que eu quero dizer? Eu odiaria estar na sua pele agora, Doyle. Porque sou eu que tenho a arma, mas ainda mais importante que isso: eu tenho essa personalidade realmente vingativa. Meu Deus, você deveria ver como eu sou vingativa.

Doyle não parece absorver o que estou dizendo. Ele está procurando uma saída, seu cérebro pequeno está produzindo ideias para me manipular. Posso ver isso em seus olhos lacrimosos. Ando alguns passos em direção a ele.

Pá.

Bato na cara dele com a coronha do revólver.

O grito de Doyle é abafado quando ele põe a mão no nariz, que está respingando quantidades vigorosas de sangue através de seus dedos, e se debruça.

— Puta. Que. Pariu.

— Puta que pariu, isso mesmo. Você nem viu acontecer! Precisa prestar mais atenção.

Eu o deixo se acalmar um pouco enquanto espero encostada na janela. Gosto da vista daqui. É muito Seattle: água, neblina, balsas, guarda-sóis balançando. Pacífica. Vou gostar de viver aqui. É muito diferente da casa que devora. Sinto um profundo contentamento sabendo que será meu.

— Então, Doyle — continuo. — Diga ao Papai Doyle que o lugar foi alugado por qualquer preço que ele alugue. Então se vire. Me dê sua habilitação — peço, acenando a arma para ele.

Fico cansada de segurar a arma. Não fui feita para o estilo de vida criminoso. Doyle põe a mão no bolso e tira uma carteira do Batman, ainda tentando tapar o fluxo de sangue com a manga do casaco fino. Reviro os olhos. Ele a joga para mim e eu pego e abro. *Isso mesmo! Seu nome verdadeiro é Brian. Brian Marcus Ritter. Mora na Sycamore Lane, 22.* Leio tudo isso para ele. Que imbecil e cretino.

— Agora eu sei onde você mora, Doyle — eu digo.

Pego um cartão de visita da carteira dele. Ritter Enterprises. Seu pai é um empreiteiro. Coloco o cartão no bolso de trás sem tirar os olhos dele.

— Vou ter que ir à polícia e, é claro, o Papai Ritter, se você não puder atender ao meu pedido — eu digo alegremente. — Tenho certeza de que posso encontrar outras pessoas que sofreram golpe para embasar a minha história. Fraude vai te dar pelo menos 7 anos!

Doyle — ou Brian — parece… encurralado. Ele também parece estar prestes a chorar, o suor da testa se espessando como uma mistura de farinha. Mas ele está preso. Preso e indefeso. E fui eu que o encurralei.

37

ALGUMAS SEMANAS DEPOIS, JUDAH ME ENVIA UM
e-mail. Ele quer que eu o visite na Califórnia. *Danem-se os pinheiros*, diz ele.
Venha ver as palmeiras! Mas não estou interessada nas palmeiras; eu só preciso sair de Seattle por alguns dias. Às vezes, sinto que o fantasma de Peter
Fennet está me perseguindo pela cidade.

Passo muito tempo me perguntando por que desta vez é diferente —
por que, depois que matei Lyndee e Vola, nunca tive pesadelos. Eu me pergunto se é porque matei Peter Fennet *antes que* ele tivesse a chance de
cometer o crime.

Eu digo a Judah que irei, e ele me compra uma passagem. No terceiro
fim de semana de junho, embarco em um avião para Los Angeles com minha mochila de viagem recém-comprada. Nunca andei de avião antes e tenho que perguntar a estranhos o que fazer.

— Onde fica o portão B?

— Eu espero na fila agora? Ou eles vão me chamar pelo nome quando
for a hora de embarcar?

— Posso colocar minha bolsa em qualquer lugar, ou há um espaço designado para mim?

Os comissários de bordo ficam frustrados comigo, e os passageiros
olham com ar compreensivo quando pergunto se há um banheiro separado
para as mulheres. É tudo um pesadelo até eu desembarcar e caminhar em
direção à esteira de bagagens onde Judah está esperando por mim. Eu corro
para abraçá-lo, caindo de joelhos e jogando meus braços em volta do seu
pescoço.

— Oi, Margô — ele sussurra no meu cabelo. — Senti sua falta.

— Me leve para a sua casa — eu digo, me levantando. E então: — Como
vamos fazer para chegar lá?

— De táxi — diz ele. — Minha casa não é longe daqui.

Ele diz *minha casa*, mas há algo no tom de sua voz que indica que não é apenas a casa *dele*.

Judah tem uma namorada. Seu nome é Erin, um nome horrivelmente andrógino, com muitas grafias hippies diferentes: Aaron, Eryn, Errin, Erinn, Aryn, todas com a mesma pronúncia. Eu a odeio à primeira vista — toda esbelta, feminina, com seu quase 1,70 metro. Embora, como se vê, seu nome seja escrito da forma normal: E-r-i-n. Ela é ágil e magra, os ossos nos pulsos tão frágeis e delicados, tanto que eu poderia quebrá-los com um aperto firme da minha mão. Eu me vejo fazendo isso toda vez que ela toca em Judah. Ela tem tatuagens e um *piercing* na sobrancelha e na língua, e usa roupas cujo único propósito é dizer: *Eu sou um espírito livre*. Olho seu cabelo preto como breu, que ela ajeita em um nó bagunçado encantador em cima da cabeça, e odeio o loiro quase branco do meu próprio cabelo. Erin é enfermeira, então ela tem aquela coisa naturalmente atenciosa para tudo. Muito irritante. Seu irmão é cego, então suponho que ela tenha um fraco por homens deficientes.

Ela finge não ver a cadeira de rodas. Isso é o que na verdade me incomoda; ela age como se ele fosse apenas um cara normal, com pernas normais.

— Vamos levar Margô ao mercado dos produtores hoje. Vamos dar um passeio na praia. Vamos andar na roda-gigante.

Ao que Judah precisa ficar lembrando a ela que não tem as rodas certas na cadeira para andar na areia, e que o calçadão perto da roda-gigante não tem um bom acesso para cadeiras de rodas, e que o mercado dos produtores fica tão lotado aos sábados que na última vez em que foram eles tiveram que sair por falta de espaço na calçada. Ela sussurra para mim que Judah pode fazer qualquer coisa que a gente possa fazer, mas ele só precisa de encorajamento, e depois pisca para mim de um jeito conspiratório. *Não, ele não pode*, eu quero dizer. *É por isso que é uma merda*. Não estou dizendo para tratar o cara de forma diferente; apenas tratar as situações de maneira diferente. Ele tem uma maldita limitação.

Mas Judah parece gostar do otimismo de seu novo mundo, dispensando as tentativas de fazê-lo se sentir normal com um tapinha na bunda dela e um sorriso. Brincam de um lado para o outro, e, se eu não fosse tão ciumenta, seria uma daquelas coisas fofas que você sonharia em ter um dia.

— Não preciso fazer nada, pessoal, sério. Eu só estou aqui para ver... para visitar vocês. Vocês não precisam me entreter.

No meu terceiro dia aqui, Erin decide nos levar para jantar no cais em seu pequeno Toyota que peida mais do que anda e cheira estranhamente a giz de cera. No meio do caminho para o restaurante, seu irmão liga.

— Sim, Joey — diz ela. — É claro que posso... Agora mesmo. Ok.

Ela desliga e nos diz que a carona dele pulou fora, e que ela precisa levá-lo para a sessão de terapia.

— Se ele não vai à terapia, fica superdeprimido — ela explica.

— Você deveria levá-lo — encoraja Judah. De repente eu me alegro no banco de trás com a ideia de me livrar de Erin por esta noite.

— Vou deixar vocês no restaurante e passo para buscá-los depois — diz ela.

— Não precisa — Judah responde. — Vá com o Joey. A gente pega um táxi para casa.

Erin beija Judah nos lábios, e vai embora, deixando-nos do lado de fora do The Organic Vixen.

— Quer ir a outro lugar? — pergunta Judah.

— O quê? Você não curte coisas hippies e orgânicas e essas merdas?

— E essas merdas — diz Judah. — Vamos comer uma pizza.

Empurro sua cadeira ao longo do píer até encontrarmos um desses lugares que vendem por fatia. Levo nossas fatias até a mesa em pratos de papel mole e deslizo no banco em frente a ele.

— Às vezes — diz ele —, sinto falta de Bone.

— Você não sente — digo, mordendo minha fatia. O queijo queima o céu da boca e eu pego minha Coca-Cola.

— Sério, Margô. Você não sente falta nem às vezes?

Balanço a cabeça.

— O que há para sentir falta lá, Judah? A pobreza? O lixo? Os olhos mortos que todos exibem por todo lado?

— É a nossa casa. Existe alguma coisa nisso.

— Coisas ruins aconteceram lá. Coisas que me mudaram. Eu não vejo assim.

— Sua mãe? — pergunta ele. — Nevaeh? O que mais?

Ele está me pressionando. É por isso que ele me trouxe aqui?

Coloco a pizza no prato, limpo os dedos em um guardanapo, tentando evitar seus olhos.

— O que você está querendo saber?

Ele olha em volta para se certificar de que ninguém está ouvindo, então se inclina.

— Lyndee — diz ele. — Você sabe o que aconteceu com ela?

— Alguém a matou — respondo categórica. — É o que ela merecia.

Judah recua como se eu o tivesse esbofeteado.

— O que ela merecia?

— Ela matou Nevaeh — eu digo com naturalidade.

— Como você sabe?

Eu hesito. Não sei quanto Judah pode suportar... quanto ele já descobriu.

— Porque ela me disse — respondo.

Ele lambe os lábios.

— Margô, você fez alguma coisa com a Lyndee?

Eu me levanto, sobretudo porque ele não pode me seguir, e dou alguns passos para trás. Coisas passam pela minha mente: olhares, testas franzidas, olhos estreitos. Todas as vezes em que Judah estava mentalmente compilando dados para compor um caso contra mim. Todas as vezes em que ele estava certo.

— Pare com isso — eu o aviso. — Isso não é algo sobre o que você queira conversar. Acredite em mim.

— Eu quero falar sobre isso — diz ele. — Você fez alguma coisa...

Essa é a sensação de ser descoberta. Não consigo decidir se gosto ou não. Há também a questão de me defender... ou não. Não, eu decido. Eu começo a me afastar.

— Margô, espere!

Mas eu não espero. Ele sabe demais. Ele não vai à polícia... pelo menos eu não acho que vá. Preciso manter minha distância. Fazê-lo pensar que ele é louco. Meu coração dispara com medo dentro do meu peito. Meu estômago está azedo. Meu cérebro está trabalhando devagar — *choque*, penso. *Você não achou que ele realmente fosse descobrir.* E se tivesse sido qualquer outra pessoa, eu não teria me importado: minha mãe, ou Delaney, ou Sandy. Mas é Judah, a única pessoa em todo o mundo que eu admiro, e ele está olhando para mim como se eu fosse uma aberração de circo de horrores.

Eu me viro e corro. Estou com a minha carteira; isso é tudo o que preciso. Deixo minha mala no apartamento que ele divide com a andrógina chamada Erin e pego um táxi para o aeroporto. Tchau, tchau, tchau. É o fim de uma era, o fim de um relacionamento. Esta será a última vez que vou fazer contato com Judah, ou permitir que ele faça contato comigo.

38

ENTRO NO MEU NOVO APARTAMENTO DUAS SEMANAS depois. Não sei o que Doyle/Brian disse ao pai, e não me importo. Vi o medo em seus olhos quando esmaguei seu nariz com a arma e ouvi o *crack*, e isso foi bom o suficiente para mim. Ele faria o que eu mandasse… por um tempo, pelo menos. E aí ele vai começar a pensar em como pode foder comigo, mas isso não acontecerá em um futuro próximo. Levará meses até seu cérebro de alfinetes elaborar um plano.

Enquanto isso, vou curtir meu novo apartamento. Levar a vida um dia de cada vez. Usar a escada em vez do elevador. Faço longas caminhadas. Sempre em um lugar novo. Às vezes, eu dirijo trinta minutos… quarenta… só para ir a um novo parque, a um novo caminho. Uma nova caminhada. Não sei do que estou com medo. De que pessoas me reconheçam? Havia uma velhinha no parque perto do meu apartamento. Andei lá todos os dias até que ela começou a dizer olá. Então escolhi um parque diferente, um parque novo, até que alguém lá começou a acenar para mim. Quando as pessoas olham para mim, estou convencida de que podem ver o sangue. O sangue de todos os seres humanos cuja vida eu tomei. Escorrendo pelo meu rosto e pelas pontas dos meus dedos, como Carrie, a estranha, quando Chris e Billy jogam o sangue do porco sobre a cabeça dela. Tenho muito medo de que alguém me enxergue como eu sou.

Penso em Judah. Sempre. Em suas mãos, em seus olhos, em sua voz. Se o mantenho comigo, não sinto tanto medo. Acho que me convenci de que Judah pode me salvar, mas não foi Judah quem me mandou fugir em primeiro lugar? Criamos nossos próprios heróis e depois os matamos com a verdade? Judah é apenas um homem, não o deus que eu fiz dele. Se eu puder lhe dizer isso, então talvez…

Uma coisa estranha acontece. Há um homem — um homem não tão pequeno; na verdade, ele é bem grande nos ombros. Eu o vejo no parque que estou frequentando mais recentemente. O parque com um parquinho infantil: um navio pirata gigante que se eleva da terra, um navio naufragado colorido onde as crianças podem virar blocos com letras do alfabeto e olhar através de uma luneta na direção do monte Rainier. Suas pernas vestidas de tons coloridos correm para cima e para baixo, gritando, rindo e correndo umas ao redor das outras.

Ele está em pé contra uma árvore, fumando. Há algo sobre sua linguagem corporal que me diz que ele não pertence àquele lugar. Ele está apenas observando. Sigo a direção dos seus olhos. Ele não está observando as crianças, graças a Deus. Sinto a tensão deixar meus ombros quando percebo isso. Ele está observando o grupo de mães. Intensamente. Isso também pode ser inofensivo — um marido tentando chamar a atenção da esposa, um homem que acha que reconhece alguém do passado. Percorro cada cenário possível na minha cabeça, mas nada do que eu afirme para mim mesma pode salvá-lo. Ele está puxando os fiozinhos de cabelo na nuca, fazendo meu estômago doer. Começo a ouvir aquele alarme silencioso, o mesmo que ouvi quando observei Lyndee durante todos aqueles meses. *Você é louca*, eu digo para mim mesma. *Você está procurando coisas.*

Eu me viro, começo a sair, mas estou a meio caminho do carro quando paro. Os homens que pagavam por uma noite com a minha mãe… olhavam para ela daquele jeito. Do jeito que ele estava olhando para uma daquelas mulheres, com luxúria declarada. Como se ela fosse um objeto que ele pudesse usar. *Usar.* Sinto minha pele se arrepiar. Meu coração fica mais lento. *Meudeusmeudeusmeudeus.* O que estou pensando? Não posso ir embora. Pego o caminho mais longo — entre as árvores — e o tempo todo eu me acuso de ser louca. Tento me fazer parar, voltar para o jipe, me esconder no meu apartamento com filmes. Tenho muitos filmes que ainda preciso ver, estou assistindo aos anos 80: Molly Ringwald, Emilio Estevez, Julia Roberts…

Posso ver suas costas, as pontas de cigarro ao redor de seus tênis no chão. Ele vem aqui com frequência. Ele está fumando um cigarro atrás do outro. Procuro o pacote. Quero saber o que ele fuma, se é um cigarro do tipo saudável. Não sei exatamente o que estou fazendo. Acho que só quero observá-lo observando-a. *Observar quem?* Analiso o parquinho, as mães. Ele está olhando para um banco onde três mulheres estão sentadas. Duas loiras, uma morena.

Qual delas, seu merda?

Fico lá por mais dez minutos antes de ele se mexer. Eu me abaixei atrás de uma amoreira silvestre carregada, enquanto ele apaga seu último cigarro, lança mais um olhar por cima do ombro e caminha de volta pela trilha. Ele é barulhento, quebra galhos e pisoteia. Mas não tem motivos para fazer silêncio, porque não fez nada de errado. Quando ele se vai, olho para o banco. A morena. Ela está indo embora com os filhos, agarrando-os pelas mãos enquanto tentam fugir e correr de volta para o parquinho. Eu sorrio porque é engraçado de ver. Então olho para trás na direção para onde ele foi.

— Quando você não tem nada, você não tem nada a perder, certo? — sussurro sozinha.

Eu o sigo.

Seu carro — um Nissan azul-escuro. Comum. Então eu o sigo até a loja de conveniência, onde ele compra mais cigarro. Ele não fuma os saudáveis. Apenas o velho Camel lixo. Estou decepcionada. Ele segue para a 405, preguiçoso, como se tivesse todo o tempo do mundo. Alguns carros buzinam para ele e o ultrapassam em maior velocidade. Ele mostra o dedo do meio para um; para o outro, ele acena. Ele vai para o sul. *O que há no sul?* Burien… Federal Way… Tacoma… Ainda estou aqui — três carros para trás, dois carros ao lado. Estou pronta para cruzar três pistas se ele decidir sair da rodovia. Ele sai em Lacey; até liga a seta para facilitar as coisas para mim.

— Nossa, obrigada — comento.

Cuido para ficar sempre a alguns carros de distância. Três à direita e um à esquerda. Eu o sigo por mais alguns quilômetros, até que ele desce uma entrada particular, coberta de mato e salpicada de lixo. Continuo dirigindo. Está quase escuro. Estaciono em um posto de gasolina depois de percorrer 1,5 quilômetro da estrada. Entro, compro um maço de Camel. Pergunto ao cara que trabalha no caixa se posso deixar meu carro ali por alguns minutos. Vi uma casa à venda e queria voltar um tanto pelo caminho para dar uma olhada. Ele está tão chapado que não se importa. Acendo o cigarro com meu isqueiro rosa enquanto ando. Tem gosto de trigo.

Eu me concentro no cascalho debaixo das minhas botas — meu som favorito. Estou calma, porque ainda não sei o que estou fazendo. Sem o coração disparado, sem a respiração irregular. Só eu e esse cascalho incrível. Estou perseguindo esse cara sem um bom motivo. Isso faz de mim louca, não faz? Talvez não. Talvez eu esteja apenas curiosa.

Ele vive em uma casa. Número 999. Dois andares. Seu Nissan azul é o único na entrada. Há uma luz no andar de cima. O quarto? Observo por alguns minutos antes de ficar entediada. Sua caixa de correio fica na rua.

184

Passo no caminho de terra que leva à garagem dele e abro a lingueta. Obviamente, ele não se importa em pegar a correspondência, pois a caixa está cheia de panfletos, catálogos... procuro uma conta.

— Sr. Leroy Ashley — digo baixinho.

Pego seu extrato bancário... e um catálogo... e um DVD que ele alugou pelo correio, colocando-os na parte de trás do meu jeans.

Esmago o cascalho no caminho de volta ao meu carro, cantarolando baixinho para mim mesma.

— Agora eu sei onde você mora e tenho um novo filme para assistir.

Como acabou se mostrando, Leroy Ashley tem um péssimo gosto para filmes. Assisto à coisa toda mesmo assim — um filme de ficção científica sobre alienígenas engravidando humanas. *Credo, que nojo, Leroy.* Eu viro o rosto quando uma das personagens faz um aborto em si mesma. Ao fim do filme, como o resto da minha pipoca enquanto leio o extrato do cartão de crédito de Leroy.

Lanchonete, lanchonete, lanchonete. Há algumas compras grandes em lojas de artigos esportivos de uma rede. Um desses lugares grandes que vendem armas, barracas e roupas. Há algumas compras de uma empresa chamada Companhia. Os valores variados me dizem que ele provavelmente faz ligações para algum tipo de serviço de telessexo.

— Você pede uma morena, Leroy? — pergunto em voz alta.

Coloco a primeira página da fatura de lado e começo a percorrer a segunda. Há uma cobrança do Mercedes Hospital de 420 dólares. Diretamente abaixo desta, uma conta de farmácia.

— Hummm — murmuro. — O que há no seu armário de remédios, seu idiota?

O catálogo é da Victoria's Secret. A menos que Leroy tenha uma esposa, ou use sutiã nas horas vagas, entendo que ele usa o catálogo quando não está usando o disque-sexo.

— Eu não estou te julgando ainda — digo a ele. — Sóóóó dando uma olhada.

É assim que acontece, não é? Fico fascinada por alguém e depois persigo a pessoa. *Stalker* é uma palavra dura. *Seguir?* Sim, eu os sigo por um tempo. Só para ter certeza... sou supercautelosa desse jeito.

Esfrego os olhos. Estou com um humor estranho. Eu penso em Judah para me trazer para mim mesma.

39

LEROY ASHLEY FAZ A MESMA COISA TODOS OS DIAS. Ele fuma na varanda assim que acorda — um baseado, não um cigarro. Cigarros vêm depois do café da manhã, quando ele está vestido com sua calça cáqui e camisa polo. Pelo que encontro em seu lixo, ele gosta de waffles congelados de mirtilo e suco de laranja enlatado — do tipo que você mistura em um jarro com água. Ele usa uma caixa de waffles a cada dois dias, dobra as caixas vazias em vez de rasgá-las. Depois que leva seu lixo para os enormes latões que mantém ao lado da casa, entra no carro e dirige para o trabalho. Ele é metódico ao ponto da obsessão. O trabalho para Leroy é a gigantesca loja de pesca e caça da rodovia. Trabalha no departamento de *camping*, sugerindo barracas e equipamentos para os pais que tentam se relacionar com os filhos, levando as compras até o caixa e apertando mãos antes de sair. No almoço, ele come na cafeteria da loja, pede sopa, um sanduíche e um pedaço de doce para a sobremesa. Não está acima do peso, mas é um cara grande e abusa dos carboidratos. Depois do trabalho, dirige para o parque onde eu o vi pela primeira vez. Ele gasta cerca de duas horas lá, de pé contra a mesma árvore, fumando seus Camels. Observa as mães do outro lado. Às vezes, eu vou ao parque e me inclino contra a árvore quando ele não está lá. Há uma dispersão de pontas de cigarro em torno das raízes. Eu tento entendê-lo, ver o que ele vê.

Quando ele sai do parque, para primeiro em um posto de gasolina para comprar mais cigarros, depois em um pequeno bar a alguns quilômetros de sua casa, chamado The Joe. Bebe algumas cervejas enquanto coça a barriga e conversa com os outros clientes. Ele não é excessivamente animado, nem falante demais. Apenas alguém que você poderia esquecer. Eu me pergunto como os outros o veem. *Cara legal. Gente boa.*

A cada dois dias, ele para no grande supermercado de uma rede. Nunca compra muita coisa, apenas o suficiente para aguentar por mais dois dias. *Ele precisa da rotina*, avalio. Confia no mercado, assim como confia em ficar chapado de manhã. Isso lhe dá propósito. Depois disso, instala-se em casa. Nunca vi o interior do sobrado, mas a meticulosa disposição de suas pontas de cigarro e a dobra de caixas de papelão me fazem pensar que ele gosta da ordem de sua casa. Fora de seu santuário pessoal, ele está disposto a descartar as pontas de cigarro no chão. Se não é dele, ele está disposto a destruir. Dá para ver o brilho da televisão através de suas cortinas. O que ele vê, eu não sei. Nunca me senti inclinada a espreitar através de suas cortinas para dar uma olhada. Temo que ele veja meu reflexo na televisão, ou tenha a sensação de que alguém o está observando e saia correndo de casa. Isso arruinaria tudo. Ele come refeições de micro-ondas no jantar: carne assada, peru recheado com macarrão e queijo para acompanhar. Eu encontro as caixas no lixo — tudo dobrado em pequenos quadrados de 5 centímetros. Eu compro as mesmas refeições no supermercado da minha região e tento dobrar as embalagens como ele faz. Não consigo deixar menores que um cartão de aniversário. Eu como o que ele come, eu fumo o que ele fuma, eu sou ele. Está muito longe dos dias que passei espionando Lyndee Anthony.

Leroy muda sua rotina assim que o tempo fica úmido e o ar começa a acumular o frio do inverno. Ele para de ir ao parque. No começo, acho que aconteceu alguma coisa — está doente ou tendo problemas com o carro. Espero por ele no parque no horário normal, até notar que os brinquedos e os balanços estão vazios. Essa foi a sua rotina de verão, percebo. As mães começaram a hibernação do inverno. Onde isso deixa Leroy? No dia seguinte, espero por ele perto de sua casa, atrás de um bosque onde escondo meu carro. Ele sai da garagem pouco antes das duas e se dirige para uma casa no bairro Queen Anne: um sobrado reformado azul. Estou curiosa para saber quem mora na casa.

Sigo-o no meu Honda preto comum que paguei em dinheiro na semana anterior. Ter um carro extra, aquele que se mistura na multidão, é importante para a minha causa. Estaciono a certa distância, e observamos a casa juntos.

Por volta das quatro horas, o tempo que costumamos passar no parque, a mulher de cabelos castanhos e ondulados sai pela porta. Ela está carregando seus dois filhos com ela, como de costume, todos os três usando capas de chuva iguais da North Face. Não me surpreende que ele saiba onde ela mora; afinal, eu tenho revirado seu lixo há meses agora. Ela os coloca no carro, e Leroy e eu a seguimos obedientes. *É como uma mãe e seus patinhos psicóticos*, penso.

Ela estaciona na garagem superior do shopping e leva os filhos para dentro enquanto eles brigam, se afastam dela e correm na frente. Leroy e eu a seguimos. Ele se senta do lado de fora de uma loja de departamentos, observando a área do parquinho coberto, só que sem os Camels. Em vez disso, ele segura um copo de isopor com café e um jornal que tirou do lixo. Pego a escada rolante para o segundo andar e olho os dois de cima. Como é que ela nunca notou esse homem persistente, aparecendo nos lugares que ela frequenta com os filhos?

Eu tenho, em numerosas ocasiões, cogitado a ideia de que Leroy é um parente distante, ou ex-marido da mulher. Talvez sejam os filhos dele. Talvez Leroy seja um detetive particular contratado pelo marido paranoico, pago para acompanhar o que ela faz no dia a dia. Será que a gente consegue ficar tão perdida no próprio mundo que não consegue notar quanto esse mundo coincide com o de um homem doente? De qualquer maneira, vou ser os olhos dela. Não vou deixá-lo machucar a mulher nem os filhos dela. Eu vou machucá-lo primeiro. Não haverá mais Nevaehs Anthonys onde eu puder vigiar.

Mas ela se machuca, a mulher de cabelos ondulados que o noticiário chama de Jane Doe. Eles não mostram seu rosto; em vez disso, a câmera dá um zoom nas mãos, e eu reconheço o anel cravejado de diamantes que ela usa no polegar. O homem que a agrediu sexualmente ainda está à solta. Quando ligo o noticiário e vejo a história, todo o meu corpo começa a tremer. Isso é culpa minha. Eu tinha que ter analisado. Eu deveria ter tirado folga para observá-lo com mais cuidado. Eu me sento e pressiono as mãos entre os joelhos para mantê-los imóveis. O repórter está parado na frente do estacionamento de um shopping local. Eu o reconheço como aquele onde Leroy a observava. *O estuprador, um homem que ela descreve como tendo uns 30 e tantos anos, a sequestrou aqui no estacionamento deste shopping movimentado, forçou-a a entrar no porta-malas do próprio carro e a levou dali em seguida. Ele a levou para um parque a duas horas de distância, onde a agrediu de maneira brutal por horas, e então simplesmente se afastou sem que ela visse seu rosto.*

Desligo a televisão. Isso é culpa minha. Eu sabia o que ele planejava fazer, e poderia tê-lo parado. *Como?*, eu me pergunto. *Ao dizer à polícia que eu estava perseguindo um homem que estava perseguindo uma mulher?* Talvez os policiais tivessem me dado ouvidos, enviado uma viatura para investigar, mas, sem provas, sem o crime, nada poderia ser feito.

Penso em um filme a que assisti com Judah, em que Tom Cruise faz parte de uma unidade de crime especializado que previne o crime com base nos conhecimentos prévios do fato. As discussões que o filme provocou entre nós foram acaloradas. Eu achava que impedir um crime antes de acontecer era engenhoso. Judah insistiu que a tirania sempre vinha envolta na boa intenção de alguém.

— Qualquer um de nós *poderia* fazer algo errado. Deveríamos ser presos, e possivelmente executados, com base no que *poderíamos* fazer? Imagine como isso seria na vida real. Você gostaria de viver nessa sociedade?

Ele tinha razão. E eu pensava sobre seu discurso enquanto seguia Leroy pela cidade, esperando que ele fizesse algo ruim, para que eu tivesse uma razão para castigá-lo.

Pego o telefone e ligo para o número que a repórter dá no final da reportagem. É uma linha direta de crime; é um homem que atende a ligação. Sua voz é estridente e nervosa. Isso me desconcerta e, nos primeiros minutos da ligação, me vejo tropeçando com as palavras, parecendo tão insegura quanto ele.

— Tenho informações sobre a reportagem. Quero dizer, a história do estupro que acabou de passar na TV — explico.

Antes que possamos ir mais longe, ele pergunta se eu quero fazer uma denúncia anônima, ou se ele pode pegar meus dados.

— Eu não sei — digo a ele.

Eu não quero que nada se volte contra mim no final.

— Acho que eles podem entrar em contato comigo se precisarem.

Assim que ele tem tudo de que precisa, eu falo sobre Leroy. Como eu o vi seguindo uma mulher até o shopping. E, mesmo quando estou falando, posso ouvir quanto minha história parece ridícula. Quando ele me pergunta por que eu estava seguindo Leroy, eu digo que era porque ele parecia um estuprador. Há uma longa pausa do lado de lá da linha.

— Alô...? — pergunto.

— Sim, estou aqui. Eu só estava anotando tudo isso.

Eu o imagino revirando os olhos, compartilhando a história mais tarde com seus colegas de trabalho. *Uma garota ligou, convencida de que estava perseguindo um estuprador.* Outra maluca ligando e querendo se sentir importante. Mandando a polícia numa perseguição sem sentido, desperdiçando o dinheiro dos contribuintes. Desligo antes de terminar. Isso é minha culpa, e preciso resolver antes que Leroy Ashley comece seu ritual novamente.

Eu mesma vou cuidar dele.

Saio para ver a mulher de cabelos ondulados. Não para ver à maneira das pessoas normais: batendo na porta e sendo convidada para um café. Vigio a casa dela durante dias, estacionada debaixo das glicínias do outro lado da rua, com café fresco e puro no porta-copos ao meu lado. Carros vêm e vão — família, amigos, entregadores de pizza. Li o livro que eu trouxe, um *best-seller* de que todo mundo está falando. Mas a cada poucos minutos meus olhos se afastam das palavras para ver se ela aparece.

Não a vejo até uma semana depois, quando ela caminha até a caixa de correio. Eu me lembro dela antes, despreocupada e feliz, com sorrisos fáceis para os filhos cheios de saúde. Ela gostava de usar vestidos em padrões geométricos coloridos, calças verde-limão e batas. Mas, quando a vejo agora, ela não é como no passado. De moletom e um jeans desbotado, ela prende o cabelo no alto da cabeça. Seu rosto é pálido e medroso. Antes de tirar a correspondência da caixa de correio, ela olha para a esquerda e para a direita como se estivesse procurando um predador, depois volta correndo para a casa. A raiva me inunda. O que eu vim aqui confirmar? Que Leroy a tinha destruído o suficiente para justificar que eu o castigasse?

Estou respirando com dificuldade, lágrimas caindo dos olhos. Os livros didáticos dizem que um sociopata é uma pessoa desprovida de emoções. Passei horas me comparando com as informações que o Manual Diagnóstico e Estatístico de Transtornos Mentais e os sites de psicologia fornecem. Tenho sabatinado meus professores até eles me incentivarem a continuar meus estudos e a fazer minha própria pesquisa.

Li e reli biografias sobre Robert Yates Jr., Ted Bundy, Gary L. Ridgway e John Allen Muhammad — todos residentes de Washington. Assassinos em série nascidos e criados a quilômetros de distância de onde eu nasci e me criei. Examinei minha própria alma, repetidas vezes, procurando entender a facilidade com a qual eu levo a vida. Imaginando se há assassinato na água que bebemos. E, depois de tudo isso, encontrei em mim estas verdades: eu mato porque posso. Eu mato porque ninguém me detém. Eu mato porque ninguém os está detendo. Eu mato para proteger os inocentes.

40

QUANDO EU ERA CRIANÇA, NÃO CAPTURAVA E MATAVA pequenos animais. Sinto-me reconfortada ao me lembrar disso enquanto capturo e mato animais grandes e sem alma, me assegurando de que não sou como eles — os Dahmer, os DeSalvo e os Cole do mundo. Que, quando crianças, atiravam flechas em animais, empalavam a cabeça em varetas e colocavam fogos de artifício no reto... só porque sim. Só porque sim. Eles cresceram para matar os inocentes. Eu não mato porque sim. Eu executo os malvados. Pessoas que não devem ter lugar entre os vivos, compartilhando o planeta com aqueles que estão tentando sobreviver — tornando isso mais difícil.

Começo a planejar de novo, da mesma forma que planejei com Lyndee. Lyndee, cuja assassina ainda está à solta. Procuro uma consciência, procuro culpa. Estão perdidas.

Ao contrário de Lady Gaga, que declarou sua ascendência através das emissoras de rádio, com milhões balançando a cabeça ao ritmo do hino da sociopatia, eu não nasci assim. Eu não nasci com a capacidade de matar. A vida trouxe isso para mim. As pessoas más estão saindo pelo ladrão. Elas encurralam a mãe solteira que está lutando para sobreviver, que está dez minutos atrasada para um trabalho — um emprego de que ela precisa desesperadamente — porque demorou mais para acordar os filhos naquela manhã, e o motorista bêbado que mata alguém a 1 quilômetro na rua não é visto. O foco está mal direcionado, então estou ajudando. Chame isso de patrulha do cidadão. Ou, talvez, pena de morte do cidadão.

E então tomo uma atitude. Algo arriscado. Rastejo através da janela da cozinha de Leroy depois que ele sai para o trabalho, equilibrando meus coturnos na pia e, em seguida, deslizando os pés sobre o linóleo impecável. Sua casa tem o cheiro de um animal, mas não de um animal de pelo e patas.

A casa de Leroy Ashley cheira a um predador. Há um odor metálico no ar, como um pote cheio de moedas. Ando na ponta dos pés pelo chão da cozinha até a geladeira cor de abacate. Dentro está o suco de laranja que Leroy bebe todos os dias. Espero que ele o prepare em um jarro, um que não seja transparente. Abro a geladeira para encontrar uma jarra de plástico transparente com uma tampa azul. O plástico é fosco, o que vai servir muito bem. Quando levanto a tampa e farejo o líquido, dou risada. Leroy batiza o suco com vodca. Pego o frasco de comprimidos para dormir esmagados do meu bolso e o esvazio dentro do líquido matinal, mexendo-o com uma colher de madeira que encontro em uma gaveta. Quando termino, lavo a colher e a enxugo na minha blusa. Volto para casa para pegar minhas coisas.

Enquanto me preparo, me pergunto se algo deu errado. Talvez, de manhã, ele note as partículas brancas flutuando no fundo do jarro. Ou perceba um sabor diferente, mas não; a vodca disfarçaria uma mudança no sabor. Talvez o jarro inteiro tenha estragado, e ele vá jogar o líquido no ralo, sem nunca o beber. Estou tão aflita com todas as possibilidades que minhas mãos tremem. *Não*, eu digo a mim mesma. Tudo vai sair conforme o planejado. Amanhã Leroy vai acordar e beber o suco; talvez depois ele se vista e considere o que fazer com seu dia. Mas, em vez de sair de casa, ele vá se sentir cansado e se deitar. Talvez ligue para o trabalho, mas isso não importa, porque ninguém vai procurá-lo. Leroy não tem ninguém. Com os olhos impossibilitados de continuar abertos e o corpo lento e letárgico, vai se perguntar se foi drogado. Mas, a essa altura, será tarde demais.

Farei minha entrada, usando a mesma janela que usei hoje de manhã, e, se estiver trancada, vou desenterrar a chave sobressalente de um dos potes de cerâmica vazios do galpão. Leroy Ashley não estará me esperando, porque tenho sido muito, muito cuidadosa. Vou puni-lo pelo que fez. Vou conseguir o que eu quero: vingança.

Eu visto calça preta e uma camisa preta. Eu não sou esbelta ou magrela. Não pareço alguém capaz de ser levado pela menor rajada de vento. Evoluí de uma menina cor-de-rosa e gorda, que mantinha os olhos firmemente colados na calçada, para uma mulher matadora com músculos saltados, que encara todos nos olhos, procurando pecados. Torço o cabelo em um nó apertado no topo da cabeça, prendendo-o com grampos. Calço as botas com pontas de aço, e depois deslizo os dedos nas luvas. Antes de sair, olho-me no espelho. Não sou a garota de Bone. Não sou uma garota de lugar nenhum. Pareço perigosa... como um animal. Ou pior. Animais não matam por esporte. Eles matam para comer.

Carrego minhas armas em uma mochila, para a garagem onde mantenho o jipe. Eu as coloco lado a lado no porta-malas, debaixo de um cobertor — três facas de vários tamanhos, cordas, algemas de plástico que comprei numa *sex shop*, um Taser e uma pistola de bolso, uma Kel-Tec P-3AT que comprei do cara que frita batatas no trabalho. Levei-a para um campo de tiro e fiquei satisfeita com a leveza. Ao lado de todas as minhas armas de aparência perigosa está um pequeno Zippo rosa, retirado de Judah Grant e nunca mais devolvido a ele. Era essa arma que eu pretendia usar em Leroy. Guardo o Zippo no bolso, coloco as algemas, o Taser e a menor das facas na minha mochila, e cubro o resto das armas com um grosso cobertor de feltro. Sobre o cobertor, coloco meia dúzia de sacolas plásticas de mantimentos que deixo ali só de fachada. Sacolas com legumes enlatados, duas caixas de Coca Diet, um saco gigante de comida de cachorro. Todos obstáculos, caso a polícia me faça encostar o carro.

Mas a polícia não me para. Dirijo os 95 quilômetros até o bairro sujo de Leroy, diminuindo a velocidade quando passo pelo caminho de cascalho que leva à sua garagem para ver se as luzes estão acesas na cozinha. Não estão. O que significa que ele está seguindo sua rotina e está na cama. Amanhã de manhã ele vai se levantar, fumar seu baseado, aquecer seus waffles na torradeira e se servir de um copo gigante de suco de laranja. Então será um jogo de espera.

A pouco mais de 1 quilômetro da casa de Leroy, e descendo por um caminho cheio de mato, há uma casa em ruínas condenada a ser demolida. Encontrei-a semanas antes e liguei na prefeitura, fingindo perguntar sobre a compra da propriedade. *Já está vendida e programada para ser demolida*, uma mulher me disse. Então, depois de uma breve pausa, ela acrescentou: *Vão construir uma nova casa, com três andares e uma piscina!* Eu queria saber o que alguém em Washington faria com uma piscina... Agradeci e desliguei. Eu tinha a casa para mim pelas próximas semanas, pelo menos. Guardo o Jeep na garagem; o chão está cheio de garrafas de cerveja esmigalhadas, espalhadas como se os últimos inquilinos tivessem dado uma festa épica antes de se despedirem. A porta da garagem precisa ser levantada manualmente. Eu a puxo para baixo, sobre o Jeep, sobre mim, e entro na casa, onde espero.

Penso em Leroy enquanto espero, imaginando que tipo de infância ele teve. Se ele justifica o que faz com as mulheres, ou se ele se aceita como um monstro, como eu me aceito. Quando penso no homem grande e desajeitado como um bebê pequeno e inocente como Mo, me sinto mal. Todos nós já fomos inocentes um dia — todo assassino, todo estuprador, todo terrorista.

Nenhum de nós pediu esta vida, mas a vida, sendo como ela é, foi empurrada para nós por nossos pais, que não tinham a menor ideia de onde estavam se metendo. E, enquanto alguns pais prosperavam sob o fluxo de demandas provindas da paternidade, outros ficavam emocionalmente distantes, retraídos, culpando em silêncio os pequenos humanos por estarem arruinando a vida deles. Humanos que, antes de tudo, nunca pediram para ser levados à confusão da vida dos pais. Mas ainda assim... nem toda pessoa que recebeu na mão a carta de pais de merda se transformou em um assassino ou estuprador. As pessoas prosperam, as crianças são resilientes. O que é que deixa a alma azeda? O que é que me deixou azeda?

Coloco a arma no chão imundo ao meu lado. Estou sentada no que antes era uma sala de jantar; mas toda a aparência do que deve ter sido uma sala bonita desapareceu. Papel de parede índigo, rasgado e apodrecido, as tábuas do assoalho, antes exuberantes, agora arranhadas e empenadas, estragadas pela água. Não há uma janela intacta em toda a casa; cada uma ostenta um buraco grande e irregular, a pedra que o provocou caída em um canto coberto de teias de aranha. Quando encontrei a casa, esta tinha um daqueles trincos pesados na porta da frente, para impedir a entrada dos adolescentes vândalos e dos vagabundos. Quem quer que tenha instalado a fechadura havia se esquecido de proteger a garagem. Um erro bobo. Eu havia levantado a porta e entrado diretamente na cozinha, pela porta de acesso da garagem.

Pego a arma e a seguro na minha testa. Então trago para a boca. Se eu me matar, haverá menos pessoas mortas. Mas será uma coisa boa? O que estou fazendo é bom ou ruim? É possível rotular algo como matar uma pessoa de acordo com a forma com a qual a morte foi cometida? O que a opinião pública americana pensaria de mim? Se eu fosse pega, seria colocada no corredor da morte. Meu julgamento seria rápido, porque eu me declararia culpada. Não haveria apelos nem vida prolongada na prisão. Quando bati a cabeça desprevenida de Vola Fields na quina da cômoda, não planejei matar de novo. Foi uma resposta automática com base no que ela estava fazendo com o Pequeno Mo. E mesmo quando persegui e depois queimei Lyndee Anthony viva, eu não senti alegria. No entanto, aqui estou eu: conspirando, planejando e ansiosa para ver a vida se esvair do corpo de Leroy.

Margô, a assassina. Soa bem, até.

Não quero ferir as pessoas, não tenho uma necessidade inata de fazer esse tipo de coisa, mas elas devem ser punidas. É o que eu faço ou o que afirmo para mim que eu faço. Eu castigo. Eu me sinto responsável por isso.

Olho por olho. Surra por surra. Fogo por fogo. Eu tenho consciência. É diferente da consciência do cidadão comum, mas pelo menos existe... Existe, não existe? Sim, eu sinto remorso, sinto amor, sinto culpa e mágoa. Isso conta para algo no estudo do cérebro humano desviado. E eu estudo minhas diferenças, eu as oponho ao resto do mundo e, então, muito silenciosamente, com minhas entranhas tremendo igual a ovo cru, contra os psicopatas, contra os sociopatas, contra os assassinos. Leio todas as informações em que consigo colocar as mãos. Quero saber por que sinto que é certo fazer o que faço e como eu me tornei essa pessoa tão facilmente. Mas não há ninguém com quem conversar, ninguém que possa entender. Então eu leio. Eu contextualizo.

Às 7h45, levanto-me do chão, tirando a poeira da calça e deixando o sangue fluir de volta para minhas pernas rígidas. Três latas de Red Bull estão de pé, como sentinelas, no peitoril da janela. Eu as levo comigo ao voltar para a garagem para me preparar.

A janela se abre sem guinchar nem protestar. Meus movimentos são ensaiados. Subo do jeito que subi da última vez, tomando precauções para não tirar nada do lugar. A luz da cozinha está acesa, um saco de waffles no balcão, todo descongelado. O copo de Leroy está sobre a mesa, o suco bebido, o jarro vazio ao lado. Posso sentir o cheiro da erva enquanto ando pela cozinha e entro na sala de estar. O fantasma de um cheiro, impregnado a suas roupas, imagino.

Eu o encontro no andar de cima, deitado de costas no chão. Passo por seu corpo, tirando as algemas de plástico do meu bolso de trás. Seu peito está subindo e descendo no compasso de sua respiração ofegante. Leroy Ashley está dormindo pesado. Tenho que levantar seu corpo para o lado, algo que eu nunca teria sido capaz de fazer no meu corpo antigo. Sorrio para mim mesma ao levantar seus pulsos, colocando um depois o outro atrás das costas. Agora, meus músculos se tensionam e ardem quando eu o viro. Mal perdi o fôlego, mal senti medo. Murmuro a melodia de "Werewolf Heart" enquanto trabalho.

41

QUANDO LEROY ACORDA, ELE FAZ UM BARULHÃO. É cheio de resmungos e gemidos enquanto se levanta do sono induzido pelo narcótico — o Ambien moído e um punhado de pílulas para dormir genéricas que eu joguei em sua bebida de café da manhã. Observo extasiada, faminta por sua reação. Eu me sinto como uma criança, ansiosa para ver se meu experimento com um pente e uma lâmpada gerou uma carga elétrica. Leroy permanece imóvel por enquanto, amordaçado com uma de suas próprias camisetas manchadas de suor, e com os braços e pernas abertos sobre a cama, presos às colunas com algemas flexíveis. Um sacrifício humano deplorável, que os deuses considerariam inadequado. A dor nos meus ombros e costas lateja, depois de arrastar os 110 quilos de Leroy Ashley para o outro lado da sala, até chegar à cama. Mesmo agora, enquanto olho para seu corpo, trêmula de choque, o pequeno meio sorriso nos meus lábios, eu me sinto eufórica. Obtive sucesso. Eu trouxe outro criminoso para a minha versão da cadeira elétrica. Suspiro satisfeita e levanto os braços acima da cabeça, enquanto Leroy começa a lutar contra sua mordaça.

Parece que ele está sufocando, mas eu não me importo. Deixo-o se contorcer, balançando a cabeça de um lado para o outro. Seu pênis está pendurado flácido entre as pernas, uma coisinha que lembra um cogumelo enrugado. A visão me revolta. Como que algo aparentemente tão inofensivo pode arruinar a vida de tantas mulheres? Abro minha mão e toco seu tornozelo para alertá-lo da minha presença. Tocá-lo é nojento. Sinto de imediato a necessidade de limpar minha pele com água quente. Seus olhos, duas bolinhas de gude pretas, procuram por mim dentro do quarto. Quando ele me vê, grita algo ao redor da mordaça e puxa as algemas flexíveis até que vergões vermelhos aparecem em seus pulsos. Eu dou risada.

— Olá — eu digo. — Você tirou uma soneca bem longa.

Ele não pode ver meu rosto. Inclina a cabeça para um lado e para o outro enquanto eu me escondo momentaneamente nas sombras, ganhando mais alguns segundos até a minha grande revelação. Leroy luta, sua barriga sólida balançando na luz fraca. As pontas dos meus dedos passeiam e sobem por sua perna, e ele me observa com os olhos arregalados de terror. Quando chego à junção de suas coxas grossas e suadas, agarro seu pênis; agarro com força, apertando-o nos dedos, cravando as unhas. Seus olhos se abrem e ele grita de dor.

— O quê?! — digo em falsa surpresa. — Você não gosta quando alguém pega nas suas coisas com ignorância? Pensei que você curtisse esse tipo de coisa. — Com lágrimas de dor se acumulando nas bochechas, ele continua olhando para mim. Olhando de verdade.

Eu saio das sombras, fico onde ele pode me enxergar. Leroy parece genuinamente surpreso. Ele não reconhece meu rosto — tomei muito cuidado para isso —, mas identifica que sou mulher. Ele ouviu minha voz, talvez não tenha acreditado nela, mas aqui estou eu, de 1,67 metro de altura. Uma mulher que o drogou, amarrou-o em sua própria cama e agora o está machucando. Ele solta um rugido.

— O quê? Você acha que é o único que persegue as pessoas?

Suas narinas se inflamam em resposta. Estou gostando disso. Embora não tenha tempo de me debruçar sobre a preocupação do porquê. Estou aqui na casa deste estuprador, diante do corpo trêmulo dele, e tudo o que eu posso sentir é... poder. Eu tenho o poder. Eu sou o poder. Margô, a Assassina.

— Quantas mulheres você estuprou? — pergunto.

Ele estreita os olhos e eu vejo toda a extensão do seu ódio. *Ele odeia mulheres*, penso. *Mulheres com cabelos castanhos*.

— Quantas?

Quando ele não faz nenhum movimento para me responder, eu puxo minha faca e passo-a ao longo de sua canela.

— O quê? Sua mãe te tratou mal? Foi isso que transformou você em um porco imundo? Ela era uma morena, Leroy?

Nada ainda.

— Minha mãe também me fez mal — continuo, com falsa alegria. — Acho que é por isso que nós dois estamos aqui!

Coloco a faca de lado e pego o isqueiro rosa, que eu havia colocado no criado-mudo depois de içar sua bunda pesada para cima da cama.

Tenho lido o velho *Seattle Times*; voltei dez anos, procurando estupros nos arquivos. O que encontrei foi Leroy Ashley. Sua capacidade de se safar dos crimes, mas ele ainda deixava marcas, seguia padrões. A polícia não conseguia encontrá-lo porque ele não estava no sistema. Ele permanecia indetectável, invisível. Um verdadeiro e habilidoso *stalker*.

Estalo o pescoço. Eu me sinto bem. Eu me sinto muito bem. *Essa*, reflito, *deve ser a sensação da cocaína*. Assassinato, o sublime do sublime.

— Eu sei que você sabe o que é machucar alguém. Eu sei que você gosta. Só para você saber, eu também gosto. Então não vou ter pressa.

Eu giro a rodinha do isqueiro, e sai uma pequena chama. Eu levo a chama até a parte de baixo do braço de Leroy e a seguro ali. Ele berra tão alto que tenho certeza de que a rua inteira pode ouvi-lo. Quando ele abre os olhos, vejo lágrimas de dor ou raiva escorrendo por suas bochechas.

— Você está com medo deste pequeno Zippo rosa, Leroy? — pergunto, mostrando-o. — É do tamanho do seu pauzinho rosa. Eu gosto que as armas tenham proporções iguais. Tudo bem pra você?

Ele olha para mim como se *eu fosse* maluca. *Eu*. Sinto uma raiva repentina. Giro a rodinha do isqueiro e a seguro perto das costelas. A pele borbulha sob a chama. Ele se agita tão violentamente que derruba o isqueiro da minha mão. O objeto desliza pelo assoalho de madeira e vai parar no canto mais distante. Eu puxo a mordaça de sua boca e, em seguida, recuo a mão e dou um tapa nele. Sua cabeça é lançada para o lado. Devagar, ele a vira e olha para mim, seus olhos, antes mortos, agora iluminados pela raiva.

— Sua puta maldita! — ele rosna.

Saliva voa de seus lábios, seus dentes arreganhados estão amarelados e tortos. *Se você vai fumar todos esses cigarros, precisa, de verdade, fazer um esforço para clarear os dentes*, penso, impassível. Eu me sinto um pouco melhor com sua raiva; seu silêncio me entediava. Pego o isqueiro e começo de novo. Leroy não chora nem implora. Eu estava esperando que ele o fizesse — sendo o porco chorão que é. Em vez disso, ele aceita e lança obscenidades contra mim enquanto se debate com raiva, o canto da boca espumando de saliva. Peço em voz calma e paciente que ele confesse.

— Você é um estuprador, Leroy. Diga que você é um estuprador.

Ele não vai confessar. Percebo que me implorar para parar seria o mesmo que Leroy admitir estar errado, e ele não acha que o que fez estava errado. Leroy é narcisista e delirante. Eu seguro o isqueiro em sua pele até queimar minha raiva. Ele parou de gritar há muito tempo. Seus olhos observam o quarto de forma desleixada; um vagando para a esquerda, o outro, para o teto. O quarto cheira a suor e carne humana. Estou cansada. Viro as costas para recuperar minha faca, só por um minuto. Um minuto excessivo. É tão rápido que nem sinto. Quando acordo, sou eu que estou amarrada e amordaçada.

42

ELE ME MANTÉM NO PORÃO — UMA PRISÃO FRIA E injusta, já que pelo menos eu tive a decência de amarrá-lo em sua própria cama. É úmido e estéril; não há caixas nem tralhas. Vou morrer de pneumonia antes que ele possa me matar. Ele é das antigas. Os nós que usou para amarrar meus tornozelos e pulsos parecem algo que a gente aprenderia com os escoteiros, embora eu duvide que alguém tenha amado Leroy o suficiente para colocá-lo em um grupo de escoteiros.

Não consigo me mexer. Ele se certificou disso antes de me jogar no concreto frio.

Leroy não me estuprou, mas não achei que fosse fazer isso. Eu não me encaixo no perfil de suas vítimas, com meu cabelo loiro-branco e olhos muito claros. Não sou mãe. Sou apenas a garota que o encontrou, e agora ele está decidindo o que fazer comigo.

Ouço seus passos no andar de cima, algo sendo arrastado através das tábuas do piso, em seguida, o sólido *tum* de um martelo. Eu o torturei até gritar e se molhar, então tenho certeza de que ele tem algo realmente notável planejado para mim. Eu espero, um porco amarrado, desejando poder roer a corda em torno dos meus tornozelos, desejando que eu não tivesse sido tão arrogante. A arrogância anestesia os sentidos. Eu não achava que ele me daria o troco. Nem o ouvi tentar porque estava cheia demais da minha pequena vitória.

Rolo de joelhos, estremecendo. Minha cabeça dói na base do crânio onde ele me atingiu. Fecho os olhos e deixo a dor se espalhar e se recolher. É uma concussão. Eu sei, porque vomitei, e tudo o que eu quero é dormir. Se eu conseguisse sair dessas cordas, alcançaria minha coxa — e meu plano B. Minha precaução cuidadosamente posicionada. Um Band-Aid: quadrado, do tamanho da minha palma. Do tipo que gruda tanto que você precisa de um pouco de água e de um puxão rápido para descolar. Em cima desse há outro Band-Aid do mesmo tamanho. E aninhado entre os curativos, repousando sobre o curativo branco ao centro, há uma pequena lâmina de barbear. Se eu conseguisse chegar até ela, poderia cortar a garganta de Leroy antes que ele cortasse a minha.

Depois de cerca de uma hora, meus joelhos começam a doer. Giro de lado. Tento me convencer de que Leroy não é um assassino. Só um estuprador. Talvez ele não me mate. Passo as horas contorcendo meus pulsos para trás e para a frente, tentando soltar a corda. Eu seria uma daquelas garotas que simplesmente desaparecem, sem ninguém para notar a ausência. Apenas uma mancha no mapa da existência. Você teria que olhar muito perto até notar que eu estava lá.

Oscilo entre a consciência e a inconsciência. Quando ouço a porta do porão se abrir e o rangido de uma escada, tenho um sobressalto, tento ficar ereta por reflexo, esquecendo que estou amarrada em mim mesma, e estiro um músculo das costas dolorosamente. Eu espero, tensa, então ouço a porta se fechar e os passos de Leroy percorrerem o chão da cozinha.

— Por que você não faz alguma coisa, seu merda?! — grito para o teto.

Estou cansada de esperar. Quero que acabe... seja lá o que ele estiver planejando. Consigo superar; eu aguento. Pego no sono, meu seio esquerdo em uma poça, minha garganta queimando, a consciência tão densa quanto barro. Eu vou morrer.

Quando acordo, estou sendo arrastada pelo chão. Minha cabeça dói, e minha pele parece estar em chamas. Meus pulsos e pernas não estão mais amarrados um nos outros, e eu sou capaz de me debater quando meu ombro atinge o degrau inferior. Ele está me segurando pelos cabelos. Imagino que esteja arrancando tufos, enquanto eu me contorço, vendo-me livre de seu alcance, deixando-o com punhados de cabelo nas mãos. Percebo, ao mesmo tempo, que estou passando mal. Passando tão mal que é difícil lutar, e cada vez que minha cabeça ou ombro batem em um dos degraus de concreto, sinto uma dificuldade cada vez mais e mais intensa de abrir os olhos. A luz na cozinha é ofuscante. Noto um vislumbre da janela e vejo que é de noite. Sinto cheiro de água sanitária e carne cozida, e eu quero vomitar, só que não há nada no meu estômago. Sou uma boneca de pano, jogada e apoiada em sua mesa de cozinha. Ele me amarra de novo enquanto o observo entre as pálpebras semicerradas, com as mãos atrás das costas, mas deixa meus tornozelos soltos. Preciso fazer xixi. Falo isso para ele.

Quando ele não responde, eu digo:

— Eu posso fazer aqui, mas aí você vai ter que limpar.

Isso parece fazê-lo mudar de ideia. Ele me arrasta pelo pescoço e me empurra em direção ao banheiro. Noto as bandagens nos braços e me pergunto o estado das queimaduras. Quero o meu isqueiro rosa: um símbolo de segurança para mim. Ele solta os meus pulsos e tornozelos e fica na porta com os braços cruzados.

Deus, penso. *Eu deveria tê-lo matado quando tive a oportunidade*. Ele me observa abaixar as calças, seus olhos na minha virilha quando encontro o assento. Mantenho as mãos na parte superior da calça e me inclino para a frente para atrapalhar sua visão. Meu polegar toca no Band-Aid na coxa. Eu me esforço para erguê-lo, passando o dedo para a frente e para trás até que levanto um pedaço do canto.

— O que você vai fazer comigo? — pergunto.

Ele olha para mim com ódio duro, e meus dedos dos pés se curvam dentro das botas. É neste momento que eu quero a minha mãe. O pensamento me assusta e me abala. Que estranho que, neste momento, refém e amarrada na cozinha de um estuprador em série, eu quero a mulher que me abandonou. Dou uma fungada e olho pela janela. Leroy parece estar decidindo se quer dizer alguma coisa ou não.

— E aí? — insisto.

Ele se move rápido, reamarrando as cordas em torno dos meus pulsos e agarrando meu braço. Ele meio que me pega enquanto me arrasta de volta para o porão. Eu luto contra ele. Não quero voltar lá para o frio, mas, com as mãos amarradas, tenho poucos recursos contra seu corpo avantajado. Eu não caio desta vez. Leroy não conseguiu reatar meus tornozelos, e eu sou capaz de me defender quando ele me joga pelas escadas. Torço o tornozelo antes de conseguir me agarrar no corrimão.

Horas depois, tremendo no que descobri ser o canto mais quente do porão, Leroy me traz comida. Um sanduíche, água e algumas batatas fritas em uma bandeja de isopor. Espero até que ele tenha subido as escadas antes de levar a água aos meus lábios. É um bom sinal que ele esteja me trazendo comida. Certamente você não alimenta a pessoa que está planejando matar. Ele está pensando, decidindo o que fazer comigo.

Enfio a ponta da língua na água para prová-la… não é amarga. Estou com tanta sede que viro o copo de uma vez e fico sem fôlego quando termino. Cheiro o sanduíche, passo a unha pelo pão. Não há manteiga — apenas uma fatia de mortadela. Eu como. Este é o meu primeiro erro: comer a comida dele. Confiar. Leroy é esperto. Ele confunde e desgasta você. É no sanduíche que ele esconde os comprimidos. Eu deveria saber quando senti gosto de manteiga no pão.

202

43

QUANDO ACORDO, ESTOU EM UMA SALA BRANCA, MUITO branca, meus braços contidos. Levanto a cabeça para dar uma olhada. Há um acesso intravenoso serpenteando até penetrar minha pele, máquinas apitando suavemente. Minha boca está seca; a garganta, inchada. Um hospital. Um hospital. Procuro um botão de chamada, mas não consigo alcançá-lo com os pulsos presos.

— Olá?

No minuto em que digo isso, uma dor percorre minha cabeça. Eu me encolho no travesseiro e tento de novo.

— Olá?

Há o som de passos no corredor. Sapatos baixos e sem graça. Uma enfermeira vem vindo. Deixo a cabeça tombar para trás e olho para o teto. Leroy. O porão dele. Foi o sanduíche ou a água? Erro estúpido. A porta se abre e entra uma jovem enfermeira. Ela parece insegura. Nova.

— Onde estou? — pergunto num grasnido.

Ela olha por cima do ombro antes de fechar a porta atrás de si e caminhar até o meu prontuário.

— No Hospital Universitário Evergreen — responde em voz baixa.

— Como eu cheguei aqui?

Ela não quer olhar para mim.

— Você deveria conversar com o médico. Ele virá em breve. — Ela anda pela sala, murmurando uma melodia, e eu gostaria que meus braços estivessem livres para poder estrangulá-la.

— Você precisa me dizer o que há de errado comigo pelo menos! Por que estou aqui?

Ela caminha até a janela e fecha as persianas. O quarto de repente fica a meia-luz.

— Você teve uma overdose — diz ela. — Depois cortou os pulsos.

— Onde? — pergunto.

Ela faz uma pausa.

— No estacionamento do hospital. — Sinto um lampejo de admiração. Leroy é muito mais esperto do que achei que fosse.

— Por que estão me amarrando?

— O médico virá em breve — diz ela.

E então, antes que eu possa fazer mais perguntas, ela sai depressa do quarto. Deixo a cabeça afundar no travesseiro e mordo o lábio. *O que ele fez? O que ele fez?*

O médico não vem de imediato. Eles me servem almoço, liberando-me das contenções por tempo suficiente para permitir que eu coloque uma sopa marrom na boca. Pergunto à nova enfermeira se pode me deixar solta, mas ela balança a cabeça negativamente, compreendendo minha situação. Ninguém responde às minhas perguntas. O nome do médico é Fellows; ele vem me ver algumas horas depois. Entra caminhando cauteloso no meu quarto de hospital como se estivesse perdido. É um homem mais velho, calvo, com dentes amarelos tortos que me lembram Chiclets.

— Olá, Margô — diz ele, olhando para mim. Sinto um pânico súbito. Não consigo me mexer; eles me mantêm aqui contra a minha vontade e não me dizem nada. Algo ruim aconteceu. Puxo as contenções e devo parecer louca, porque ele se afasta da cama com um passo para trás.

— Tem alguma ideia do que aconteceu com você?

Balanço a cabeça.

— Um enfermeiro te encontrou no estacionamento quando estava chegando para o turno dele. Você estava atrás da roda do seu carro — um Jeep? — Ele olha para mim em busca de afirmação, e eu confirmo com a cabeça. Como Leroy encontrou meu carro? Como ele sabia onde procurar?

Fecho os olhos para que minha raiva não me traia.

— Havia mais coisa — diz ele. — Uma carta...

Meus olhos se abrem. Eu quero falar, mas não consigo.

— Você se lembra de ter escrito uma carta de suicídio, Margô?

Balanço a cabeça em negativa. O dr. Fellows franze os lábios, como se não acreditasse em mim.

— Você vai falar mais sobre isso com uma médica em Westwick.

— Westwick? — questiono. — O que é isso?

— Durma — diz ele, dando batidinhas nos meus pés. — Conversaremos mais depois.

Uma enfermeira entra e coloca algo no meu acesso intravenoso, e então minha cabeça começa a girar. Eu apago.

Quando acordo, Judah está sentado em sua cadeira de rodas ao lado da minha cama. Eu me esforço para me sentar.

— Judah? — pergunto. — O que você está fazendo aqui?

É então que noto as duas pessoas em pé no canto da sala. Uma delas é uma mulher — com excesso de peso e rosto rosado, que segura uma pasta nas mãos e olha para mim como se esperasse que eu fosse saltar para atacá-la. O homem ao lado dela é negro e veste uma bata cirúrgica azul simples. Ele olha para o relógio duas vezes enquanto eu o observo.

Judah espia por cima do ombro na direção deles e abaixa a voz.

— Margô, eles estão aqui para te levar a algum lugar seguro.

— A algum lugar seguro? — repito.

Há algo de errado com este momento. Algo estranho nos olhares que vão e vêm, o deslocamento do peso do corpo de um pé para o outro. Sinto-me como se estivéssemos todos no limite de um momento, prestes a cair.

— O que está acontecendo? Por que você está aqui? Por que eles estão aqui?

— Você tentou se matar — diz Judah. — A polícia encontrou o meu número no seu celular depois que acharam você desmaiada atrás do seu carro, coberta de sangue.

Meu celular? Leroy também descobriu meu celular? Eu o deixei no porta-malas do Jeep, estacionado na garagem da casa abandonada.

Balanço a cabeça. Eu nunca usaria drogas. Não era o meu estilo.

— Você entalhou a palavra "Ícaro" no seu braço com uma faca e engoliu um frasco de sedativos. Eles tiveram que fazer lavagem estomacal quando te trouxeram para cá.

Estou balançando a cabeça, olhando a bandagem no meu braço, mas Judah continua falando. *Ícaro?* Leroy. De repente, sinto um aperto no peito.

— Você também tinha outras drogas na corrente sanguínea...

Sedativos? Drogas? Algo que eu nunca faria. Eu não desejo morrer, apenas quero viver com propósito. Digo isso a ele enquanto me sento afundando nos lençóis brancos da cama do hospital, dois estranhos me vigiando. Leroy fez isso. Por quê? Como uma punição? Um aviso? Por que ele não simplesmente me matou, como eu planejava fazer com ele?

Abaixo a voz:

— Suicídio? Eu não faço essas merdas, Judah. Você sabe disso.

— Eu não sei de mais nada, Margô. Você não é a mesma... — Ele não me olha nos olhos. Sinto algo se agitar e se enfurecer dentro de mim. *Raiva? Ressentimento?*

Ele recua quando as duas pessoas no canto avançam na minha direção.

— Srta. Moon, meu nome é Charlotte Kimperling, John e eu estamos aqui para acompanhá-la ao Hospital Westwick.

— Westwick? Esse não é...?

— Srta. Moon, você foi considerada um perigo para si mesma. No Westwick, você poderá obter a ajuda de que precisa. É um dos melhores...

— Eu não sou louca! — Mas, no instante em que minhas palavras ecoam pela sala, eu sei que tenho todas as características de uma mulher presa à negação. Quantos filmes eu vi sobre uma mulher prestes a perder o juízo gritando EU NÃO SOU LOUCA para um grupo de observadores assustados?

Não posso acreditar em Judah, que ele fosse capaz de conspirar com essas pessoas para me trancar em um hospício. Olho de um rosto para o outro, todos sombrios, determinados. Minha vontade não importa nada. Eles vão me levar, e a melhor chance que eu tenho é ser flexível... aceitar. Posso lutar, ou posso demonstrar minha sanidade. Por essa razão, pressiono os lábios e fixo o olhar na parede à minha direita com a intensidade de uma mulher tentando provar alguma coisa. Eles me levam para a ambulância e, quando olho para trás, vejo Judah em sua cadeira. Parece que ele está chorando, só que desta vez eu não me importo.

44

VOU COMEÇAR AS SESSÕES COM A MÉDICA EM APENAS uma semana. Quero falar com alguém antes, explicar que eu não pertenço a este lugar, mas uma das enfermeiras, que usa aparelho ortodôntico e se chama Papchi, diz que eles têm que seguir pelos meios certos primeiro — fazer com que eu me adapte ao ambiente. Eles precisam me processar no computador.

Olho para o computador, que fica como uma sentinela no posto de enfermagem. É branco e plano, e há sempre alguém batendo nas teclas. Eu o odeio porque está me segurando aqui por mais tempo do que eu deveria ficar. *Escute só você. Voltando sua ira contra um computador. Talvez, se ele te irritar demais, você possa tentar matá-lo.*

Fico sempre no quarto, a menos que me levem para fora, o que acontece três vezes por dia para refeições e recreação. Tenho uma companheira de quarto, o nome dela é Sally. Dou risada quando ela me diz o nome, porque quem mais se chama Sally? Depois disso ela não fala mais comigo. À noite, ela vira de costas para mim e dorme de frente para a parede.

Passo a maior parte das minhas horas irritada com Judah. *Traidor.* E onde ele está agora? Por que não veio me ver? A ferida no meu braço coça sob o curativo. Eu o puxo para ver o que Leroy esculpiu na minha carne. Ícaro. Tão perfeito e preciso, como se ele tivesse usado uma lâmina de barbear. A *minha* lâmina de barbear. Meu Deus. Mal formou casca; a pele ao redor parece inchada e vermelha. Eu nunca quis uma tatuagem, mas suponho que agora tenho uma. Pergunto a Papchi se ela sabe o que é Ícaro, e ela balança a cabeça. Temos permissão para usar o computador às quintas-feiras se nos comportarmos. Apenas trinta minutos para enviar e-mails. Escrevo uma mensagem para Judah, pergunto onde ele está e termino assinando "M". Então digito "Ícaro" na barra de pesquisa e encontro uma explicação da mitologia grega.

Dédalo, encarcerado com seu filho, Ícaro, pelo rei Minos, construiu dois pares de asas feitas de penas e cera. Antes de Dédalo e Ícaro fugirem, Dédalo avisou ao filho para não voar muito perto do sol, nem muito perto do mar, mas para seguir com cuidado seu caminho de voo sobre o oceano. Ícaro, dominado pela fascinação de voar, foi na direção do céu, mas, no processo, chegou muito perto do sol, que derreteu a cera. Ícaro caiu para a morte no mar Icário — que recebeu esse nome em homenagem a ele. Um trágico tema de fracasso, o site classificou.

Toco a bandagem no braço me perguntando se é isso que Leroy quis dizer quando gravou as palavras na minha carne. Fracasso. Boa tentativa, garotinha, mas sou um criminoso há muito mais tempo do que você. Minha raiva se agita, extravagante em sua cor. Eu a contenho. Tenho que sair daqui antes que possa acreditar em Leroy.

Da próxima vez que tenho tempo no computador, verifico meu e-mail e descubro que a mensagem que enviei para Judah voltou. *Devolvido ao remetente: endereço de e-mail desconhecido.* Queria saber por que ele fecharia a conta, mas não há ninguém para eu perguntar. Penso em mandar e-mails para Sandy; mas, no fim, decido não mandar. Não há necessidade de arrastar Bone de volta.

Enfim, é hora de ver a médica. Penteio o cabelo, apesar de estar sem volume e oleoso. Tento parecer normal, harmonizando meu rosto em uma expressão neutra e entediada. Papchi me diz que eu vou me encontrar com a dra. Saphira Elgin.

— Todo mundo gosta dela — diz Papchi. — Ela é nossa médica mais popular. Alguns dos pacientes a chamam de Doutora Rainha! — Sua voz é muito alegre.

Recebo instruções para chegar ao consultório dela e saio, arrastando os pés nos corredores revestidos de linóleo, em meus chinelos de papel. Chego do lado de fora do consultório, que fica no canto oeste do prédio, o mais moderno. As enfermeiras daqui estão mais alegres e ouvi que cada paciente possui uma pia em seu quarto. Seu nome pode ser visto majestosamente em uma placa do lado de fora da porta. Eu bato.

— Entre — uma voz chama.

Abro a porta, esperando alguém mais velha, mais maternal e comum. A dra. Elgin não é comum. Ela tem uma beleza exótica. Alguém que você vê, e logo vira a cabeça para ver de novo: um pórtico para outro mundo.

— Olá — diz ela.

Não estende a mão para mim, mas faz um gesto para o assento que ela quer que eu ocupe. Sua voz é profunda e quente; chia na garganta antes de sair como um conhaque aveludado. Ela é diferente das outras. Percebo isso quase de imediato. Ela olha para mim como se eu fosse uma pessoa em quem ela estivesse profundamente interessada, em vez de um arquivo atribuído a ela pelo Estado. Se olha para todos assim, não é de admirar que a chamem de Doutora Rainha. Papchi me disse que ela não trabalha na instituição em período integral, mas que faz quinze horas semanais aqui e o resto do tempo em seu consultório particular.

Eu me pergunto o que obriga a Doutora Rainha a doar seu tempo às pessoas doentes de verdade, em vez de passá-lo com as donas de casa deprimidas e os maridos infiéis, tipos de pessoas que sem dúvida visitam seu escritório. *Provavelmente é só isso*, reflito, sorrindo para ela. *Ela quer sentir como se estivesse consertando algo quebrado.*

— Olá, dra. Elgin.

Ela é indiferente à minha polidez. Talvez eu possa comovê-la com a minha história e, se ela for tão boa quanto dizem, pode me ajudar a sair daqui. Guardo minhas reservas no alto de uma prateleira e me preparo para gostar dela.

— Conte-me tudo sobre você, Margô.

Ela se recosta na cadeira e eu me lembro de Destiny, quando ela se alongava, preparando-se para ver um filme. Penso por onde começar. Quando cheguei aqui? Por que eu cheguei aqui? Bone? Judah?

— Minha mãe era uma prostituta... — eu começo. Estou surpresa com a minha vontade de conversar. A facilidade com que expresso verbalmente tudo o que há de feio na minha vida. Talvez seja a primeira vez que alguém tenha perguntado sobre mim de forma tão aberta. Ou talvez eu não tenha escolha a não ser falar, trancada neste lugar estéril, cheio de pessoas que não pertencem ao mundo comum.

Conto sobre a casa que devora e sobre os homens — meu pai, em particular, com seu pesado Rolex. Então nosso tempo acaba e nós duas parecemos decepcionadas. Minhas confissões me deixaram sem fôlego. Eu me sinto viva; as pontas dos meus dedos estão formigando. *É empoderador*, avalio. Permitir que um estranho conheça a gente.

— O Estado exige que você tenha quatro sessões por semana, Margô — diz ela. — Tenho pouco espaço para novos pacientes, mas vou rearranjar as coisas para encaixar você, sim?

— Sim — eu digo. — Eu gostaria muito disso.

A dra. Elgin me vê nas segundas, quartas, quintas e sextas de cada semana. Terça-feira é seu dia de folga, já que ela atende pacientes também nos fins de semana, ela me diz. Fico ansiosa para o nosso tempo juntas. Ela quer saber sobre Judah; está mais interessada nele do que na minha mãe. Pergunto sobre sua vida, mas ela é hesitante e sempre volta para mim, o que é esperado, e também sobre o porquê de estarmos aqui.

Mas um dia ela me diz que foi casada. Ele morreu, deixando-a viúva antes que tivessem a chance de ter filhos. Eu não pergunto como ele morreu, ou como ela se sente em relação a isso. Não quero pensar que a dra. Elgin esteja tão confusa e triste quanto eu. É melhor acreditar que ela se tornou essa pessoa carinhosa e bonita, tão amada pelos criminosos insanos que eles a proclamaram sua rainha entre os médicos. Imagino que seu falecido marido seja absurdamente bonito — cabelos escuros, pele morena, olhos cor de avelã. Ele era alto e foi seu primeiro amor. É por isso que ela continua solteira, porque ninguém pode se comparar ao homem que ela prometeu amar por toda a sua vida moral. Assim, ela usa roupas bonitas e come em restaurantes elegantes com colegas que usam óculos de aro preto e discutem as teorias da Gestalt e de Freud.

Eu também invento histórias como essa para as enfermeiras e assistentes do hospital. Nada tão fascinante quanto a da dra. Elgin, e, se você me irritar, vou te dar uma vida terrivelmente solitária com uma bandeja e uma tigela de macarrão instantâneo.

Fiz tudo isso para sobreviver; minha alma, um cachorro surrado e trêmulo. Minha mente, um milhão de compartimentos cheios de buracos, perguntas e pensamentos induzidos por drogas, cobertas de pele. Uma corrente de pensamentos sem fim, como a dra. Elgin mais tarde os chamaria. Ela muda minha medicação para que eu não me sinta tão grogue e mal-humorada, e me traz um pequeno cacto em um vaso que eu mantenho no peitoril da janela do meu quarto. Sou totalmente dela, com a intenção de demonstrar a mim mesma, de me consertar. E eu deveria me sentir manipulada, porque é isso que ela está fazendo, mas não me importo. Eu meio que gosto daqui.

45

A DRA. ELGIN ME DIZ DEPOIS QUE, NA CARTA QUE A polícia encontrou no meu carro, eu delineei os episódios psicóticos que vinha tendo, implorando a quem quer que me encontrasse — se me encontrassem a tempo — que me colocasse em algum lugar onde eu pudesse conseguir ajuda.

— Então veja só — diz ela —, você está aqui por sua própria vontade. Isso é algo que você queria.

Eu concordo, embora não tenha nenhuma memória de escrever a carta. Eu me pergunto se Leroy de alguma forma me coagiu, ou se ele mesmo a escreveu. De qualquer forma, nada disso é verdade. O que eu ia fazer com Leroy era justiça. Algo que ele merecia.

Fico cada vez mais deprimida enquanto permaneço encerrada na minha nova prisão. Em primeiro lugar, é mais desajeitado aqui do que na casa que devora, e este lugar tem muito menos experiência em tortura. Suas paredes brancas e o cheiro de alvejante sempre presente me fazem sentir falta das manchas marrons e do caráter mofado da minha antiga prisão. Falo com a dra. Elgin sobre minha depressão, esperando que ela possa me ajudar a entender.

— Algumas pessoas — começa a dra. Elgin — acreditam que o problema são pessoas como eu e você. — Ela faz uma pausa longa o suficiente para me permitir pensar sobre suas palavras. Eu a imagino sem os muitos adornos nos braços e dedos, sem seu delineador preto e batom vermelho-escuro, e a vejo aprisionada em sua própria casa que devora. A depressão é uma onda negra e profunda: muito poderosa, vai se construindo a partir de uma marola, crescendo... crescendo. Será que a dra. Elgin poderia conhecer pessoalmente a força da depressão?

— O que você quer dizer? — eu pergunto.

— Nossa sociedade acredita que, se você sofre de depressão de qualquer tipo, há algo intrinsecamente defeituoso dentro de você. Em especial se não houver nada pessoal para desencadear a depressão, como uma morte na família ou uma perda de algum tipo. Se você está apenas deprimido sem motivo, as pessoas te julgam.

— Sim... — eu digo, mexendo na barra da minha blusa.

— Mas eu me pergunto sobre as pessoas que nunca sofrem de depressão — diz ela, inclinando-se para a frente. — Como a alma delas é insensível a ponto de sentirem menos do que nós. — O *nós* ecoa na minha cabeça. — Será que são menos ligadas à realidade, menos pessimistas, menos capazes de sentir o sabor da realidade na ponta da língua? Por que somos os defeituosos, aqueles que sentem as coisas? Quem é afetado pelas marés em mudança na sociedade?

Seus olhos são brilhantes. Ela não está no papel de psiquiatra comigo, eu percebo; ela está falando do fundo de seu próprio coração. Abaixo um pouco a guarda e me apoio em suas palavras.

— Não somos o problema, Margô — diz ela. Eu concordo com a cabeça. — São as pessoas que não sentem as coisas com tanta força quanto nós.

Suas palavras me cercam. No começo, são sufocantes. Tudo sobre a nossa sociedade nos ensina que o que ela está dizendo é errado, mas então eu sucumbo. Minha necessidade de ser normal se agarra a essas palavras — suga... suga.

Se o que ela está dizendo é verdade, então o resto do mundo está entorpecido, e nós, que sofremos as doenças da psique, somos os mais avançados por natureza. Vemos a decadência da sociedade, a negligência da moral e da decência humanas: os tiroteios nas escolas, os crimes que os humanos cometem uns contra os outros, os crimes que cometemos contra nós mesmos; e reagimos a isso tudo de uma maneira mais intensa do que todos os outros. *Sim*, penso. *Sim, esta é a verdade.*

Saio do consultório dela transformada. Talvez não me sentindo tão sozinha como sempre me senti. Começo de novo, não para questionar quem sou, mas para abraçá-la.

Mais tarde, na noite daquele mesmo dia, vejo a dra. Elgin no corredor. Seu cabelo escapou do rabo de cavalo baixo que ela usa e está caído em mechas ao redor do rosto. Ela está falando de modo intenso com um dos assistentes, um homem moreno, que se vira e corre em direção ao posto de enfermagem. Quando me aproximo, vejo que ela está sem fôlego.

— Dra. Elgin? — chamo.

Ela diz meu nome; posso ver isso se formando em seus lábios vermelhos, mas há um grito vindo do quarto à minha esquerda que abafa sua
voz. Tenho um sobressalto, meus olhos se arregalam. Gritar é tão constante em uma casa de malucos quanto a medicação, mas esse grito é diferente. Talvez eu esteja muito familiarizada com os gritos que emanam da
boca de um humano torturado. São diferentes dos gritos de raiva ou injustiça. O assistente retorna com dois enfermeiros. Eles entram no quarto
e a dra. Elgin fica ao meu lado, com os ombros caídos. Tento ver lá dentro, mas a única coisa visível são as costas brancas lutando para subjugar
um corpo se contorcendo e esperneando. A primeira vez que a mulher no
quarto fala, não registro o significado. Ela está cantarolando sem parar,
as duas palavras se atropelando, então é necessário separá-las para entender o que ela está dizendo.

Zippocorderosazippocorderosazippocorderosa
Zippo cor-de-rosa
Zippo cor-de-rosa
Zippo
Cor-de-rosa

Levanto as mãos e cubro a boca. A dra. Elgin, dividida entre a mulher
no quarto e a angústia no meu rosto, olha para esse momento como um gato
decidindo entre o rato gordo do canto ou o camundongo magro diante de
si. Ela se recupera rapidamente, me agarra pelos ombros e me afasta dali.

— Vamos para a cama, Margô — diz ela. — Está muito tarrrrde.

Exato. Então, por que ela está aqui?

Estico o pescoço, tentando captar um último vislumbre do quarto…

É uma coincidência, digo para mim. Eu machuquei Leroy tanto quanto
ele me machucou. Ele não teve tempo de encontrar alguém novo. Ele é metódico. Leva meses procurando sua presa — observando, perseguindo, planejando. Estou aqui há pouco mais de um mês. Não é o suficiente. Ou eu
despertei algo quando perturbei seu padrão? Será que ele me deu corda
para depois voltar a mim? Estamos de volta ao meu quarto, as paredes nuas
e encardidas já desgastando minha esperança.

— É uma coincidência — eu digo em voz alta.

A dra. Elgin olha para mim, seus olhos afiados não perdem nada.

— Será que é? — ela diz baixinho no meu ouvido.

Sou gentilmente deixada no centro do meu quarto, a porta se fechando
atrás de mim. Seu ronronar suave me deixou imobilizada.

— Será que é? — eu me pergunto.

Na manhã seguinte, quando as portas se abrem para o dia, eu me visto depressa e corro para o posto de enfermagem. De manhã cedo, devemos tomar nosso banho no banheiro comunal, depois tomamos o café da manhã e, então, temos o tempo livre, que eu geralmente passo pensando em Leroy. *Aquele que se safou!*

A porta dela fica a caminho dos banheiros. Minha bexiga está cheia além do que é confortável, mas eu preciso ver a cor do cabelo dela. Sua porta não está aberta como as nossas outras. Às vezes isso acontece, quando uma paciente está muito doente para sair durante o dia; eles chamam de "tempo de descanso", mas o que de fato significa é que você está tendo um surto e está muito dopada para sair da cama. A enfermeira Fenn me vê fazendo hora no corredor. Não podemos nos demorar; temos que nos mover com propósito ao longo do dia. *Aproveitar! Carregar! Acreditar! Ter esperança!*

— Siga em frente, Margô — diz ela. — É a sua hora de banho.

— Quem está neste quarto? — eu pergunto, apontando.

Fenn parece se contorcer, como se eu tivesse lhe pedido que desse os ingredientes dos biscoitos famosos de sua avó.

— Eu a ouvi gritando — me apresso a dizer. — Noite passada. Eu só queria ver se ela estava bem.

Fenn parece mais confortável com isso. Ela olha de um lado para o outro no corredor, depois abaixa a voz. Elas gostam de mim, as enfermeiras. Elas acham que sou gentil.

— Uma escritora — diz ela. — Famosa.

Pisco para ela como se aquilo fizesse alguma diferença para mim. Preciso conhecer a cor do cabelo dela, mas percebo quanto vou parecer maluca se perguntar.

— O que aconteceu com ela? — questiono, baixinho.

Fenn franze os lábios, balança a cabeça como se fosse triste demais dizer.

— Estupro — ela sussurra.

Sou habilidosa em conter minhas emoções. Eu nem sempre fui, mas matar pessoas muda um pouco a gente. Respiro pelo nariz — inalo, exalo, inalo, exalo.

— Enfermeira Fenn — digo docemente. — Qual é a cor do cabelo dela?

Essa pergunta não é uma surpresa para ela. Pessoas loucas fazem perguntas loucas. O que ainda não descobriram é que eu não sou louca.

Fenn está prestes a abrir a boca para me censurar ou responder quando a dra. Elgin aparece andando pelo corredor. É uma surpresa vê-la aqui. As outras loucas abrem caminho para deixá-la passar e olham para ela com certa adoração. Todo mundo gosta dela, e, por consentimento mútuo, todos nós desejamos que ela estivesse aqui com mais frequência do que o robusto e rude dr. Pengard. Ela me cumprimenta com um aceno de cabeça, porque eu sou sua favorita, e desliza para dentro do quarto da escritora famosa. Os gritos começam cinco minutos depois. Eu corro — em vez de caminhar — até o banheiro. Posso ser responsável por sua dor.

Qual é a cor do cabelo dela?
Qual é a cor do cabelo dela?
Qual é a cor do cabelo dela?

A frase se repete em um *loop* infinito no meu cérebro. Um carrossel que gira e gira, me deixando zonza. Ela está trancada naquele quarto há dias, gritando na maior parte desse tempo. Em um daqueles dias veio um homem. Bonito, com um rosto que não foi feito para sorrir. Ele foi levado ao quarto dela, e então os gritos pararam por um tempo.

Pergunto à dra. Elgin sobre a mulher, mas ela pressiona os lábios vermelhos e não me diz nada. Ouço uma enfermeira dizer o nome e memorizo para mais tarde. É no décimo dia de sua estada que finalmente a vejo. Cabelo castanho. Ela tem uma mecha cinza na têmpora, e eu me pergunto se ela pediu para seu cabeleireiro colocá-la ali de propósito. Uma enfermeira leva-a para a sala de recreação e a coloca na frente de uma tela em branco e várias latas de tinta. Ela fecha os olhos com força e as afasta, resmungando algo em voz baixa. Então vai embora, seu quarto foi limpo e alguém foi designado para ocupá-lo. Mas eu sei. Leroy machucou aquela mulher. Ele pegou a raiva que sentia de mim e a machucou. E agora tenho que sair daqui e pará-lo antes que ele faça isso de novo. De uma vez por todas. Mas, desta, sem nenhuma piedade.

46

NO ÚLTIMO DIA DE ABRIL, DEPOIS DE TER FICADO EM Westwick por pouco mais de quatro meses, conto tudo à dra. Elgin. Eu lhe falo sobre Leroy, e o que eu fiz com ele — os meses de planejamento antes de subir pela janela da cozinha com a intenção de matá-lo. Conto como ele me dominou, e então entrego minhas suspeitas de que ele me drogou e que foi ele mesmo quem escreveu o bilhete. Quando confesso que sou a razão pela qual a escritora gritou "Zippo cor-de-rosa" por trás da porta do quarto dela, não há nada no rosto da dra. Elgin para dizer se ela acredita em mim ou não. Ela simplesmente escuta como sempre faz. Quando nossa sessão está quase no fim, ela promete procurar por Leroy Ashley, e sinto um fardo ser removido do meu peito. É bom falar. Ter alguém que saiba quem a gente é. Mas, da vez seguinte em que eu a vejo, ela não fala sobre Leroy ou sobre a escritora.

— Margô — diz gentilmente, quando estou sentada. — Por que Judah não vem aqui visitar você?

Ele tinha vindo... ou não, ele não tinha. Por que eu de repente achei que ele tivesse? Estou aqui há quanto tempo? Escrevi-lhe cartas — cinco ou seis — depois que o e-mail voltou, mas não recebi nenhuma resposta. Ele está em Los Angeles com a namorada, Eryn... ou é Erin?

— Eu... eu... Ele é...

Agarro minha cabeça, pressiono os dedos nas têmporas. De repente eu sinto. *Enxameada*. Isso é uma palavra? Mas é o que sinto. Como se tomada por um enxame. Tudo derretendo e se fundindo. Emoções e pensamentos se levantando como um vendaval.

— Olhe para mim — diz ela. — Conte-me sobre a primeira vez que você o viu.

— A gente era criança — eu digo. — Crescemos a algumas casas de distância. Ele só frequentou uma escola diferente.

— Não — diz ela. — A primeira vez que você falou com ele. Conte-me sobre esse dia.

— Eu ia buscar cigarros na loja. Para minha mãe. Eu o vi fora de casa, então fui falar com ele.

— E essa foi a primeira vez que você falou com Judah desde que você era criança?

— Foi.

— O que foi diferente naquele dia? O que fez você querer falar com ele?

Fecho os olhos. Ainda posso sentir o portão enferrujado sob meus dedos, o rangido quando o abri e desci o caminho para onde ele estava fumando seu baseado. O cheiro doce e nauseante de maconha.

— Ele parecia muito confiante. Não se importava de estar em uma cadeira de rodas. Senti que precisava saber como fazer aquilo. Ser aquilo.

A dra. Elgin fecha os olhos. Parece que caiu no sono; a diferença é que seus olhos estão se movendo de um lado para o outro por trás das pálpebras com um rápido movimento desperto.

— O que aconteceu no dia anterior? — ela diz.

— No dia anterior a eu falar com Judah?

— Sim.

— Não sei. Foi há muito tempo.

— Você sabe. Pense.

— Eu não sei. Foi há muito tempo — repito.

É a primeira vez, desde que começaram as sessões de terapia, que eu preferia estar no quarto e não com ela. Sinto como se ela estivesse se aproximando de mim. Ela parou de bancar a pessoa legal. Um calor se espalha pela minha nuca como uma mão invisível. Até minhas pálpebras ficam quentes. Puxo as roupas, que estão grudando na minha pele.

— Judah não entrou em contato com você desde que você veio para cá.

— Isso não é verdade — retruco de imediato. Mas, no instante em que digo isso, sei que é verdade. — Tivemos um desentendimento. Antes de eu ser internada no hospital. Não nos falamos há um bom tempo. — Pareço uma mentirosa formal e bem articulada.

— E sobre o que vocês se desentenderam? — ela pergunta, com a caneta sobre o bloco de anotações amarelo.

Eu penso. É tão difícil se lembrar das merdas aqui, todas as drogas pressionadas contra o cérebro da gente.

— A namorada dele — minto. — Houve uma discussão. Ela foi sem educação comigo.

— Como a discussão terminou?

— Ele não queria me ver mais. Ele… ele disse que nem sabia quem eu era mais.

— Mas você escreve para ele, não escreve?

— Escrevo — eu digo, lembrando-me da maneira judiciosa com a qual eu tentei me explicar nas vezes em que lhe escrevi. *Por favor me perdoe. Eu não sei por que fiz aquilo. Ela estava machucando Mo. Ela matou a filha pequena. Eu não vou fazer isso de novo. Por favor, fale comigo.*

Tudo encontrou o silêncio. Eu me encolho na cadeira, olhando para o chão. Eu escreveria outra carta para ele. Eu faria o que fosse preciso. Eu o faria perceber quanto eu lamento.

— Mas ele veio ao hospital — eu digo. — Antes que me trouxessem para cá. Ele esteve no meu quarto. As duas pessoas que me transferiram para cá o viram. Você pode perguntar a elas…

A dra. Elgin balança a cabeça.

— Não houve visitantes no hospital, Margô.

— Como você sabe?

— Você estava em observação por tentativa de suicídio e em estado crítico. O hospital não deixaria ninguém lá que não fosse a família.

— Ligue para a mãe dele — eu digo. — Continue…

— Eu liguei, Margô — diz ela. — Eu fui vê-la.

Minha língua parece lenta. Não consigo formar as palavras que preciso dizer.

— Você se lembra dela pedindo para você comprar camisas para ela, lá no brechó onde você trabalhava… como se chamava mesmo?

— O Traporama — respondo. — E sim, eu lembro.

— Você trouxe camisas masculinas para ela.

— Foi isso que ela pediu. Camisas para Judah.

A dra. Elgin alcança uma gaveta na escrivaninha e tira uma pilha de envelopes brancos. Eu vejo quando ela os expõe, um por um, na minha frente. Um leque de pura acusação branca. E então eu começo a gemer.

— Não — eu digo. — Não, não, não, não, não.

Rabiscado em cada um dos envelopes, no que parece ser lápis vermelho, está o nome de Judah. Judah em cada envelope na caligrafia de uma criança: o "J" irregular, o "H" torto. Judah, quem eu amo. Judah, que me ama. Judah, para quem eu escrevi essas cartas. Eu pego uma e tiro o papel pautado de dentro. Não há nada escrito na página.

— Margô — diz a dra. Elgin. — Não há nenhum Judah. Ele não existe.

— Seu sotaque é rouco e meloso.

— Você é louca — eu digo. — Eu o conheço por toda a minha vida. Onde estão as minhas cartas? As que eu escrevi? Por que o hospital não as enviou?

— Estas são as cartas que você deu para a enfermeira — diz ela. — Nunca havia um endereço, e os papéis estão sempre em branco.

— Não — eu digo. — Eu escrevi para ele. Eu lembro. Ele mora na Califórnia. Ele vai voltar para Bone. Ser professor.

— Havia um menino — ela ronrona. — Que morava na casa da rua *Wessex*. Liguei para a mãe dele, Delaney Grant. Ela disse que você costumava ir muito lá... depois que ele morreu.

Não consigo respirar.

— O que você quer dizer? O que está me dizendo?

— Conte-me — ela continua. — Sobre o dia anterior a você se tornar amiga de Judah.

Eu tenho que me curvar, colocar a cabeça entre os joelhos. Sinto a presença dela. Ela é absoluta, e seu absoluto permeia o ar que estou respirando.

— Não sou louca. — Eu soluço essas palavras. Elas doem tanto que é como se alguém lhe dissesse que você tem câncer quando foi saudável a vida toda.

— Louca é uma palavra simplória. Você não é louca — diz ela. — É muito mais complexo do que isso.

Eu começo a falar antes que ela pergunte novamente:

— Eu o observei durante toda a vida dele. Um menino em cadeira de rodas enquanto o resto de nós tinha pernas.

— Mas você nunca falou com ele — diz Elgin. — Ele morreu quando tinha 19 anos. Ele cometeu suicídio e você tentou salvá-lo.

— Não — insisto.

Ela me entrega uma única folha de papel, uma cópia impressa de uma busca feita na internet. Suas unhas são laqueadas de um profundo castanho cor de chocolate. Pego o papel, não olho para ele por alguns segundos, enquanto tento controlar a violenta briga entre meu corpo e minha mente. Nele está uma foto de um rapaz no fim da adolescência que não lembra em nada o meu Judah. Ele tem aparência frágil com cavidades profundas em vez de maçãs saltadas no rosto, e cabelo grudado na cabeça como se tivesse tomado uma chuva pesada ou ficado dias sem o lavar. Por baixo do que parece ser a foto da sua escola, há um artigo.

RAPAZ DE 19 ANOS MORRE DEPOIS DE ENTRAR COM A CADEIRA DE RO-
DAS NO RIO BOUBATON

Meus olhos percorrem a extensão do artigo.

Na noite de sexta-feira, Judah Grant, recém-formado pela Escola de Desenvolvimento Allen Guard, e que pretendia começar a faculdade no outono, foi encontrado afogado no rio Boubaton por Margô Moon, 18. Margô, que morava na mesma rua de Judah, e frequentava a Escola de Ensino Médio de Bone Harbor, estava voltando para casa do trabalho quando o viu cair na água de um cais abandonado. Judah perdeu o uso das pernas aos 8 anos, depois de ter se envolvido em um acidente de carro e sofrer uma lesão na coluna vertebral. Lutando contra a depressão por mais de uma década, sua mãe, Delaney Grant, disse que o filho falava de morte com frequência e que perdeu a vontade de viver logo após o acidente. Margô, pensando que a cadeira de Judah havia caído acidentalmente na água, mergulhou na tentativa de salvá-lo.

"Eu o puxei do fundo do lago, mas ele lutou para se afastar de mim. Em determinado momento, ele me bateu no rosto, e minha visão ficou completamente escura."

A tinta começava a falhar aqui, como se a dra. Elgin não tivesse trocado o cartucho da impressora. Forço os olhos para distinguir o resto.

Margô, que segundo ela não é uma nadadora vigorosa, nadou até a margem para recuperar o fôlego e voltou para Judah. Ela conseguiu puxar o corpo já inconsciente para a margem do rio Boubaton, onde teria feito uma manobra cardiorrespiratória por cinco minutos antes de correr para buscar ajuda.

O artigo termina aqui. Elgin não se incomodou em imprimir o resto da história. Ela queria me assegurar de que eu era louca — ou complexa, como ela chamava — sem me dar muita informação. Percebo que estou com muita fome e começo a pensar no jantar. Será estrogonofe de carne ou torta de enchilada?

Olho para as linhas borradas da impressão, as linhas deslocadas de tinta, e me pergunto por que uma médica chique como a Doutora Rainha não tem tinta para trocar. Ela parece estar esperando por algo. Evito os olhos dela.

Posso sentir a água fria na minha pele — fria, mesmo que seja verão. O peso do garoto aleijado enquanto tento puxá-lo para a superfície... batendo as pernas, batendo as pernas... meus pulmões queimando, a dormência dos meus dedos tentando agarrar sua camisa, mas sem conseguir. Desespero. Confusão. Quem eu salvo? Eu mesma? Ele? Ele quer ser salvo? De repente eu tinha engolido água demais e, tossindo, forcei meus membros doloridos até a margem, onde ofeguei por ar, olhando para o local onde ele tinha afundado... onde ele queria afundar.

O repórter foi legal. Ele me deu um cartão-presente de 25 dólares do Walmart, que tirou da carteira, e me disse que eu era uma heroína. "Nem todo mundo pode ser salvo", disse ele diante do meu rosto manchado de lágrimas. "Às vezes, você só tem que deixar a natureza seguir seu curso."

Achei que era uma coisa incrivelmente egoísta e ignorante de dizer para alguém que tinha visto um garoto morrer com os próprios olhos. Um garoto que vira a vida inteira, mas nunca tinha falado com ele. Suicídio não era algo natural. Era o contrário de natural. Natural era querer viver. Não era natural estar sofrendo de uma forma que fazia você querer morrer.

— Você se lembra? — pergunta a dra. Elgin, com a expressão do rosto preparada para não expressar nenhum julgamento. Ela parece casual, como se estivéssemos falando do meu café da manhã.

— Eu lembro.

Eu me sinto incrivelmente idiota. Envergonhada. Complexa. Louca. O Judah com que passei anos da minha vida é uma invenção da minha imaginação. Como isso é possível? E o que mais eu imaginei? Você pode enlouquecer só de perceber que é louca.

— Eu conheço o cheiro dele — digo à dra. Elgin. — Como ele pode não ser real se eu conheço o cheiro dele?

— Eu sei que você conhece, Margô. O trauma que você enfrentou fez com que entrasse em um estado alterado e dissociativo. Você inventou o Judah que conhece para dar a si mesma e a ele outra chance.

Ela parece muito satisfeita com sua avaliação. Não estou impressionada. Ainda posso senti-lo no ar ao meu redor; não dá para inventar uma pessoa com tantos detalhes. E, se eu fosse inventar um amigo imaginário para me ajudar a lidar com a vida, por que não lhe daria pernas fortes e bonitas? Lembro-me da dor em meus braços depois de ter empurrado a cadeira de rodas pelas ruas de Bone. O constrangimento de ter que fazer coisas como empurrá-lo na cadeira, banhá-lo, ajudá-lo a se deitar no sofá na noite em que dormiu na minha casa.

Deixo o consultório da dra. Elgin naquele dia sentindo que estou flutuando em vez de andando. Eu poderia dizer que tudo parece surreal, mas a verdade é que *eu* me sinto surreal. Como se não fosse Judah, mas eu que não existisse. Quando as portas se fecham atrás de nós naquela noite e eu me arrasto nos lençóis duros e alvejados do hospital psiquiátrico, não tenho certeza. Não sei de nada. Enterro o rosto no meu travesseiro fino até não conseguir respirar, então me forço a me mexer para respirar. Eu me asseguro, com uma voz gelada e trêmula, que eu sou real. Faço isso a noite toda, até que as luzes pisquem e as portas se abram, e a medicação nos seja entregue em copinhos de papel cheirando a pessoas idosas. *Judah é real e eu sou real*, repito para mim, de novo e de novo. Mas, no almoço, estou novamente insegura. Se eu inventasse Judah, poderia estar inventando tudo isso — os assassinatos, o hospital, a dra. Elgin. Verifico a placa da minha porta para ter certeza de que meu nome é Margô.

Vejo Elgin três vezes por semana, depois duas quando ela sente que estou fazendo progresso em nossas sessões. Eu paro de brigar com ela depois daquela primeira vez, paro de dizer que Judah é real. Deslizo silenciosa para o papel da paciente humilde, segurando o que resta da minha sanidade entre dedos oleosos. E então, um dia, quando já estava em Westwick havia pouco mais de cinco meses — e meus membros estão ficando moles como esponja por causa de todo esse tempo que passo sentada —, tudo muda.

47

RECEBO ALTA DE WESTWICK, EMBORA EU NÃO ME SINTA pronta. A revelação sobre Judah me fez sentir estranha na minha própria pele. Sou incapaz de confiar em mim mesma. O que acontece com uma pessoa quando seu próprio cérebro se torna o inimigo? Eu não sei. Tenho medo de descobrir.

Meu apartamento está exatamente como o deixei, exceto por uma fina camada de poeira cobrindo tudo. Meu contrato com Doyle não vai acabar antes de um ano e, a menos que ele decida ser um idiota, não tenho que me preocupar em ser jogada na rua por não mandar um cheque de aluguel.

A primeira coisa que faço é tomar banho. Canto "Tainted Love" a plenos pulmões. No hospital, a água era sempre morna, a pressão quase não era o suficiente para enxaguar o xampu do cabelo. Deixo o vapor se espessar ao meu redor, tornando minha pele vermelho-viva como se eu fosse lambida por couro quente. Quero lavar e me livrar dos últimos meses da minha vida. Começar de novo. E eu me sinto renovada; tenho uma nova perspectiva, tenho a dra. Elgin, tenho uma missão... um propósito.

Quando termino, eu me visto e pego o *laptop*, que está ligado no carregador há cinco meses. Tenho e-mails. Abro o primeiro; é de Judah. Eu rio porque não há Judah. Certo? Certo. Há várias mensagens dele ao longo dos meses. Na primeira, ele pede desculpas por sua raiva quando o visitei e quer saber como estou. Quanto mais o tempo passa, seus e-mails assumem um tom diferente, e ele vai insistindo para eu ligar para ele. Judah teme pela minha segurança; ele tem medo do que sou capaz de fazer. Nada disso é real, claro. Eu mesma posso ter escrito esses e-mails para mim, embora não tenha lembranças de fazer isso. Apago cada um deles e esvazio a lixeira para nunca mais ter que vê-los de novo. Não preciso de um amigo imaginário para mostrar preocupação pelo meu bem-estar. A dra. Elgin disse que, se a gente ama a si mesmo, não precisa criar pessoas imaginárias que nos amam. Ódio contra si mesmo é uma forma de obsessão por si mesmo, não é? Um ódio voltado contra si, tão criativamente profundo que qualquer preocupação com os outros se reduz a nada. Não quero ser essa pessoa: tão apaixonada por minhas próprias falhas que me esqueço de ver as necessidades dos outros. Minha mãe adorava se odiar e, no processo, esqueceu que tinha uma filha.

Nos dias seguintes, eu me refamiliarizo com a vida exterior. Faço caminhadas; compro flores e frutas do mercado. Li um livro inteiro enquanto estava sentada em um banco perto do Sound, a buzina das balsas gritando e me fazendo sorrir contente. Sou uma lunática, recém-liberta do hospício. Quantas pessoas ao meu redor olharam para mim e pensaram que eu era normal? Quantas delas eu percebi como normais quando, na realidade, eram Volas e Lyndees e Leroys? A vida era assustadora e as pessoas eram mais assustadoras ainda.

No quinto dia, depois de receber uma breve ligação da dra. Elgin, que está querendo saber se estou bem, subo em meu Jeep e dirijo os 105 quilômetros até a cidadezinha de Leroy. Não quero chegar muito perto — pelo menos não desta vez —, mas diminuo a velocidade quando passo diante de sua garagem e percebo que o Nissan azul não está mais na entrada. Vejo uma minivan no lugar. Enquanto observo, uma mãe descarrega sua família, que leva sacolas torcidas de compras atrás de si, cruzando a porta de entrada. Apoio a cabeça no encosto do banco e fecho os olhos. Leroy me internou por tempo suficiente para vender sua casa e sair da cidade. Ele sabia que eu viria atrás dele de novo? Por que simplesmente não me matou quando teve a chance?

Tenho um encontro com Johan Veissler, um sul-africano que administra o negócio de pesca de seu tio enquanto este se recupera de um derrame. São uma família de pescadores de salmão, o peixe de que eu menos gosto, embora ultimamente haja sempre em abundância no meu freezer.

Ele é um amante forte. Meu primeiro. Não contei isso quando ele explorou meu corpo pela primeira vez. Observei seus olhos quando ele olhou para partes do meu corpo que eu tinha vergonha de olhar. Não senti nenhuma dor e foi tudo muito surreal. Johan me beijou quando acabou e foi dormir. Pelo seu rosto e a linguagem corporal, nunca dá para perceber a extensão do que ele está sentindo. Ele é meticuloso ao cuidar de mim — sempre atendendo às minhas necessidades físicas —, perguntando, servindo, acreditando. E, se por um lado isso não é necessário nas relações amorosas, é terrivelmente romântico ter um homem olhando para você como se fosse o último copo de água na Terra. Eu me pergunto onde está meu coração. Por que preciso ser acariciada, reassegurada, paparicada e me sentir comestível?

Talvez porque um homem já tenha me dado esse presente e eu tenha o gostinho disso no meu passado. Talvez a televisão tenha trabalhado duro para me dar a certeza de que isso é normal, mas não vou ser subjugada pelo passado. Vou me adaptar. Vou ver o amor à luz da verdade em vez da experiência. Só então fortalecerei meu eu e poderei falar fluentemente a linguagem do amor. Esse é o meu mantra. É minha salvação.

Não funciona. Só consigo pensar em Judah quando Johan me beija. Apenas em Judah quando Johan toca meu corpo. Penso apenas em Judah quando seu corpo cai lânguido por cima do meu, a paixão exaurida. Penso apenas em Judah, meu unicórnio ilusório. Johan não percebe minha ausência mental. Ele está ocupado demais percebendo a maneira como eu rio ou a curvatura das minhas pernas, que ele elogia com frequência. Ele me acha forte e, portanto, bonita porque sou forte — como se essas duas coisas andassem juntas simultaneamente. Um homem que valoriza os músculos e a capacidade das mulheres, e que ri das debutantes que trotam pelas ruas em seus sapatos altos de estilistas. Às vezes, acho que ele me vê mais como companheira do que como amante. Retribuo sua necessidade de camaradagem, e isso me faz sentir menos mulher. Porém, ainda assim, damos certo, e ele não faz perguntas.

Comemos enormes quantidades de frutos do mar e passamos algum tempo nos barcos de pesca do tio dele. Não gosto da água. Ela me assusta como assustava minha mãe. Contudo, tenho vergonha de admitir meu medo: eu, uma mulher que amarrou um homem de 100 quilos e o torturou por duas horas. Então eu me junto a ele na água sempre que a minha agenda me permite. Eu me vejo cedendo em um relacionamento que não valorizo muito. Como sou fraca. Quanto anseio por ser útil, por não ficar sentada sem fazer nada nos barcos de pesca com o braço de Johan pendurado ao redor dos meus ombros, enquanto o mundo oscila em um borrão de cor.

Estamos agora com cinco meses em uma relação de salmão tostado, salmão grelhado, salmão preparado no cedro, salmão com molho de manga e salmão com maionese de limão. Acho que vou enlouquecer.

Judah vem fazer uma visita. Johan me escuta recontar nossa amizade com uma fisgada de tensão entre as sobrancelhas descoradas. Quando chego à parte sobre Judah ser um cadeirante, ele visivelmente relaxa. Uma cadeira de rodas não representa uma ameaça para o bronzeado e rústico Johan. Ele insiste em convidar Judah para passar um dia em seu barco pescando e grelhando salmão no Sound. Quando mando mensagem para Judah falando sobre isso, ele expressa surpresa.

Não sabia que você estava saindo com alguém!

É muito recente, minto.

Acho que devo dizer que mal posso esperar para encontrá-lo, mas não tenho certeza se estou falando sério.

Essa parte me faz sorrir. Quando pego Judah no aeroporto, alguns dias depois, ele tem um sorriso largo no rosto e um bronzeado profundo.

— Olhe para você! Todo californiano e essas merdas.

— E essas merdas — diz ele quando me inclino para lhe dar um abraço.

Ele está vestindo calça jeans desbotada e uma camiseta branca justinha. Não parece um pobre garoto de Bone. Parece bem, parece saudável. Eu o ajudo a se sentar no banco da frente do Jeep, meus olhos examinando qualquer vestígio do meu passatempo favorito, embora eu saiba que não há nenhum. Quando a cadeira dele está dobrada no porta-malas e nós estamos na estrada, eu me viro para ele e o encontro já olhando para mim.

— Você está tão diferente — diz ele. — Eu não posso acreditar quanto.

— Você também — respondo. — É como se, depois que se deixa Bone, você está livre para se tornar a pessoa que deveria ser.

— Talvez — diz ele, pensativo. — Ou talvez signifique apenas que nós crescemos, e isso teria acontecido de qualquer maneira.

— É sim...! — provoco. — Como se você fosse conseguir um bronzeado desse em Bone!

Ele ri daquele mesmo jeito que eu lembro e amo, e sinto um calor gostoso por todo o corpo, até os dedos dos pés.

Quando voltamos ao meu apartamento, Judah insiste em conduzir a cadeira de rodas sozinho pela rampa de entrada e para dentro do elevador. Fico envergonhada pelo leve cheiro de urina no elevador, e depois fico envergonhada com o saco de McDonald's vazio de alguém no *hall* do décimo segundo andar, orgulhoso e fedendo a óleo de fritura. Judah não parece notar nada disso. Quando abro a porta do apartamento, ele espera que eu entre primeiro antes de conduzir a cadeira atrás de mim. Ele olha em volta pelo meu espaço como se o estivesse enxergando pela primeira vez. Minhas paredes azul-petróleo com quadros de Seattle que encontrei no Pike Place Market. O sofá listrado de preto e branco que comprei da minha vizinha quando ela se mudou para Baltimore. As plantas em vasos ostentosos nas estantes e nas janelas. Seus olhos se demoram mais em meus livros, empilhados em toda parte com suas sobrecapas de cores vivas. Ele absorve toda a visão e solta um suspiro profundo e satisfeito.

— O que foi? — pergunto.

— Gosto de onde você mora — diz ele. — Gosto de como você compõe seu espaço. Parece um lar.

E eu gosto que ele perceba. Johan nunca nota as coisas que fazem de mim uma mulher: as unhas pintadas e os cabelos aparados. Mas, se eu pegasse um peixe grande na vara de pesca brilhante que ele me comprou de presente, *puxa vida!*

— Você gosta de salmão? — pergunto a ele. — Vou preparar salmão para o jantar.

— É claro. — Ele encolhe os ombros. — Mas eu meio que queria te levar para jantar. Seu namorado acharia ruim?

Dou um pequeno sorriso para Judah, reprimindo um sorriso maior.

— Você é meu amigo mais antigo e mais querido, Judah Grant. Eu não me importo com o que Johan pensa sobre isso.

Trocamos de roupa e vamos a um restaurante indiano a alguns quarteirões de distância. Eu me ofereço para pegar um táxi, mas Judah balança a cabeça.

— Eu gosto de ver a cidade dessa maneira.

Eles nos acomodam do lado de fora, ao lado da agitação da cidade. O ar é rico com os aromas do curry vermelho e verde que eles carregam em grandes bandejas. Devoro minha carne com curry depressa demais, aliviada por comer algo diferente de frutos do mar. Nós rimos e conversamos, Judah me conta histórias da escola onde ele dá aula em Los Angeles. Quando a sobremesa chega — duas taças prateadas com pudim de arroz com passas —, o rosto de Judah se torna sério.

— Margô, eu vou voltar para Bone.

Deixo cair a colher. Ela atinge o chão e eu me inclino para pegá-la.

— Judah... não.

Digo isso de maneira tão definitiva que me surpreende.

Judah ergue as sobrancelhas, lambe sua colher e a mergulha de volta.

— Bem, a decisão não é realmente sua. — Não deixo de perceber o riso em sua voz. Ele sabia que essa declaração iria me deixar perplexa. Ele a cronometrou bem para que não estragasse meu jantar.

— Por quê? — pergunto. — Nós saímos de lá para sempre. Dissemos que nunca voltaríamos.

Ele diz uma palavra para mim que me dá um arrepio na espinha.

— Essência.

Sinto Bone como se fosse uma pessoa de carne e osso, assomando-se atrás de mim, esperando pela minha resposta.

— Eu recebi uma educação sofisticada — diz ele. — Posso lecionar em qualquer lugar que eu quiser, mas prefiro devolver o presente que recebi a Bone. Eles precisam de bons professores lá, Margô. Você lembra.

Ele diz isso como se fosse me influenciar, mas só me deixa ainda mais ressentida em relação ao nosso lar anterior. Judah está certo. Ele pode lecionar em qualquer lugar do país. Por que desperdiçar sua vida em Bone e com as desculpas inúteis de quem vive lá?

— Por que você não vem para cá? — exclamo. — Como planejamos todos aqueles anos atrás.

— Para eu ver você e Johan viverem a vida de vocês?

Por que a voz dele parece tão amarga de repente?

— Johan e eu não estamos tão sérios, Judah. A qualquer momento, ele vai voltar para a África do Sul. — E então, como se para me sentir melhor, eu acrescento: — Ele está com um visto de trabalho.

— Minha mãe tem pressão alta; o médico receitou a ela todos os tipos de remédio. Não sei quanto tempo ela vai continuar aqui. Quero passar tempo com ela.

Penso em Delaney, e imediatamente amoleço. Se eu tivesse uma mãe como ela, talvez nunca tivesse deixado Bone.

— Quando?

— Depois das férias — diz ele. — Eu já avisei lá no meu trabalho.

— Eu não gosto disso.

— Eu sei. — Ele estende a mão por cima da mesa e passa a ponta do dedo pelo dorso da minha mão. — Venha comigo — diz ele.

Levo um susto. Tanto diante da ideia quanto do fato de ele estar pedindo isso. Por um momento me pergunto se talvez os sentimentos dele por mim mudaram.

Antes que eu possa responder, meu celular toca na bolsa. É a quinta vez que alguém liga. É Johan.

— Alô — atendo, depois de apertar o botão verde.

— Oi, amor — diz ele, a intensidade de seu sotaque acumulando-se através da linha. Ele não costuma me chamar de "amor". Era mais Margie, Margô e Mar, que eu odeio. Eu me pergunto se a presença de Judah está fazendo com que ele se sinta inseguro.

— Queria saber se você quer trazer seu amigo para o barco esta noite. Podemos sair para dar uma volta e tomar alguma coisa, ok?

Olho para o outro lado da mesa, onde está Judah, subitamente irritada com a maneira como Johan pontua todas as suas frases com "ok".

É isso, ok?

Temos que buscar um pouco de pimenta recém-moída, ok?

Não esqueça que temos aquele jantar com a minha tia hoje à noite, ok?

— Esta noite não, Johan. Judah está se sentindo meio sem clima.

Johan parece desapontado, mas diz que entende. Quando desligo, Judah se encolhe em seu assento e finge estar cabisbaixo.

— Eu não sabia quanto estava desanimado, mas agora que você mencionou…

— Cale a boca — digo a ele. — Eu só quero você sozinho para mim por uma noite. Isso é tão ruim assim?

— Não — ele responde.

De repente, o momento parece muito sério. Nossos olhos estão marejados e nossa linguagem corporal tornou-se rígida e desajeitada. É o momento mais esquisito que Judah e eu já tivemos. Ele chama nosso garçom e, em seguida, saímos às pressas na chuva.

Quando chegamos ao meu prédio, nossas roupas estão encharcadas e meus braços estão doendo de empurrar a cadeira de Judah por uma das ruas mais íngremes de Seattle. Nós trememos no elevador, rindo da minha maquiagem borrada e dos mamilos de Judah, que são visíveis através da camiseta branca. Nossas gargalhadas vibram pelo corredor e depois param. Johan está parado à minha porta, timidamente segurando uma garrafa de vinho.

— Oi, linda — diz ele, puxando-me para um beijo.

Sinto meu corpo endurecer e tento relaxar. Ele se encharcou de colônia e, por baixo, sinto uma leve sugestão de peixe e oceano. Eu me viro de frente para Judah, que está me observando com uma expressão estranha no rosto.

48

JOHAN FICA MAIS TEMPO DO QUE EU GOSTARIA. UMA coisa estranha a se dizer sobre o meu próprio namorado, mas é verdade. Assim que eu trouxe vinho para a sala, ambos relaxaram. Johan conversou sobre os barcos e a pesca do dia, enquanto Judah escutava em silêncio, assentindo e sorrindo nos momentos certos. Quando a conversa diminui com o avançar das horas, Judah anuncia que vai para a cama, e que vai deixar nós dois sozinhos para que possamos ter um tempo juntos. Lanço o olhar mais fulminante que consigo, com vergonha dos meus sentimentos em relação a Johan. *Judah quase nunca está aqui,* penso.

Eu o vejo conduzir a cadeira para o meu quarto e fechar a porta. Johan olha para o quarto de maneira estranha.

— Está fresco aqui esta noite.

— Estou cansada — eu digo.

Ele faz um sinal afirmativo com a cabeça. Ando até a porta à sua frente e a seguro, abocanhando minha culpa. Eu só quero que ele vá embora, então por que estou com alguém que eu só quero que vá embora?

Ele me beija em frente à porta, mas eu me afasto e entro no *hall*, fechando-a atrás de mim para termos privacidade para conversar.

— O que foi? — ele questiona.

— Por que você veio aqui esta noite?

Ele parece envergonhado, olhando por cima do ombro e para o *hall* como se quisesse correr para o elevador.

— Eu queria ver você — diz ele. — Isso é tão errado?

— Eu te disse que estava ocupada neste fim de semana.

— Você não parece muito ocupada. Eu pensei... Eu pensei que você estivesse vendo outra pessoa.

Estou respirando forte como um cavalo. Ele não consegue enxergar que eu estou vendo outra pessoa? Certamente ele poderia entender o que havia entre mim e Judah. Eu sinto raiva — o tipo de raiva que me faz tomar atitudes idiotas. Mas romper com Johan não é idiota; é necessário. Como jogar fora roupas que não servem mais.

Uma porta se abre no corredor e meu vizinho sai, caminhando em direção à lixeira com um enorme e fedorento saco de lixo. Espero até que ele esteja de volta em seu apartamento antes de olhar para Johan.

— Estou apaixonada por outra pessoa.

Johan parece confuso. Eu não o culpo.

— Estou terminando com você — eu digo. Ele abre a boca para protestar, mas eu o silencio. — Não há nada que você possa dizer para mudar a minha decisão. Não, eu não pretendia que fosse assim, ou você está agindo de forma precipitada. Eu não estou. Seu visto expira em breve. Você tem que voltar para sua pátria. Eu não vou com você, Johan.

Ele está cheio de palavras. Percebo pela expressão em seu rosto. No final, ele apenas balança a cabeça para cima e para baixo e vai embora. Sinto uma sensação imediata de alívio.

Quando volto para dentro e tranco a porta, meus olhos estão na porta do meu quarto. A luz está apagada, o que significa que Judah provavelmente já está na cama. Tomo um banho rápido e me encolho no sofá com meu celular. Então, sem pensar demais, escrevo para Judah.

Está acordado?

Eu vigorosamente mastigo o lábio até o celular apitar.

Agora estou.

Escondo o rosto na almofada por um segundo, depois começo a digitar de novo.

Desculpa. Acho que ele está com ciúme. Ele apareceu para ver quem você era.

A resposta vem rápido.

Tenho certeza de que o ciúme dele foi apaziguado quando viu minha cadeira de rodas.

Que diferença faz? Seus braços são maiores que os dele.

Cadeiras de rodas são mais pesadas do que peixes!

Dou risada e viro de costas no sofá para conseguir continuar escrevendo.

Eu terminei com ele.

Os pontinhos de que uma mensagem está sendo escrita aparecem, desaparecem, reaparecem como se ele não conseguisse decidir o que dizer.
E então...

Isso é bom. Então agora posso beijar você.

Eu me engasgo com minha própria saliva, que se acumula na garganta. Meu corpo está quente, e de repente estou respirando como se tivesse corrido 8 quilômetros por um campo de emoções. Eu me levanto e atravesso a sala de estar, parando na porta do quarto, apenas ligeiramente hesitante antes de abri-la.
Posso ver o volume de seu corpo sob as cobertas, a luz do celular, que ele segura acima da cabeça.
— Judah — chamo.
Ele deixa cair o celular no rosto e solta um gemido. Eu rio, então me lanço na cama. Rastejo até seu corpo e monto sobre ele. Ele está segurando o celular novamente, mas, assim que vê o que estou fazendo, ele o joga no criado-mudo. A luz se derrama da cozinha. Seu rosto é ansioso... intenso. Inclino meu corpo até meu peito pressionar o dele e o beijo. A primeira vez que Johan me beijou foi estranho, a lenta adaptação dos lábios unidos um no outro até que de alguma forma encontramos um ritmo. Com Judah, é natural, como se fizéssemos isso o tempo todo. Minha insegurança me invade, e eu começo a me afastar, mas Judah envolve seus braços nas minhas costas e me segura ali. Nós dois cheiramos a pasta de dente e xampu. Ele massageia minhas costas enquanto me beija — seus lábios, fluidos, e sua língua, rítmica. Sinto sua rigidez entre minhas coxas e sei que, se eu me tocar, estarei molhada. Quando ele está certo de que não vou sair, leva as mãos aos meus quadris e os move em círculos em cima dele, depois os levanta de novo. Ele está friccionando meu corpo ao seu, como se declarasse

que tudo funciona, menos as pernas. Solto um gemido em sua boca, não apenas para sentir o peso dele dentro de mim, mas para saber o que é estar tão profundamente ligada a alguém que eu amo.

Estou vestindo apenas camiseta e calcinha. Levanto os quadris para que possa agarrar a calça do seu pijama e puxá-la para baixo. Ele se liberta e, assim que o faz, puxa minha calcinha de lado e, em uma única investida, me desliza sobre ele.

— Nossa — eu digo. — Se você tivesse outro desses, poderia andar sobre eles. — Ele dá um tapa na minha bunda, e está tão escuro que não consigo saber se ele está sorrindo. Depois disso, não falamos. Apenas nos movemos... a garota feia e o cara aleijado.

Na manhã seguinte, ficamos deitados na cama até que meu telefone começa a tocar sem parar. Tento ignorá-lo, mas, quando o interlocutor tenta várias vezes mais, eu pego o aparelho com cuidado e olho na tela.

— É Johan — digo a Judah. — Ele quer se encontrar comigo para conversar.

Começo a roer as unhas, sentindo o peso de Johan. Ele deve ter acordado com uma perspectiva renovada depois da minha explosão na noite passada. Mas não quero falar sobre isso. Não quero passar horas limpando a confusão que nossos sentimentos fizeram. É *kaput*, como Johan diria. *Um cachorro morto.*

— Talvez você devesse — diz ele.

Eu balanço a cabeça.

— Agora você está aqui e eu quero estar com você. Ele pode esperar.

Judah examina meu rosto, mas eu me tornei melhor em esconder minha expressão.

— Você quer falar sobre o que aconteceu ontem à noite?

Respiro o cheiro da sua pele. Minha bochecha está pressionada contra seu peito e eu balanço a cabeça em negativa.

— Eu prefiro fazer isso de novo, na verdade, e não falar sobre isso.

— Tudo bem — diz Judah. — Mas primeiro você tem que me preparar café da manhã.

— Perfeito. Tenho waffles congelados e polpa de laranja em lata.

49

APESAR DE ESTAR SEMPRE GAROANDO, TROVÕES EM Seattle são tão raros quanto sol no inverno. Quando o estrondo ressoa, sacudindo as vidraças do meu apartamento, corro para a janela para ver o que está acontecendo. Judah, recém-saído do banho, está lendo um livro na sala de estar. Ele ri de mim quando tropeço em uma almofada e rastejo o resto do caminho até a janela para olhar para fora.

— É um trovão — eu digo, incrédula, ainda de joelhos.

— Sim — diz ele.

Eu me viro e me sento com as costas contra a parede. Como meu banheiro não está equipado com o que é necessário para Judah conseguir entrar e sair da banheira, eu o ajudei, surpresa com a força que ele tem na parte superior do corpo e com o pouco que ele realmente precisava de mim. Penso nisso agora, enquanto me sento olhando para a masculinidade de sua beleza: o cabelo molhado, a ampla extensão do peito. Foi chocante ver suas pernas. Parecia que as duas partes que não pertenciam a ele tinham sido colocadas às pressas em seu corpo. Frágil e magro, sem pelos, desviei os olhos quando o ajudei a sair da banheira e depois senti vergonha. Que direito eu tinha de desviar os olhos de seu corpo quando eu não era nada além de um monstro debaixo da minha pele?

— Como você é tão bom em usar uma cadeira de rodas? — pergunto baixinho. Judah deixa o livro de lado, cruzando as mãos no colo.

— Decidi desde cedo que queria o mínimo de ajuda possível — diz ele. — Nem sempre haveria alguém por perto para fazer as coisas por mim, então aprendi a fazê-las sozinho.

— E a Delaney?

— Ela foi durona... amorosa, mas durona. Não fazia nada por mim, a menos que fosse necessário.

Penso no dia em que ele me chamou da janela, como entrei de fininho em sua casa no escuro e segurei suas mãos enquanto ele chorava aos soluços. Foi a única vez que Judah mostrou fragilidade, e agora me pergunto se ela ainda existe, seus sentimentos de inépcia enterrados sob a bravata da capacidade. A prata manchada.

— Mas você não se queixa. Você nunca parece encarar isso como um peso.

— Eu não encaro — diz ele. — Outras pessoas encaram, por outro lado, quando têm que me empurrar do avião, ou se abaixar no balcão da Starbucks para me entregar o troco. Quando alguém tem que segurar uma porta aberta para mim, ou guardar minha cadeira de rodas no porta-malas. É quando eu me torno um fardo.

Penso sobre como seria ter que depender dos outros para todas as pequenas coisas, e eu imediatamente sei que nunca seria como Judah.

— Eu ficaria zangada e amarga — anuncio.

Ele ri.

— Você é a pessoa mais esperançosa que já conheci, Margô. Isso não é verdade.

Eu me levanto com um salto e corro para ele, pressionando os lábios contra os seus, segurando seu rosto nas palmas das minhas mãos. Só porque eu posso.

Ficamos em casa a maior parte do dia, pedimos comida chinesa e vemos filmes como costumávamos fazer. Desta vez, tenho uma longa lista de títulos aos quais quero que ele assista.

— Bem, esse foi deprimente — diz ele.

Ejeto o filme do DVD e deslizo o dedo pelo orifício do disco enquanto procuro a caixa. *O apedrejamento de Sorayah M* é um daqueles filmes que deixam a gente esquisito por dias.

— Como você passou de filmes de garotas sentimentais como *Muito bem acompanhada* para algo assim?

— Tem significado — eu digo. — Quero me preencher com imagens que signifiquem algo, não as que aplacam meus medos.

— De que forma *Muito bem acompanhada* aplaca seus medos?

Sento-me nos calcanhares na frente da TV e olho para ele.

— Sempre tive medo de que o amor não fosse real, então assistia a filmes que me garantissem que poderia haver finais felizes e essas merdas.

— E essas merdas — diz ele. E então: — Ok... ok... eu entendo. O que mais você tem para mim? Vamos ver até onde podemos nos deprimir.

Pego o próximo filme da fila e aceno com ele.

— *Casa de areia e névoa* — anuncio.

— Manda — diz Judah. — Estou numa superconexão com meus sentimentos agora. — Ele esfrega a palma da mão sobre o peito.

No dia seguinte, levo Judah de volta a Bone de carro. Mal consigo evitar que minhas mãos tremam enquanto seguro o volante num aperto de morte. Eu não voltei; não desde que fui embora. Com muito medo de ir; com muito medo de ficar. Agora estou doente de pensar em ver a casa que devora, e Sandy e Delaney. Eu me xingo por concordar em vir e me pergunto se Judah tem algum motivo oculto em querer que eu vá com ele. O que me estabiliza é o Pequeno Mo. Talvez Mo me deixe ficar com ele por um tempo. Ele deve estar muito maior agora. Andando. Eu me alegro com o pensamento e percebo meu pé pressionando um pouco mais fundo o acelerador. *Sim*, é o que vou fazer. Vou me concentrar em Mo e talvez tenha um tempinho para dar uma passada no túmulo de Nevaeh. Ouvi dizer que a cidade comprou uma grande estátua de anjo para ser colocada ao lado de sua lápide. Foi uma coisa boa de se fazer. Olho para Judah, de repente me sentindo muito melhor, e o vejo olhando para mim.

— O que foi? — pergunto.

— Você deveria ter visto seu rosto. Durante todo esse tempo, achei que estava assistindo a um filme mudo.

— Ah, cala a boca — eu digo, mas já posso sentir o rubor subindo pelo meu pescoço. *Belo jeito de agir como uma psicopata, Margô.*

— Num minuto, você estava mastigando o lábio curvada sobre o volante; no outro, estava sorrindo para si, e então de repente está franzindo a testa e se balançando para a frente e para trás como uma louca.

— Bobagem — digo a ele. — Mas, falando sério, é como se você tivesse acordado depois de todo esse tempo e percebesse que eu não sou normal.

— Acho que fiquei fora por tempo demais, mas isso vai ser diferente agora que eu voltei.

Olho para ele de soslaio, imaginando se ele acha que eu vou pegar o carro e dirigir até a maldita Bone toda semana para vê-lo. Uma chance enorme. Coloco um pedaço de chocolate na boca para evitar estourar sua bolha de ilusão.

— Minha terapeuta me disse que você não é real — digo a ele.

Ele sorri para mim.

— Eu sempre fui bom demais para ser verdade, Margô.

É o mesmo que sempre foi. Mantenho meus olhos fixados à frente, tentando não olhar para todas as coisas que não mudaram. Eu não vejo os copos de papel molhados nas sarjetas, ou a fumaça dos *food trucks* rodopiando em direção ao céu. Definitivamente não vejo as meninas de ensino médio usando minissaia, todas penduradas em garotos que vão engravidá-las e ir embora logo em seguida. Judah conversa animado ao meu lado, mas eu não o ouço. Viro na *Wessex* e entro na garagem de Delaney. Levo cinco minutos para largar as malas na porta da frente e ajudá-lo a se acomodar na cadeira.

— Entre comigo, Margô — diz ele. — Minha mãe adoraria ver você.

Balanço a cabeça.

— Tenho que voltar — minto.

Antes que ele possa dizer qualquer outra coisa, estou de volta ao Jeep e saio da entrada de sua garagem. Não vou para a casa que devora, mesmo que eu possa senti-la me chamando. Paro diante da garagem de Mo. Ele devia estar perto da janela, porque, assim que vê meu carro, ele sai, seus olhos estreitos. Quando me vê, seus ombros perdem um pouco da tensão.

— Ora, ora… olha quem está de volta — diz ele. Ele não está sorrindo. Meu estômago dá um pequeno salto quando bato a porta do carro e vou andando pelo caminho até a casa.

— Oi, Mo.

— O que você quer, garota? Você nunca foi do tipo noia.

Eu sorrio.

— Eu vim ver o Pequeno Mo, na verdade.

Ele parece surpreso.

— Sim, ele está na gaiolinha. Pode entrar. Quero que fique de olho nele por um momento. Tenho que cuidar de umas coisas de trabalho.

— É claro — eu digo.

Ele nem mesmo volta para dentro da casa. Da porta aberta eu vejo quando ele sai dirigindo seu Lincoln. Mo nunca me convidou para entrar em sua casa. Eu suponho que ele esteja desesperado o suficiente para deixar a antiga vizinha brincar de babá com seu filho sem mãe. O Pequeno Mo está brincando com um conjunto de chaves de plástico, sentado em um berço de armar manchado na sala de estar. Seu rosto está sujo de chocolate, mas, além disso, ele parece bem. Quando me vê, ele sorri. Não posso controlar a felicidade absoluta que sinto. Passamos a tarde juntos, e, quando ele cochila, ando pela casa e olho nas gavetas de Mo. Encontro pequenos saquinhos de cocaína debaixo da cama que ele dividia com aquela vagabunda que batia em crianças, Vola. Esvazio-os um a um no vaso sanitário, depois encho novamente cada saco com farinha e os substituo. Quando saio de Bone, muito tempo depois que o sol se põe, pela primeira vez eu me sinto revigorada. Não tenho pensado em Leroy há horas. Minha mente é um céu claro.

50

UMA SEMANA DEPOIS, VOU ATÉ BONE PARA PEGAR JUDAH e deixá-lo no aeroporto de Seattle-Tacoma.

— Como foi? — pergunto enquanto cruzamos a estrada. O ar está quente e meu cabelo chicoteia em volta do rosto.

— Bom. Estou pronto para voltar.

— Ótimo — digo. Mas não é ótimo. Judah, voltando a Bone, parece um mau presságio. Se Bone pode chamá-lo de volta, o que pode fazer comigo?

— Você não está sendo sincera — diz ele. — Você odeia o fato de que eu vou voltar.

— Sim.

Não dizemos muito depois disso, mas, quando cruzamos a água e entramos em Seattle, ele me pergunta algo que faz com que os pelos da minha nuca fiquem arrepiados.

— Você fez algo ruim? É por isso que você não quer voltar?

— Por que você diz isso? — Evito bater em um carro por um triz e dou uma guinada de volta para a minha pista. Enfio o pé no acelerador.

— Quando perguntei sobre isso na Califórnia, você fugiu. Nem sequer se despediu.

— Há mais de uma razão para eu ter feito aquilo — pensando em Erin/Eryn/Eren.

— Margô, me conte o que você fez… além disso, você está indo rápido demais.

Troco de pista e troco de novo. Posso ver a tensão na parte superior do seu corpo. Dou uma fechada em uma perua e o motorista buzina.

— Eu matei Vola Fields e Lyndee Anthony. Eu matei um homem em um beco que estava tentando estuprar uma garota. — Eu hesito por um momento antes de acrescentar: — E depois eu tentei matar Leroy Ashley.

Ele fica quieto por um longo tempo. O tráfego está afunilado na minha saída. Eu desacelero, mas quero continuar dirigindo, continuar indo rápido.

— Quem é Leroy Ashley?

— Um estuprador — respondo.

— Mas você não o matou ainda?

Eu olho para ele e ele está olhando para mim.

— Não.

Eu vejo o alívio.

— Como você sabe?

— Como eu sei o quê, Judah? — Tiro o cabelo dos meus olhos, irritada com as perguntas dele.

— Que ele é um estuprador!

— É uma longa história — eu digo. — Mas eu sei.

Ele está esfregando o queixo, olha pela janela e então volta a olhar para mim. Se as pernas dele funcionassem, eu me pergunto se ele já teria pedido para sair do carro.

— Por quê, Margô? Por que você não foi à polícia?

Eu ri.

— Você está de brincadeira? Depois do que aconteceu com Lyndee? Judah, por que você está dizendo isso para mim?

— Por que você teve que matá-las? Você poderia ter... — Ele está se concentrando nas mulheres, não em Leroy. Talvez porque eu ainda não o tenha matado.

— O quê? Sentado com eles e conversado um pouco sobre o que eles fizeram?

— Talvez... parece mais razoável do que tirar a vida de alguém.

Penso a respeito. Possivelmente pela primeira vez. *Por que eu tive que matá-los?*

— Eu não tinha provas — digo. — A polícia não teria feito nada. Eu acredito em justiça rápida.

Ele bate com o punho no painel, e então o mantém cerrado enquanto fala comigo entre os dentes.

— Você não é a lei. Você não pode chegar e administrar sua própria marca de justiça na humanidade. Como você pode ser tão idiota?

— Idiota? — Minha voz é distante quando digo isso.

Minha língua está pesada com as confissões que acabei de fazer. Nunca considerei o que eu fiz como idiotice. Nunca considerei o que fiz. Eu apenas... fiz o que meu corpo me disse para fazer. Eu me movia como uma pessoa que havia cortado os laços com sua mente e estava confiando na orientação de alguma força mais profunda. Algo como uma possessão.

— Talvez... — eu digo.

E até para mim minha voz parece evasiva. Judah revira as minhas palavras. Fica mais irritado. Suas íris fervem em torno das pupilas, fazendo-o parecer uma versão caricata de si mesmo. Os olhos nunca mentem. Não sobre as emoções que nos convencemos a experimentar, ou convencemos os outros de que estamos experimentando — as verdadeiras. Você pode ouvir palavras ou ouvir os olhos de uma pessoa.

— Por que está tão bravo comigo? Você me deixou.

Mas ele não está mais ouvindo. Ele está unindo as peças.

— É por isso que você estava no hospital — diz ele. — Você quase se matou.

— Vá em frente — eu digo. — Pode me fuzilar dizendo quanto sou idiota. Como eu deveria ter contado à polícia, deixado a punição dos criminosos ao encargo da lei infalível, mas você e eu sabemos como as coisas são na realidade. Vivíamos em um mundo onde as crianças não eram protegidas por seus pais. Onde você pode machucar alguém porque alguém te machucou um dia.

Tudo é verdade para os meus próprios ouvidos. Elas viviam em uma espécie de arrogância ignorante — Vola e Lyndee. Pelo menos, Leroy sabia o que estava fazendo. Ele estava esperando ser pego. Mesmo que não soubesse.

Quero executar meu plano e, desta vez, não vou agir por impulso. Não vou cometer erros. Eu sou, penso com certo constrangimento, uma assassina em desenvolvimento. Estamos no aeroporto. Eu o ajudo a sair do Jeep e a se sentar na cadeira de rodas. Quando me inclino para dizer adeus, ele está com os olhos marejados.

— Por que tem que ser assim, Margô? — pergunta ele.

Eu o beijo na testa.

— Querido, eu sou louca.

Eu vejo o funcionário empurrar a cadeira para longe. Ele não olha para mim, e acho que isso é bom. Talvez tenha acabado de vez entre nós. Sinto orgulho. Como se talvez eu estivesse no controle da minha vida, e possa me afastar de Judah quando preciso. A dra. Elgin achou que ele fazia mal para mim. Alguém de que eu precisava para lidar com as coisas ruins da minha vida, mas isso não é mais verdade. Estou no controle da minha própria vida. Não preciso de Judah. Eu só gosto que ele esteja lá. Ligo para o número dela assim que chego em casa.

— Eu vi Judah — eu digo. — Ele não entendeu. — Ela me pergunta se eu tenho tomado o meu remédio, então me diz para ir vê-la imediatamente.

Leroy acha que venceu. A maioria dos homens pensa que nasceu com uma medalha de ouro no saco. Foi o que Howard pensou quando roubou aquele pequeno caixão da casa que devora. Ainda não terminei com Howard e não terminei com Leroy. Leroy Ashley não sabe que sobrevivi à minha pequena provação e com uma resolução mais forte. Ele fugiu de mim, mas eu vou encontrá-lo. Se conhecesse minha raiva, ele estaria se preparando. Talvez comprasse uma arma ou deixasse de lado os coquetéis de vodca que tomava todo dia no café da manhã. Ele prestaria mais atenção nas marcas de queimaduras em seu corpo e se lembraria de que sua pele estalava e crepitava como bacon quando eu segurei meu isqueiro na sua carne. Não preciso vigiá-lo desta vez. Eu não preciso gastar horas planejando. Sei exatamente o que vou fazer com ele. Olho por olho. E não por mim mesma. Eu não vou me vingar por uma coisa que foi feita comigo, mas com cada uma das garotas cuja vida ele arruinou. Porque a pessoa não pode simplesmente fazer isso, arruinar conscientemente a vida das outras pessoas. Em algum momento, a vida dá o troco.

51

NA PRIMAVERA SEGUINTE, PEGO MINHA CARTEIRA DE motorista com habilitação para transportar carga, me matriculo em um curso de treinamento de três semanas e aceito um emprego em uma transportadora chamada Dahl Transport. É uma medida desesperada, com o objetivo de me manter fora dos olhos da lei e de me espalhar de forma tão difusa por todo o país que não vou ter possibilidade de caçar humanos. Sou uma das três mulheres que dirigem caminhões para Larry Dahl e, para os padrões de qualquer um, a mais atraente. Há vinte vezes mais homens do que mulheres. Linda Eubanks, Dodo Philbrooks e, claro, eu.

Linda e Dodo são o que a empresa chama de "velha-guarda". Elas lidam tão bem com os seus trajes quanto eles com suas camisetas onde se lê "Foda-se, seu fodido de merda". Linda ainda tem uma muleta — cinza na base e vermelho-vivo até o final. Quando entra em um lugar arrastando as pernas de coxas largas como barris, sua risada sempre a precede. Sua contraparte, e às vezes inimiga, Dodo, é o oposto. Ossudo e enrugado, seu rosto parece um pedaço de couro velho com muito batom cor-de-rosa e sombra azul. Dodo sempre cheira a como se tivesse rolado em um cinzeiro. Quando está com raiva, ela atira tudo ao redor e chama todo mundo de cadelas vadias. Sou a mais jovem contratada nos últimos vinte anos, e a única razão pela qual consegui o emprego foi porque servi o café do Sr. Dahl na lanchonete e pedi a ele que me tornasse uma grande e malvada caminhoneira. No começo ele riu, mas, quando continuei plantada no lugar, olhando para ele com o copo de café meio vazio na minha mão, ele me entregou seu cartão pessoal e me disse para aparecer em seu escritório.

Marquei um horário para vê-lo e, na semana seguinte, entrei em seu escritório na Madison, vestida em jeans rasgado, botas com bico de aço e uma camiseta com a frase: "Nascida para ser caminhoneira". Antes de sair do meu apartamento, amarrei uma bandana azul em volta da cabeça. Isso me deu um ar de durona. A recepcionista do sr. Dahl tinha me olhado como se eu tivesse larvas gotejando do nariz, mas eu sabia um pouco sobre o astuto Larry Dahl. Ele era um amante ávido por teatro, um fanático por *Star Wars*, e toda primavera ele frequentava a Comic Con. Se você rolasse o suficiente a linha do tempo em sua página pessoal do Twitter, poderia ver fotos dele vestido como Obi-Wan Kenobi. Sua frota de trailers era pintada com cores fortes, obras de arte, de acordo com o dono. O sr. Dahl era um artista e *nerd* extravagante, e eu lhe ofereceria um espetáculo se ele me desse o emprego.

Quando entrei em seu escritório, ele se levantou para me cumprimentar, rindo alto do meu conjunto e parando para tirar uma foto minha com seu iPhone.

— Por que você quer dirigir um caminhão? — ele perguntou, depois de se acomodar atrás de sua mesa. — Por que não fazer faculdade? Escola de moda? Carreira de garçonete?

Fiz uma careta para todas as três sugestões.

— Porque gosto de fazer coisas que as mulheres não deveriam fazer.

— É um estilo de vida, Margô, que afeta sua família e amigos. Você não tem ninguém próximo?

Penso em Judah, e então nego com a cabeça.

— Não, ninguém.

O sr. Dahl se recostou na cadeira, acariciando o queixo. Era o queixo de um bebê — não havia nem mesmo o menor indício de barba ali.

— Entendo — disse ele.

Tomei isso como minha deixa para convencê-lo.

— Sr. Dahl, eu não sou como as outras garotas. Não desejo coisas bobas e frívolas. Eu gosto de dirigir. Gosto de ver as coisas. Gosto de ficar sozinha. Sou durona. O senhor não vai ter que se preocupar comigo. Eu lido com alta carga de estresse como se tivesse nascido para isso.

Ele não parecia convencido.

— Meu pai era caminhoneiro — menti. — Ele morreu antes de eu nascer. É uma profissão que eu respeito e em que acredito.

O martelo de decisão foi batido. O dr. Dahl me ofereceu um emprego, dizendo que eles mesmos me treinariam. Saí do escritório com o meu novo pacote de contratação apertado debaixo do braço, maravilhada com a minha boa sorte. Eu teria que continuar convencendo-o, é claro. Ele me observaria com atenção, certificando-se de que eu tinha o que era necessário para acompanhar os rapazes, mas eu não me importei. Descobri que era perfeitamente adaptável e boa na maioria das vezes que eu tentava.

Recebi meu primeiro caminhão nove semanas após o início do treinamento. Era um Detroit Diesel DD15 — bonito e poderoso. O cheiro de carro novo estava impregnado na cabine quando entrei nela pela primeira vez. Eu não era tão grande ou tão imponente quanto Dodo Philbrooks ou Linda Eubanks, mas também não era uma menina pequena e frágil. Eu me encaixava entre essas pessoas da mesma forma que um avestruz se encaixava entre o resto dos pássaros: classificada na mesma espécie, mas um pouco distante. E assim começou minha nova vida de caminhoneira.

Encontrei Leroy Ashley. Segui-o até uma pequena casa de praia em Florida Keys, na outra ponta do país. Tive que ligar para seu catálogo favorito de lingerie, uma pequena empresa sediada em Raleigh, na Carolina do Norte, especializada em calcinhas sem fundo. No começo, liguei fingindo ser a esposa dele, ligando para confirmar se tinham mandado o catálogo para o meu novo endereço.

— Pode me dizer qual é o novo endereço? — a garota perguntou. — Assim eu comparo com o que temos no cadastro.

— Não — retruquei. — Eu já fiz essa ligação e vocês fizeram a maior confusão. Você me diz o que tem aí para que eu possa ver quanto as pessoas são incompetentes.

— Senhora… — ela disse.

— Olha — eu digo. — Eu menti. Meu namorado terminou comigo e levou nossa cachorra. Não tenho certeza de onde ele está, mas preciso encontrá-la. Essa foi a única coisa que consegui pensar em fazer. — Eu não sabia por que ela acreditava na minha mentira, ou escolhia ter pena de mim, mas desliguei o telefone com o endereço de Leroy rabiscado no verso de uma conta de luz antiga. Uma empresa maior nunca teria liberado esse tipo de informação. Eu tive sorte.

Não falo com Judah desde o dia em que o deixei no aeroporto. Ele tentou ligar, mas não estou pronta. Seus e-mails dizem que ele voltou para Bone e conseguiu um emprego de professor na minha antiga escola. Penso em Mo tendo-o como professor um dia e abro um sorriso.

O sr. Dahl me chama em seu escritório um dia e pergunta se quero pegar uma carga de óleo de hortelã e levá-la até North Miami Beach.

— Não é a sua rota habitual — diz ele. — Mas Sack vai fazer uma cirurgia a laser nos olhos e não vai poder fazer essa viagem.

Finjo ficar desconcertada, mas então concordo, relutante, quando ele me oferece o valor de um frete e meio. *Mais um ponto!* Ao passar pelo longo trecho dos Everglades chamado Alligator Alley, fico imaginando o que está passando pela mente de Leroy. Ele achou mesmo que eu não o encontraria? Que eu o deixaria ir? Rio alto e aumento minha música. Taylor Swift, cara; não tem como não amá-la.

Leroy é basicamente o mesmo. Seu cabelo, sua dieta, seu trabalho. Sua maldita cara presunçosa. Admiro que ele tenha se mudado para o outro lado do país para fugir de qualquer problema que eu pudesse trazer. Era necessário ter dedicação.

Ele deve ter lavado a casa nova inteira com Pinho Sol, o imbecil com TOC. Na manhã seguinte à entrega da carga, entro na casa de Leroy da mesma maneira que entrei da última vez. Tudo está organizado da mesma forma, com a única diferença de que ele finalmente comprou uma nova mesa de cozinha. Gosto dela; é preta. Encontro seu estoque de pornografia debaixo da cama e folheio as revistas enquanto espero. Ele tem uma arma no quarto, escondida atrás da grade do ar-condicionado. Essa é para mim. Me sinto honrada. Brinco com ela por um tempo antes de ficar entediada e procurar alguma coisa para comer.

Ele chega em casa às 6 horas. Eu o ouço assobiando quando entra pela porta e larga as chaves na mesa. Eu sei o que ele vai fazer depois; sorrio quando ele abre a geladeira e a garrafa faz barulho. Vai tomar uma cerveja. Algumas coisas nunca mudam. Eu me posiciono no canto mais distante, ao lado da janela, e aponto minha arma para a porta. Quando me vê de pé nas sombras, Leroy Ashley deixa cair a cerveja.

— Olá — eu digo.

O líquido se acumula no piso enquanto Leroy me encara.

— Ah, fala sério — eu digo. — Você achou que eles manteriam meu rabo trancafiado para sempre no hospício? — Eu lanço para ele um par de algemas. — Para a cama — eu digo. — E seria um prazer abrir um buraco nessa sua cara feia e presunçosa, então o papo é reto.

Ele se aproxima com passos pesados. Eu o vigio, meu dedo preso ao gatilho. Quero que ele faça algo estúpido, só para eu poder atirar nele. Não, eu não consigo me emocionar. Olho por olho. Tenho que fazer isso do jeito certo.

— Gostaria de dizer alguma coisa?

— Eu vou te matar, sua vadia.

— Você só fala, seu filho da puta — eu revido. — Você deveria ter feito quando teve a chance.

Ai, meu Deus, ele está com muita raiva. Eu me sento na beira da cama, mais próxima da cabeceira.

— Me conte uma coisa — eu digo. — Você nasceu assim? Se você tivesse pais melhores, ainda seria um estuprador?

Ele pisca para mim e puxa as algemas. Bato na sua testa com a pistola.

— Pare. Com. Isso

— Foda-se você — diz ele.

— Leroy. — Eu rio. — Eu tenho cabelo loiro! — Passo a mão no meu rabo de cavalo para enfatizar. — Eu não acho que você faria. De verdade, essa é a parte mais triste. Se sua mãe não fosse uma puta egoísta, você seria uma pessoa quase normal.

— Não fale sobre a minha mãe — ele ruge.

Fico feliz; é a primeira vez que ele não me xinga.

— Você acha que somos diferentes? Você é melhor do que eu? Eu vejo a doença nos seus olhos — diz ele. — Eu vou te matar.

— Esta foi uma boa conversa — respondo, acariciando sua cabeça.

Ele está gritando a plenos pulmões, olhos ardendo de ódio, quando lhe injeto um sedativo. Bem no pescoço. Ele recua e tenta me morder. Bato na bochecha dele e digo:

— Não.

Espero no meu canto enquanto ele adormece, cantarolando a nova música da Taylor Swift que eu ouvi durante o caminho até aqui. Quando Leroy está dormindo, corto seu pênis fora. Eu o coloco na pequena caixa térmica rosa que trouxe comigo e cauterizo a ferida com o novo Zippo rosa que comprei na loja de conveniência.

Coloco gelo em torno do membro, e então arranco seus olhos. Trabalho supersujo, mas acho justo. Sem olhos, ele não poderá mais ver mulheres ou realizar seus planos de machucá-las. Tiro suas algemas antes de sair e dou batidinhas em sua barriga.

— Apodreça no inferno, seu filho da puta maluco.

Carrego a caixa térmica comigo, no Greyhound de volta a Miami. Fica na minha cabine até eu jogá-la no deserto em algum lugar no Novo México. Eu não sabia que iria permitir que ele vivesse até que ele me deixasse viver; olho por olho. Mas ele não viverá a mesma vida que antes. Talvez isso seja pior do que a morte. Leroy Ashley foi levado à justiça.

EPÍLOGO

EU NASCI DOENTE. ASSIM COMO A MINHA MÃE E A MÃE dela antes. Está na nossa essência. A casa que devora me chama um dia e, simples assim, arrumo minhas coisas e volto para Bone. Nem preciso pensar. É apenas a hora de enfrentar quem eu sou. Eu a pinto de vermelho, por todo o sangue que derramei. Depois, contorno as janelas do mais puro branco. Contrato um homem para colocar novos pisos de madeira e substituir os armários e bancadas na cozinha. Na primavera do meu primeiro ano de volta, a casa que devora tem novos cheiros, um novo brilho. Há até mesmo um chuveiro no banheiro, onde antes ficava a antiga banheira lascada. Tem um boxe brilhante de vidro e a água jorra de duas direções. Ainda é a mesma casa assustadora, mas consertei-a para servir a um novo propósito. A dra. Elgin me liga uma vez por semana durante o primeiro ano em que voltei, mas depois paro de ter notícias dela. Acho que ela sabe que estou bem agora. Mo bate na minha porta quase todas as tardes durante o inverno. Nós bebemos chocolate quente em frente à lareira, e ele me conta sobre as meninas de que ele gosta na escola. No verão, o máximo que vejo dele é quando passo de carro por um campo e o observo arremessando uma bola de futebol americano de um amigo para o outro. Ele levanta a mão para acenar para mim e volta ao que está fazendo. Quase nunca sorri, mas gosto disso nele. Se eu tiver sorte, ele passa em casa com uma cesta de amoras que pensou em colher para mim. Eu sorrio e suporto esses verões, porque Mo sempre volta para mim no inverno. Meu pai vem me ver uma vez, quando fica sabendo que eu voltei para Bone. Ele está velho; sua pele está flácida em torno dos ossos, como se estivesse derretendo. Eu o faço sentar à minha nova mesa da cozinha — preta em homenagem a Leroy — e faço chá para ele. Ele quer me dizer que sente muito. Aceito suas desculpas porque sei que ele é apenas um humano fodido como o resto de nós. Antes de sair, ele me diz onde enterrou o pequeno caixão que encontrei naquele dia no forno. Estou feliz. Quero levar flores ao meu irmão ou irmã. Ele me diz que o bebê não era dele, mas eu não acredito. Ele pode ter se desculpado, mas ainda é um babaca mentiroso. Meu pai morre dois meses depois. Eu não vou levar flores para ele, mas estou feliz que tenha encontrado sua paz.

Delaney falece em um mês de agosto; ela simplesmente cai na grama enquanto está mexendo no jardim e dá seu último suspiro sob o sol. É Mãe Mary quem a encontra. Mãe Mary, que tem 97 anos e provavelmente sobreviverá a todos nós. Ela diz que sabia que tinha que ir à casa de Delaney naquele dia, porque na semana anterior ela previu a morte. Quando a mãe morre, Judah sai de seu apartamento e vai morar na casa. Ele tenta me convencer a vender a casa que devora e ir morar com ele, mas eu nunca deixarei a casa que devora, ou talvez ela é que não queira me deixar. Não importa mais. Então nos revezamos visitando a casa um do outro — uma noite aqui, uma noite lá. Ele usa o dinheiro do seguro de vida de Delaney para equipar a cozinha, rebaixando todas as bancadas e comprando eletrodomésticos feitos sob medida. Deixa um balcão alto o suficiente para eu ficar de pé e cortar as coisas quando cozinhamos juntos. O sentimento me faz chorar. Eu nunca compro uma TV. Judah me faz assistir à dele.

Estamos sentados lado a lado no sofá uma noite, um balde de pipoca entre nós, quando ele liga o noticiário e sai para usar o banheiro. Noticiários me deixam ansiosa; sempre que Judah os coloca na televisão, eu saio da sala, mas dessa vez aumentei o volume e me inclinei para a foto de um homem com olhos azuis extraordinariamente gentis.

— Um homem está à solta esta noite em Washington — diz o repórter. Olho para a porta do banheiro e escorrego para a frente até minha bunda ficar bem na pontinha do sofá. — Muslim Black, um líder de seita, escapou de seu complexo em Minnesota na semana passada, quando a polícia chegou para prendê-lo. Dizem que ele fugiu para Spokane, onde a polícia está procurando por ele agora. Durante o reinado de doze anos de Black como líder do Paradise Gate Group, ele supostamente estuprou quase quarenta mulheres e as manteve prisioneiras…

Ouço a maçaneta na porta do banheiro balançando e mudo o canal depressa. Judah sorri para mim quando se acomoda e, por um momento, seu rosto é suficiente para me purificar da raiva sinistra que estou sentindo. Toda a sua beleza aberta, seu amor sem esforço, a ousadia com que ele abraça sua cadeira de rodas. Eu também sorrio, mas por diferentes razões. Debaixo da minha pele e debaixo dos tendões musculosos, meus ossos estão chacoalhando.

Rrrrrra ta ta ta

Minha essência grita, lembrando-me de quem eu sou. Eu sou Margô Moon. Sou uma assassina. Eu acredito em vingança poética. Muslim Black está à solta. É hora de caçar.

UMA VEZ VI UM VÍDEO NO YOUTUBE DE UMA MULHER batendo em seu bebê. Fiquei chocada ao vê-la tão calma. Ela não estava sendo forçada; ela não estava visivelmente zangada ou nervosa. Estava sentada de costas para a câmera, socando, batendo e beliscando — de novo e de novo enquanto ele gritava.

Por que passei seis minutos da minha vida assistindo a um bebê, que ainda não conseguia nem se sentar sozinho, ser brutalmente espancado pela mãe? Porque ele estava sofrendo, e eu não queria desviar os olhos do sofrimento dele. Alguns podem dizer que você não precisa ver para saber que existe. E, mesmo que seja verdade, eu senti que, se ele estava sofrendo, o mínimo que eu poderia fazer era sofrer junto com ele. De alguma forma, observando sua dor, eu também estava reconhecendo-a. Tenho que dizer que as imagens da mão dela descendo sobre a pele dele estão enraizadas na minha memória, e é provável que continuem pelo tempo em que eu viver. Ele era pequeno demais para saber que não deveria ser espancado. A severa crueldade de sua mãe era sua norma.

Não vou esquecê-lo. Não vou esquecer que as pessoas machucam umas às outras, ou que as crianças sofrem pelos pecados de seus pais, e de seus pais antes deles. Não vou esquecer que há milhões de pessoas clamando por ajuda neste exato momento. Isso me faz sentir sem esperança… como se eu não fosse suficiente.

Para lidar com essa realidade muito agressiva, comecei a escrever. Porque, se eu não pudesse me vingar em nome daquela criança pequena, eu faria Margô se vingar por mim. Margô e sua vingança poética. Matei-os todos neste livro: os estupradores que subjugaram minhas amigas, os sádicos podres que feriram crianças, os que tomaram vidas, os assassinos de esperança. Eu os matei e gostei. E, mesmo que isso me torne igualmente corrupta — uma assassina por direito próprio —, nós somos o que pensamos, afinal de contas.

Quero deixar claro que acredito na justiça nesta vida e na próxima. Acredito que devemos lutar contra a dor, abrir os olhos para o sofrimento. Não apenas o nosso, mas o sofrimento ao nosso redor. Às vezes, ao salvar outra pessoa, você se poupa um pouco também. Ao amar alguém e não esperar nada em troca, aprendemos a nos amar e a não esperar nada em troca. Talvez o simples ato de fazer para os outros nos faça sentir mais valiosos em nossa própria pele.

Eu quero te implorar para não se machucar. Para não cortar a pele, engolir comprimidos ou beber para afogar a dor. Não se entregar com tanta facilidade aos homens para se autoafirmar. Parar de se sentir inútil e sem valor. Parar de se afogar em arrependimento. Parar de ouvir a voz persistente de seus fracassos passados. Você já foi aquela criança uma vez, por quem Margô teria matado. Lute por si mesmo. Você tem o direito de viver e viver bem. Você herdará defeitos; você desenvolverá novos. E tudo bem. Use-os, possua-os, vista-os para sobreviver. Não mate os outros; não se mate. Seja ousado sobre o seu direito de ser amado. E o mais importante: não se envergonhe de onde veio ou dos erros que cometeu. Cego, o amor vai exumar você.

Com amor,
Tarryn

AGRADECIMENTOS E ESSAS MERDAS

VOU COMEÇAR COM A PESSOA A QUEM DEDIQUEI O LIVRO: minha mãe, que não é nada como a mãe de Margô, devo acrescentar. Eu teria sido uma sociopata se Cynthia Fisher não tivesse me criado. Obrigada por me ensinar a bondade e o que significa amar de forma altruísta. Se todos tivessem uma mãe como você, haveria menos dor no mundo.

Meu pai, que tem coisas muito estranhas em sua essência e as passou para mim.

Minha equipe de apoiadoras — também conhecida como *Passionate Little Nutcases* da Tarryn. Ferozes, corajosas e assustadoras. Espero que tenham visto o filme *300*, porque é disso que vocês me lembram. Eu gostaria de poder agradecer a todas individualmente e lhes dar um abraço. Vocês, garotas, realmente me trouxeram de volta à vida.

Lori Sabin, minha pessoa. Simone Schneider, Tracy Finlay, Madison Green — pessoas que eu amo e gostaria de poder ver mais. Nina Gomez e todos os seus *alter egos*. Alguns dos meus melhores momentos são passados com você. James Reynolds, por sempre encorajar, presentear e dar essa ajuda extra quando eu preciso. Rhonda Reynolds, por sempre ser minha mãe.

Jenn Sterling, Rebecca Donovan, Tali Alexander e Claire Contreras — seu encorajamento e seus textos são sempre muito apreciados. Alessandra Torre, muito obrigada também!

Os blogueiros que dedicam tempo para resenhar e apoiar de maneira tão eloquente meus livros. Indie Solutions, de Murphy Rae, pela bela capa. Jovana Shirley, da Unforeseen Editing — você sempre larga tudo por mim. Sou muito grata a você.

Michelle Wang e Kolbee Rey — obrigada por compartilhar suas histórias comigo. A natureza humana pode ter intimidado sua infância, mas vocês são fortes, bondosos e cheios de luz. Espero que nunca deixem os erros de outras pessoas ditarem seu valor. Vocês são muito amados.

Jonathan Rodriguez — você foi envelhecido em carvalho. Obrigada por sempre ser tudo de que preciso, quando preciso, e por tornar Knick Knack o seu personagem favorito. Você me entende.

Amy Holloway, minha amiga e musa, que inspirou alguns dos pensamentos mais profundos deste romance. Você me dá essa paz. Nós somos a cor do BANG!

Madison Seidler, minha editora, minha parceira de negócios, mas, mais importante, minha amiga — eu escolho você! E então, Judah vem para uma visita... e essas merdas ficam assustadoras de verdade.

Serena Knautz, minha assistente e possivelmente o melhor ser humano do planeta. Líder da gangue feroz. Rebelde e beberrona. Legalista. Eu estaria perdida e confusa sem você. Seu amor e apoio inabalável levaram meu coração para lugares sombrios. Eu aprendo mais sobre o amor todos os dias com você. Por favor, nunca me deixe (nem mesmo para ir para a França).

Colleen Hoover, que sempre me dá conselhos na forma de letras de músicas. Tentei dez vezes expressar meu amor e adoração por você, mas continuo te vendo perseguir pombos pela Bourbon Street e me distraio. Menina, você é louca! Eu mataria alguém por você. Sério, eu mataria. Apenas me diga quem e eu o farei.

Meus pequenos, Scarlet e Ryder — mamãe é louca, mas tudo o que faço é para vocês.

ASSINE NOSSA NEWSLETTER E RECEBA
INFORMAÇÕES DE TODOS OS LANÇAMENTOS

www.faroeditorial.com.br

CONHEÇA OUTROS LIVROS DA AUTORA:

ual a diferença entre o amor da sua vida e a sua alma gêmea? Um você escolhe, e o outro não.

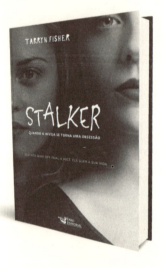

Ela não quer ser igual a você. Ela quer a sua vida.

Algumas vezes, o seu pior inimigo será você. Outras, alguém para quem você abriu o coração.